Llámalo como quieras

ALISSA DEROGATIS

Llámalo como quieras

CROSS BOOKS

Obra editada en colaboración con Editorial Planeta – España

Título original: *Call It What You Want*

Bajo el sello editorial CROSSBOOKS M.R.
Avenida Presidente Masarik núm. 111,
Piso 2, Polanco V Sección, Miguel Hidalgo
C.P. 11560, Ciudad de México
www.planetadelibros.com.mx

Primera edición impresa en España: septiembre de 2025
ISBN: 978-84-08-30732-7

Primera edición impresa en México: febrero de 2026
ISBN: 978-607-39-3769-6

Impreso en los talleres de Impresora Tauro, S.A. de C.V.
Av. Año de Juárez 343, Col. Granjas San Antonio,
Iztapalapa, C.P. 09070, Ciudad de México
Impreso y hecho en México / *Printed in Mexico*

Para una versión más joven de mí misma.

Prólogo
Sloane

Diciembre de 2018

El sol entra por la pequeña ventana de mi habitación mientras me doy la vuelta en la cama para retrasar la alarma de las seis de la mañana. La mayoría de los neoyorquinos ya están completamente despiertos, recogiendo sus cafés con leche de avena y sus tostadas de aguacate, mientras que a mí me palpita la cabeza después de haberme tomado unas cuantas copas de vino más de la cuenta y haber dormido solo tres horas. En un instante, los recuerdos de anoche inundan mi mente, y siento que la agonía fluye por mis venas una vez más.

El dolor sigue estando ahí. Recuerdo cuánto me dolió el simple hecho de mirarlo. Ethan siempre había sido el único que me hacía sentir segura, pero lo de anoche fue diferente. Era como si hubiera sacado un cuchillo y me lo hubiera clavado en el pecho una y otra vez. Cada vez que lo miraba, la herida volvía a abrirse, y el dolor me resultaba tan reciente e intenso como la primera vez. Era como la muerte de los mil cortes.

Me había interrumpido en mitad de una frase.

—Ya no puedo seguir así, Sloane. Creo que tenemos que terminar con esto.

Yo tenía en la mano una copa de mi *cabernet* favorito, y, en cuestión de segundos, se me cayó y acabó en el suelo. Por instinto, me apresuré a agacharme para recoger los cristales. Odio el desorden, y en ese momento prefería concentrarme en cualquier cosa que no fuera esa conversación. Bajé la mirada hasta mis manos y vi que la sangre manaba a borbotones de mi palma derecha. «¿Por qué no puedo sentirlo?», pensé. «¿Por qué no puedo sentir nada?». Lo observé mientras sacaba su celular para pedirnos un Uber. Se estaba moviendo con mucha rapidez, pero en mi mundo, era como si se hubiera detenido el tiempo.

Clavé los ojos en él mientras se movía frenéticamente por mi cocina, recopilando todo lo que necesitábamos para ir a urgencias, y me pregunté adónde se había ido el chico que había conocido en la universidad; ese chico con la camiseta gastada de los Yankees, una sonrisa tierna y ojos confiados. Nunca habría imaginado que podía llegar a odiarle, pero ahora ni siquiera era capaz de mirarlo. No quería volver a verlo en la vida, pero, al mismo tiempo, tampoco quería que se fuera. Jamás. Llevaba más de dos años enamorada de él. ¿Cómo podía haber puesto fin a dos años con cinco palabras?

«Ya no puedo seguir así».

Las palabras se repetían en mi cabeza una y otra vez, como si fueran un nuevo álbum de Taylor Swift del que estuviera tratando de memorizar todos los estribillos. Creo que la peor parte fue darme cuenta de que, en algún lugar muy en el fondo, yo ya lo sabía desde el principio. Sabía que él no sería capaz de llegar a donde yo quería que fuera. Tan solo tenía la esperanza de estar equivocada.

No, no llegamos a salir juntos. No es un exnovio. Es un «excasi». Tal vez eso era lo único que siempre seríamos; una frase incompleta de un libro que alguien dejó de leer a la mitad y nunca retomó, terminado sin un final.

PRIMERA PARTE
ANTES

1
Sloane

Agosto de 2016

El primer día de mi último año en la universidad había llegado en un abrir y cerrar de ojos. Me desperté con un remolino de emoción en el pecho y una ansiosa expectación por lo que podría traerme aquel año. Me lavé la cara con agua, me puse un poco de rímel y me cepillé el pelo, de un castaño rojizo y naturalmente liso. No solía maquillarme demasiado, y para ir a clase siempre prefería lo mínimo indispensable. Me puse una camiseta grande de la fraternidad, unos pantalones cortos de deporte y unos tenis antes de tomar la mochila y salir de mi habitación.

La casa estaba en silencio. Mis *roomies*, almas más valientes que yo, habían optado por las clases de las ocho de la mañana y ya se habían ido para comenzar con sus jornadas. Yo, sin embargo, prefería empezar a las nueve y media. Examiné la cocina en busca de un termo para el café y me preparé una taza rápida sin dejar de mirar el celular y tamborilear con el pie mientras la cafetera Keurig se tomaba su preciado tiempo.

Cuando salí, al fin, por la puerta me eché a correr hacia la parada del autobús y el corazón me dio un vuelco al darme cuenta de que las puertas estaban cerrándose. Odiaba llegar tarde a las cosas, e imaginarme a mí misma entrando sola a la mitad de una clase ya empezada hacía que me sudaran las palmas de las manos.

—¡No cierres! —gritó una voz detrás de mí.

Me di la vuelta y me encontré con un chico alto y (por lo que podía ver) atractivo que corría en dirección al autobús. Pasó junto a mí con una sonrisa lo bastante encantadora como para convencer al conductor de que volviera a abrir las puertas del autobús.

—Después de ti —dijo desde el escalón de la entrada del autobús mientras me hacía un gesto para que subiera a bordo.

Describirlo como «alto, moreno y guapo» apenas le hacía justicia. Su pelo ondulado y café oscuro enmarcaba un rostro que parecía esculpido, con una mandíbula fuerte. Sus ojos, de un castaño intenso, tenían cierto encanto que resultaba imposible de ignorar. Sin hacer el menor esfuerzo, tenía un aura de persona genial y confiada que hizo que se me acelerara el corazón.

Pasé junto a él rozándolo mientras mis ojos examinaban con rapidez los asientos disponibles, hasta que se detuvieron en un par que había en la fila de atrás. Sabía exactamente con quién iba a compartirlo. Me senté en el asiento de la ventana y observé cómo cruzaba el pasillo de forma deliberada. Traté de no quedarme mirándolo hasta que me fijé en su camiseta.

—¿Te importa si me siento? —me preguntó al llegar a mi fila.

—Creo que es lo mínimo que podría hacer después de que hayas conseguido que el autobús no se fuera sin nosotros. —Había un matiz de nerviosismo en mi voz—. ¿Eres de Nueva York? —Él pareció sorprendido por la pregunta—. Tu camiseta.

Señalé la prenda gastada de color gris con el logo de los New York Yankees estampado en la parte delantera. A pesar de que tenía pinta de haber pasado demasiadas veces por la lavadora, seguía ajustándose a su cuerpo de una forma favorecedora.

—Ah, esto. —Bajó la mirada para observar su vestimenta—. No. Mi padre es fan. ¿Y tú?

—¿Que si soy fan o que si soy de Nueva York?

—¿Cualquiera de las dos cosas? ¿Las dos? —dijo entre risas.

—Ninguna de las dos. Aunque llevo queriendo ir a vivir allí desde que tengo memoria.

Mientras se sentaba en el asiento, apoyó su pierna contra la mía y todo mi cuerpo se encendió. ¿Cómo es que me sentía tan atraída por alguien cuyo nombre no conocía?

Se presentó como si pudiera leerme la mente.

—Soy Ethan, por cierto. Ethan Brady.

—Sloane Hart.

—¿Es tu primer año viviendo en Ascent? —me preguntó—. Nosotros acabamos de mudarnos a uno de los edificios que hay cerca de la piscina.

—¡Mis *roomies* y yo también vivimos por ahí! En el departamento 3221. Es nuestro segundo año aquí, y nos encanta —le dije—. Tratamos de conseguir una casa en Wrightsville, pero no tuvimos mucha suerte. Al parecer se acaban muy rápido.

Él abrió mucho los ojos.

—Pues me parece que somos vecinos... Yo vivo en el departamento de arriba. Espero que no llamen a la policía si hacemos demasiado ruido en las fiestas.

—Jamás haríamos eso. A menos que no nos inviten.

—Tomo nota. —Ethan asintió con la cabeza—. ¿Qué estás estudiando?

Mientras respondía, no pude evitar lanzarle una mirada de soslayo, y me fijé en cómo se le arrugaban los ojos cuando sonreía y en la confianza que revelaba su postura.

—Comunicación. Habría elegido Periodismo, pero la Universidad de Wilmington no lo ofrece, así que tuve que conformarme con eso. A ver si lo adivino... ¿Tú estás estudiando Economía o Administración de Empresas? —le pregunté alzando una ceja.

—No me estereotipes así, Hart. —Su lengua pronunció mi apellido como si se hubiera pasado toda la vida esperando para decirlo—. Yo también estoy estudiando Comunicación. Me echaron de la escuela de negocios después de que suspendiera Introducción al Cálculo dos veces.

—No sabes cuántas veces he oído eso. A mí no se me dan las matemáticas, así que no me puedo ni imaginar cursar Introducción al Cálculo una vez, y mucho menos dos. —Me di cuenta de que me resultaba fácil abrirme con él—. Pasé estadística de panzazo.

—¿Qué clase tienes ahora?

Me gustaba que me hiciera tantas preguntas. Me hacía sentir importante.

—Escritura Creativa Avanzada. ¿Y tú?

—Introducción a la Oratoria Pública —respondió, y consiguió pronunciar las palabras sin reírse.

—¿Esa asignatura no es de primero?

—La he estado postergando. Odio hablar en público. Ahora pienso que ojalá me la hubiera quitado de encima hace cuatro años.

—Puedes mirarlo de esta forma: lo más probable es que vayas a tener que hablar ante un aula llena de chicos de dieciocho años que se sentirán mucho más intimidados por ti que tú por ellos.

—Bien pensado, Hart.

Ahí estaba otra vez. Se me paró el corazón durante un instante cuando volvió a decirlo.

El autobús se detuvo rechinando en el lado norte del campus. Esperamos a que todos los demás se bajaran del vehículo, hasta que nosotros fuimos los únicos que quedábamos en él. Ethan tomó la delantera y yo lo seguí; sabía que nos dirigíamos hacia el mismo edificio, porque en él tenían lugar la mayoría de las clases de Comunicación.

—Bueno, pues esa es mi clase —le anuncié. Tenía que estirar el cuello para mirarlo mientras seguíamos caminando. Debía de medir alrededor de un metro noventa.

—¿Tienes más clases después o vas a volver a Ascent?

—Tengo otra clase, y después una reunión.

—Entonces supongo que volveré solo a casa. ¿Nos vemos por ahí, Hart?

Me había hecho una pregunta cuya respuesta ya conocía.

Llegué a Ascent poco después de las tres de la tarde, y, mientras subía las escaleras hasta nuestra casa, pude oír a mis *roomies* escuchando a Drake a todo volumen. Quería que el tiempo se ralentizara. Por muy emocionada que estuviera por el año que tenía por delante, no quería que se terminara la universidad.

Había conocido a Lauren Ellis y Jordan Coleman gracias a la suerte del azar cuando la universidad nos asignó por sorteo a la peor residencia para estudiantes de primer año, Moore Hall. Se trataba de la única torre de departamentos del campus que todavía no habían demolido y reconstruido, y nosotras nos encontrábamos entre las pocas afortunadas que vivieron en ella durante su último año. Me gustaba pensar que la experiencia que llamábamos Moore Hell, el Infierno de Moore, nos había hecho estrechar lazos.

Lauren es mi mejor amiga. Es impresionantemente guapa, con un largo pelo rubio platino y la sonrisa más dulce del mundo. Cada vez que ocurre algo malo, o bueno, ella es la primera persona a la que se lo cuento. Es la clase de amiga que jamás te decepciona. Como buena estudiante de Educación, Lauren siente pasión por moldear las mentes jóvenes. Es sincera pero amable, siempre capaz de decir las verdades difíciles con tacto. Realmente es la persona más auténtica que he conocido jamás. Jordan es la fuente de luz y risas de nuestro grupo. Es el espíritu más libre y la más desinteresada de las tres. Su actitud es muy de dejarse llevar, a juego con su pelo rubio oscuro con ondas surferas y su piel bronceada; solo con mirarla te das cuenta de que es nativa de Wrightsville Beach. Las tres somos muy diferentes, pero encajamos a la perfección.

—Santo cielo, ¡por fin has vuelto!

El dramatismo de Lauren era una de las cosas que más me gustaban de ella.

—¿Ya ha empezado a beber? —le pregunté a Jordan.

—Todavía no, pero lo hará pronto —respondió ella entre risas.

—Qué graciosa, qué graciosa —se burló Lauren—. ¿Es que no puedo estar emocionada? ¡Acabamos de terminar nuestro penúltimo primer día de clase! Es muy importante. Y también triste. Pero será mejor que no pensemos en eso. ¡No quiero que nada nos estropee nuestra primera noche de fiesta del último año!

—¿No es un poco raro ir al Jerry's un miércoles? —preguntó Jordan—. Me sorprende que las fraternidades no organicen fiestas para el primer día de clase.

—Chicas. —Lauren se sentó en el sillón—. Los alumnos de último año nunca van a las fiestas del primer día de clase; son solo para los de las generaciones anteriores. ¡Por fin tenemos la mayoría de edad! Por eso hay que ir al Jerry's esta noche. ¿No se dan cuenta?

—Eso tiene mucho sentido —respondí mientras Jordan asentía con la cabeza al unísono.

—Nos quedan unas tres horas hasta que tengamos que empezar a prepararnos. ¿Qué quieren cenar? Tenemos un montón de comida gracias a que nuestros padres nos han ayudado con la mudanza. ¿Pizza congelada?

Sin duda, Lauren era la planificadora del grupo.

—Sí, una pizza congelada suena genial —asintió Jordan.

—Esperen —las interrumpí—. Tengo que contarles lo del chico que he conocido en el autobús de la universidad.

—Un momento —dijo Lauren—. ¡¿Llevas cinco minutos enteros en casa y todavía no nos lo has contado?! ¡Suéltalo!

Mi amiga estaba eufórica. Le encanta el amor, y sabía lo difícil que me había resultado encontrarlo.

Cuando era más joven, me mudaba mucho de casa. Mi madre es cirujana, y al principio de su carrera profesional, la trasladaban de hospital cada pocos años. Eso hacía que me resultara extremadamente difícil hacer amigos, por no hablar de encontrar novio. Lo más cerca que había estado de hacerlo había sido con Carter.

Carter era, en muchos sentidos, un soplo de aire fresco. Nuestras citas eran espontáneas, cada noche con él estaba llena de adrenalina porque yo tan solo podía tratar de adivinar lo que pasaría a continuación; estar con él hacía que me sintiera emocionada y nerviosa al mismo tiempo. A pesar de que nuestra relación era más bien tirando a informal, me pidió que fuera con él al baile de graduación. Se presentó en mi casa con su madre y una pulsera de ramillete que no combinaba con mi vestido, pero, por supuesto, me puse de todos modos. Nos hicimos fotos y nos subimos en una limusina con nuestros amigos, pasándonos enfriadores de vino y minibotellas. Esa noche perdí la virginidad, aunque había imaginado que sería muy diferente. Esperaba que fuera un gran momento romántico, pero, en su lugar, tan solo fueron unos minutos en la habitación de invitados de la casa de un amigo, y terminaron con un condón roto.

Unas cuantas semanas después de la graduación de la preparatoria, mis padres me hicieron sentarme y me dijeron que se iban a divorciar. Aquello me tomó por sorpresa. Veinte años de matrimonio se habían terminado en un abrir y cerrar de ojos. ¿Es que no me había dado cuenta de las señales? Por supuesto, discutían como cualquier otra pareja casada, pero yo no creía que fueran capaces de romper sus votos. Como si el divorcio no fuera suficiente, el momento no fue nada conveniente para mí. Tan solo faltaban unos meses para que me fuera a la universidad, a unas cuantas horas de casa, y me sentía como si no supiera cuál era mi hogar. Mis padres estaban tan centrados en dividir sus posesiones y en vender la vivienda que no tenían tiempo para apoyarme durante aquel periodo de transición en el que realmente necesitaba que lo hicieran.

Durante el resto del verano, me acostaba con Carter cada vez que podía: mientras nuestros padres estaban en el trabajo, en coches dentro de estacionamientos, en fiestas, después de las fiestas... Estaba dispuesta a hacerlo cuando fuera y donde fuera, porque pensaba que eso haría que se enamorara de mí. Estaba desesperada por no sentirme sola. *Spoiler*: el sexo nunca sirve para hacer que alguien se enamore de ti. A pesar de que no estábamos «juntos», todavía seguía viendo a Carter cuando volvía a casa en las vacaciones, sobre todo, para evitar estar cerca de mis padres, que ya habían empezado a salir con otra gente. Me pasé mi primer año de universidad con la esperanza de que se convirtiera en algo más que un casi algo, y el año siguiente, tratando de encontrar algo que se comparara con la sensación estimulante que él había producido en mí. Al fin, llegó el tercer año de carrera y me tomé un descanso en mi búsqueda del amor: empecé a pensar que el amor de mi vida no se encontraba en Wilmington. Tal vez estuviera en una gran ciudad, o en otra costa. Ya lo descubriría algún día. Estaba decidida a concentrarme en mis estudios durante los dos años restantes de universidad, y a encontrar el trabajo de mis sueños después de graduarme para irme de Carolina del Norte. Mi vida mejoró mucho cuando dejé de buscar el amor con cada chico que conocía.

—Pues a ver, iba con un par de minutos de retraso gracias a nuestra cafetera. Les juro que tarda diez minutos en hacer una sola taza... Deberíamos pensar en comprar una nueva.

Me di cuenta de que estaba empezando a divagar.

—Vamos, ¡ve al grano! —intervino Jordan.

Me apresuré a llegar al corazón de la historia con la emoción burbujeando dentro de mí.

—En fin, el caso es que iba corriendo hacia el autobús y las puertas empezaron a cerrarse. Estaba segura de que iba a perderlo y llegaría tarde a clase, hasta que un chico apareció corriendo por detrás de mí y consiguió que el conductor abriera las puertas. Quedaban dos asientos libres, uno junto al otro, así que nos sentamos allí y nos pasamos todo el camino hasta el campus hablando. Está en el último año y estudia Comunicación como yo, y lo mejor de todo es que vive justo encima de nosotras.

—¡Qué fuerte! —exclamó Lauren, que había abierto mucho los ojos mientras absorbía todas y cada una de mis palabras.

—¡Espero que sus *roomies* estén guapos! —añadió Jordan.

—Cuando les digo que podría ser el chico más atractivo que jamás hayan visto mis ojos... —continué con efusión—.

Lo digo en serio. Tiene el pelo castaño y suave y una sonrisa genial, y se nota que va al gimnasio por lo menos cinco días a la semana.

—Bueno, pues igual que cualquier otro imbécil de alguna fraternidad del campus —replicó Lauren poniendo los ojos en blanco.

Pero Jordan ya estaba metida de lleno en la fantasía.

—¡A mí me suena a que está guapo!

—¿Le has preguntado al chico del autobús si va a ir al Jerry's esta noche? —planteó Lauren.

—No. Maldita sea, ¡tendría que haberlo hecho!

Agarré un cojín que había junto a mí en el sillón y enterré la cara en él.

—¡Seguro que estará allí! —dijo Jordan, que era siempre la más optimista—. Según Lau, van a ir todos los alumnos del último año.

—Eso es cierto, y tenemos que vernos bien. Así que deja de poner muecas. ¡Vamos a prepararnos!

Hicimos caso a Lauren: nos fuimos a nuestras respectivas habitaciones y pusimos nuestras listas de reproducción a todo volumen para prepararnos. Me di cuenta de que estaba sonriendo ante la idea de encontrarme con Ethan dos veces en un mismo día. ¡Nunca hay que perder la esperanza!

2
Ethan

Agosto de 2016

Cuando llegué a clase, no era capaz de pensar en nada que no fuera Sloane. Era callada, pero, al mismo tiempo, parecía estar dispuesta a contártelo todo si se lo preguntabas. Era guapa, aunque no de la misma forma que la mayoría de las chicas del campus. Me di cuenta de que no se esforzaba demasiado ni se tomaba a sí misma muy en serio; no tenía necesidad de hacerlo. Nunca antes me habían atraído las pelirrojas, pero había algo diferente en ella. Traté de volver a la realidad. Yo no soy de esa clase de chicos; nunca me enamoro de ninguna chica. Y menos de aquellas a las que respeto. Sé cómo suena eso, pero es cierto. Estoy mal de muchas formas diferentes, pero la peor de todas es que no sería capaz de reconocer una relación sana ni aunque me golpeara en la cara. Podemos dar las gracias a mis padres por eso.

Sloane tenía razón: en mi clase de oratoria pública había solo alumnos de primer año. Me di cuenta porque todos llevaban el libro de texto. Yo jamás desperdiciaría el dinero en libros de texto; para eso están los hermanos de la fraternidad y las chicas lindas que se sientan a tu lado en clase. Escuché a la profesora mientras nos insistía sobre los seis discursos que tendríamos que dar a lo largo del semestre: informativo, persuasivo, entretenido, demostrativo, motivador e improvisado. Dios mío, me odiaba muchísimo por haber postergado esta asignatura durante tanto tiempo.

La profesora puso fin a la clase bastante antes de los setenta y cinco minutos estipulados, lo que me dejó con mucho tiempo libre antes de la siguiente, así que me dirigí hacia la biblioteca. No estaba seguro de que fuera a haber nadie ahí el primer día de clase, pero la gente de las fraternidades solía pasar el rato durante el día en el tercer piso.

—¡Brady! —me llamó alguien desde el otro lado del patio interior. Me giré la gorra de beisbol para dejarla hacia atrás y poder ver mejor a quienquiera que fuera la persona con la que estaba a punto de encontrarme. Eran mis *roomies*, Graham y Jake.

—¿Qué están haciendo ustedes dos en el campus tan temprano? Especialmente tú —añadí mientras señalaba a Jake con un gesto de la cabeza.

—Actúas como si fueran las ocho de la mañana —resopló él.

—Vamos a conseguir algo de comer —nos propuso Graham—. Si nos damos prisa, todavía estamos a tiempo de pedir el desayuno en el Chick-fil-A.

Graham era como un hermano para mí. Llevaba desde octavo viviendo con su familia, así que nos había resultado natural compartir casa también en la universidad. De los tres, él era el más listo. Venía de una familia de buena genética, y tampoco le perjudicaba el hecho de que fueran ricos. Graham y yo éramos polos opuestos en casi todos los sentidos posibles, pero él es la única persona a la que había dejado acercarse a mí en toda mi vida. Conocimos a Jake en el primer año de universidad, cuando los tres nos unimos a Pi

Kappa Alpha; los recuerdos a veces me provocan un escalofrío. No hace falta decir que estrechamos lazos de una forma que la mayoría de la gente no logra. Jake es de la clase de chicos que van a cazar y a pescar, mientras que Graham y yo somos más de pasar el rato dándole patadas a una pelota de futbol o surfeando olas en la playa.

—Menos mal que no hay mucha fila —dijo Jake cuando atravesábamos las puertas del centro de la asociación de estudiantes—. Podría zamparme diez minihamburguesas ahora mismo.

Mientras esperábamos en la fila para pedir nuestro desayuno, la interacción de antes con Sloane comenzó a meterse en mi mente otra vez. ¿Cómo es que nunca antes la había visto en alguna de nuestras fiestas o en algún bar? Estaba seguro de que la recordaría. Una pequeña parte de mí tenía la esperanza de que fuera al Jerry's esa noche, o, mejor todavía, al precopeo en la casa Pike.

3
Sloane

Agosto de 2016

—¡Ya ha llegado el Uber! —grité por encima de la música.

Nuestro departamento estaba más abarrotado de lo habitual. A pesar de que nos habíamos ido de nuestra sororidad a mitad del segundo año, seguíamos siendo amigas de muchas chicas de nuestro grupo que estaban allí. Taylor y Hailey también vivían en Ascent, pero hacia la parte delantera del complejo. Siempre podía contar con que fuéramos las cinco juntas al precopeo de cualquier evento; incluso si fuera para otra fiesta.

—Vamos, chicas, ya nos tenemos que ir. —Lauren desconectó el celular de la bocina y metió unos cuantos vasos vacíos en la tarja—. Sloane, has pedido un XL, ¿verdad?

—Sí, ¡así cabemos las cinco sin tener que sentarnos las unas sobre las otras! —confirmé. Conduje a las chicas por las escaleras hasta llegar al estacionamiento, donde nos estaba esperando la camioneta—. Ninguna lleva alcohol para el camino encima, ¿verdad? Mi cuenta de Uber no podría sobrevivir a otra reseña de una estrella después de que vomitara a la vuelta de la Fiesta de la prole en primero.

Me estremecí ante aquella imagen.

—Por Dios, no me lo recuerdes —dijo Taylor, e hizo como si le dieran arcadas.

Todas las demás negaron con la cabeza y después se metieron en el coche una por una. Yo ocupé el asiento delantero, y el conductor me ofreció el cable de la bocina.

—¿Alguna petición? —pregunté mientras lo giraba entre mis dedos.

—¡Esa canción nueva de los Chainsmokers! —suplicó Jordan—. ¡Estoy obsesionada!

—¡*Closer*! ¡Sí! —insistió Lauren.

—*From your roommate back in Boulder, we ain't ever getting older!* —gritamos a todo pulmón. Estos eran los momentos que no quería olvidar.

Era un trayecto de quince minutos desde Ascent hasta el bar, y pusimos *Closer* en bucle durante todo el camino. Estaba segura de que el conductor nos odiaba, pero nos daba igual. La canción era pegajosa, y nos esforzábamos en estar a la altura de nuestras expectativas de la primera noche del último año. No podía culparnos por eso.

Llegamos al Jerry's estratégicamente con veinte minutos de antelación para no tener que esperar en la fila. Estaba contenta con nuestra decisión. Los cadeneros apenas miraron nuestras identificaciones, a pesar de que era una de las primeras veces que entrábamos en el local teniendo edad para beber. La zona estaba más llena de lo que esperaba.

Justo antes de la entrada había un patio exterior en el que normalmente me encantaba pasar el rato, pero no en una húmeda noche de agosto. El Jerry's era un tugurio más, igual que cualquier otro bar universitario. Por la noche quitaban las mesas altas y los taburetes para que hubiera espacio para bailar. En las paredes había televisores de pantalla plana y carteles de neón con logos de cerveza, y ninguna de las bebidas que servían costaba más de diez dólares. Cada vez que entraba allí, me invadía la nostalgia. No podía creer que tan solo nos quedara un año en aquella ciudad. De entre todos los lugares en los que había vivido, Wilmington se había convertido en mi favorito.

—¡Vamos a formarnos en la fila! —gritó Lauren por encima de la música. Agarró mi mano mientras yo tomaba la de Jordan y fuimos en línea recta hacia la barra—. ¿Nos puedes poner dos vodkas con refresco y una Mich Ultra? —Lauren le tendió su tarjeta de débito al mesero y se giró hacia nosotras—. Sigo sin entender cómo puedes tomar esa cosa.

—¡Hoy es noche de cerveza! ¿Alcanzará con nuestro presupuesto? —repliqué.

—Como la bebida de Sloane es prácticamente gratis, yo pago la siguiente ronda —avisó Jordan.

Por el rabillo del ojo, vi a Hailey y a Taylor hablando con algunos de nuestros amigos varones. Después de cuatro años de reuniones, fiestas, bailes y vacaciones de primavera, los chicos de Sigma Chi también se habían convertido básicamente en nuestros hermanos. Al menos, aquellos con los que no nos habíamos acostado.

—¡Vamos con ellos! —dijo Lauren, y nos condujo hacia donde se encontraban las demás chicas.

—¡Ahí están! —nos saludó Hailey.

—¿Cómo estamos? —preguntó uno de los chicos mientras se acercaba y nos rodeaba a Lauren y a mí con los brazos.

—¡Dios mío! —exclamó Lauren—. ¡Cuánto tiempo! ¿Qué tal te ha ido estudiando en el extranjero?

Mientras las conversaciones sobre los viajes del verano, los horarios del último año y los planes para después de la universidad ocurrían a mi alrededor, me excusé para ir al baño y después volví a dirigirme a la barra para pedir otra bebida. El Jerry's se estaba llenando con rapidez, pero no había rastro de Ethan. Puede que Lauren estuviera equivocada. Puede que no todos los alumnos del último año fueran a los bares de la playa para celebrar el primer día de clase. Antes de que pudiera pensar demasiado en ello, alguien me apretó el hombro.

—¿Puedo invitarte a una copa?

Cinco palabras que cualquier persona de veintiún años querría oír. Me di la vuelta y me encontré cara a cara con el único chico al que quería ver esa noche.

—¿Cómo se supone que voy a decirle que no a eso? —pregunté, aunque ya conocía la respuesta.

Las palabras de Ethan estaban llenas de encanto y confianza.

—Es bastante difícil decirme que no. —Me mostró una sonrisita. Recorrió con la mirada el espacio abarrotado y añadió—: Demonios, esto está muy lleno.

—Sí, la fila de la barra apenas ha avanzado.

Solté un suspiro; la espera estaba comenzando a bajarme el ánimo.

—Ven conmigo.

Sin dudar, me tomó de la mano y me condujo justo hasta el fondo del bar. En cuestión de segundos, una de las meseras miró en su dirección y se acercó a nosotros.

—Ethan, cielo, ¿qué te sirvo? —le preguntó pestañeando de forma exagerada.

«¿Cielo?». Por supuesto, se conocían. «Me pregunto si se habrá acostado con ella», pensé. Analicé su aspecto, desde su pelo rubio falso hasta cómo los pechos prácticamente se le salían del *crop top*. «¿Esta es la clase de chica que le resulta atractiva? Si es así, estoy perdiendo el tiempo». Durante un momento, me planteé la posibilidad de pasar de la copa para ir a buscar a mis amigas... Hasta que volvió a pronunciar mi apellido.

—A ver, Hart —comenzó Ethan—. ¿Te gusta la cerveza, o solo te la bebes porque cuesta un dólar? ¿Quieres un vodka con arándanos? ¿Un vodka con refresco?

—En serio, no me importa tomar cerveza. Los licores y yo no tenemos muy buena relación. Quiero recordar al menos la primera noche del último año, ¿sabes?

—Pues entonces, dos Mich Ultras.

El zumbido de la conversación se arremolinaba a nuestro alrededor, una sinfonía de charlas ligeras de gente coqueteando y poniéndose al día con antiguos amigos. Un rugido de emoción llegó hasta nosotros desde un grupo que había en un rincón; cuando miré para ver por qué estaban gritando, me di cuenta de que había dos chicos de rodillas tomándose unos Smirnoff Ice de un trago. Ni siquiera sabía que lo vendían en el Jerry's. Tomé nota para poder hacerlo con Lauren más tarde; era una tradición que teníamos, sobre todo en los cumpleaños y las ocasiones especiales.

—Salud —dijo Ethan mientras me pasaba una cerveza.

—Gracias por invitarme.

Sonreí mientras me llevaba la botella a los labios y tomaba un sorbito.

—¿Dónde están tus amigas? —me preguntó.

—La última vez que las vi estaban cerca de las ventanas, pero ahora no estoy segura. No puedo verlas entre toda esta gente.

—Bueno, pues vamos a buscarlas.

Me tendió la mano otra vez, yo se la tomé sin hacer preguntas, y dejé que me condujera a través de la multitud. A pesar de que conocía a Ethan desde hacía menos de veinticuatro horas, había algo en él que me hacía sentir segura. Era una sensación tranquilizadora que nunca antes había sentido con ningún chico.

—¡Ahí están! —Jalé de la camiseta a Ethan y señalé a Lauren—. La rubia del top azul es mi *roomie*. Gracias por ayudarme.

—No vas a librarte de mí tan fácilmente. Al menos debería conocer a mis otras vecinas, ¿no?

Sentí un revoloteo en el estómago ante el recordatorio. ¿Aquello era una buena idea? ¿Enamorarme mi vecino? No era alguien a quien pudiera evitar fácilmente, como mis habituales ligues de una noche. No tendría ninguna forma de escapar de Ethan Brady.

—¡Ahí estás! —exclamó Lauren—. Pensábamos que te habías ido.

—¿Irme? ¿Por qué iba a irme? —le pregunté, confundida.

—Vamos ya, Sloane —intervino Jordan con un golpecito burlón—. Eres famosa por hacer la bomba de humo.

—¿A quién tenemos aquí? —le preguntó Lauren a Ethan, tan sociable como siempre—. Yo soy Lauren.

—Ethan —se presentó él con sencillez—. Mis *roomies* y yo vivimos encima de ustedes.

—Ah, ¡así que tú eres el chico del autobús! Yo soy Jordan.

Ethan giró la cabeza hacia mí en busca de una explicación.

—¿El chico del autobús? —preguntó mientras fruncía el ceño de forma juguetona—. Es un apodo horrible.

—Échale la culpa a Lauren; se le ha ocurrido a ella.

Me di cuenta de que se me estaba poniendo la cara roja, así que le di un trago a mi cerveza en busca de un poco de valor líquido.

La conversación cambió de rumbo cuando Lauren preguntó:

—¿Dónde están tus *roomies*?

—¿Son guapos?

La curiosidad de Jordan era más directa.

—¡Chicas!

Si mi cara no estaba roja de antes, sin duda se acababa de poner. *Gracias a Dios por las luces tenues.*

Ethan era tan alto que sobresalía por encima de la multitud; su altura le daba unas vistas privilegiadas.

—Están por aquí, en alguna parte —dijo a la vez que escudriñaba con la mirada el local—. Enseguida vuelvo —añadió tranquilamente, y comenzó a atravesar la multitud.

Lo observé mientras se alejaba, esperando que lo hubiera dicho en serio y que mis amigas no lo hubieran espantado. Era refrescante que volviera a gustarme alguien. Desde Carter, había intentado que mi vida amorosa fuera informal y no encariñarme demasiado con ningún ligue. Era más fácil así, ya que la mayoría de los chicos universitarios no buscaban nada serio. Ya había cometido ese error antes, y había jurado que no me permitiría volver a hacerlo. Pero Ethan tenía algo que me hacía sentir diferente, como si estuviera dispuesta a poner mi corazón en riesgo solo para ver si podíamos llegar a ser algo, y qué podría ser ese algo.

En unos minutos, Ethan regresó con dos chicos también muy atractivos.

—Graham y Jake, estas son Sloane, Lauren y Jordan, nuestras vecinas de abajo —nos presentó Ethan.

Graham, con su pelo rubio desgreñado, sus ojos azules y un bronceado dorado que probablemente le durará todo el año, tenía pinta de haber salido de una campaña de Billabong. Se notaba que había crecido en la playa y no tenía ninguna intención de irse jamás. Jake, sin embargo, era todo lo contrario: piel oscura, pelo rapado y algo de vello facial.

Durante el transcurso de la noche, nuestros grupos de amigos se acabaron fusionando en uno solo. Observé a Lauren y Graham, que estaban haciendo buenas migas y prácticamente excluían a todos los demás de sus conversaciones. Era como si fueran las dos únicas personas del bar. Jordan no parecía interesada en Jake, así que los cuatro estuvimos bailando y hablando hasta que apagaron las luces.

Lauren nos suplicó que no diéramos la noche por terminada, y los chicos estuvieron de acuerdo. Por lo tanto, decidimos seguir con unos juegos de beber en nuestra casa. Aunque, por lo general, no soy de jugar después de salir de fiesta, no fue difícil convencerme para pasar más tiempo con Ethan.

—¿Qué quieren tomar? —preguntó Lauren a la vez que nos miraba a todos, haciendo ya de anfitriona mientras entrábamos en nuestro departamento a oscuras.

—Voy corriendo arriba por nuestra caja de Miller. No está bien que nos tomemos todo su alcohol —se ofreció Graham, y salió por la puerta antes de que Lauren pudiera decirle que no.

—¿Quieren jugar Ride the bus? —pregunté.

—Al autobús —dijeron Ethan y Jake al unísono.

—Pues al autobús.

Graham volvió con la cerveza en un tiempo récord, y conseguimos meternos todos en nuestro sillón en forma de «L» mientras Jordan nos recordaba cómo se jugaba. No hay nada más propio de la universidad que una estancia llena de chicos de veintiún años borrachos discutiendo sobre qué reglas usar. Hacia el final de la última ronda, me excusé para usar el lavabo. Lauren estaba en el autobús, cosa con la que siempre tenía muy mala suerte, así que sabía que tenía tiempo de sobra hasta que empezara una nueva ronda.

Luego de entrar al baño, puse el seguro. Hasta que me senté en el escusado no me di cuenta de lo ebria que estaba. Notaba la cara cálida, el cuerpo me hormigueaba y los ojos estaban empezando a pesarme. Aunque me lo estaba pasando bien coqueteando con Ethan, no estaba segura de cuánto tiempo más podría continuar.

Cuando abrí la puerta del baño, me encontré con Ethan plantado en mi habitación. Estaba mirando los portarretratos que tenía colocados sobre la cómoda, levantándolos y examinándolos uno por uno.

—Hola —dije para anunciar mi llegada.

—¿Son tus padres? —me preguntó sin levantar la mirada de la foto.

—Los mismos.

Me acerqué a él para verla mejor. En el marco de girasoles se hallaba la última foto que nos habíamos sacado como una familia de tres miembros. Yo estaba entre mi madre y mi padre, con una sonrisa en la cara, a pesar de que iba vestida de rojo (el color que menos me gusta) y tenía un gorro de graduación que no dejaba de caérseme de la cabeza. Recuerdo cómo me sentía exactamente ese día: emocionada por tener, al fin, el control de mi futuro. Unas pocas semanas después de que nos hicieran esa foto, mis padres me dijeron que se iban a divorciar. Mi padre había perdido su trabajo, había caído en una depresión y no se había esforzado lo más mínimo en buscar otro trabajo. Después de casi dos años de tratar de ayudarle, mi madre dijo que ya se había hartado. Yo no la culpaba, pero sí que sentía lástima por mi padre.

Ethan volvió a colocar el portarretratos sobre mi cómoda y se giró para mirarme. Me sentía como si sus grandes ojos cafés fueran capaces de examinarme por completo. Mi ritmo cardiaco se incrementaba a cada segundo que pasaba, y con una confianza recién encontrada gracias al alcohol, cerré la puerta de mi habitación. Él captó la indirecta, se acercó más a mí y colocó una mano sobre la parte inferior de mi espalda y la otra sobre mi cara. Su pulgar acarició mi mejilla con suavidad, y pude sentir que el resto de su mano me rodeaba la nuca. Se me puso la piel de gallina.

Cuando nuestros labios se tocaron al fin, fue como si ya se hubieran conocido antes.

Los primeros besos pueden ser dos cosas: horribles o increíbles. No hay un punto medio. El primer beso de mi vida fue de los horribles. Tenía quince años y era Año Nuevo. Recuerdo que noté el sabor de la pasta de dientes en su lengua y pensé que se había lavado los dientes para ser cortés. Resultó que estaba muy borracho y había estado vomitando en el lavabo justo antes de que dieran las doce.

Y después estaba mi primer beso bueno. Fue como una escena de cualquier película o libro juvenil de los últimos diez años. Un sábado por la noche, durante la primavera del último año de la escuela, me quedé fuera de casa después de mi hora de regreso. En la bocina con Bluetooth sonaba *Crazy Rap*, de Afroman, mientras nos pasábamos una botella de *whisky* y otra de Dr Pepper para dar un trago a una después de la otra. Sabía que estaba mal dejar que Carter me llevara a casa en coche después de haber tomado, pero tenía diecisiete años y no siempre tomaba las mejores decisiones. Estacionó el coche en la parte superior del camino de entrada de mi casa, y entonces me besó. Todavía recuerdo cómo se me encendió el cuerpo entero, como si hubiera estado viviendo la vida en piloto automático hasta ese preciso momento.

Este primer beso con Ethan no fue así. Besarlo me resultaba familiar, como si nuestros labios fueran piezas de un rompecabezas que encajaban juntas a la perfección. Él no me ponía nerviosa como solía hacerlo Carter. Ethan me hacía sentir cómoda. Me hacía sentir en casa.

4
Sloane

Septiembre de 2016

Lauren empezó a salir con Graham Clark tres semanas después de empezar el semestre, lo cual era mucho antes de lo que jamás me hubiera imaginado. Tan solo habíamos ido a unas cuantas fiestas en Pike durante esos años, principalmente sus icónicas fiestas del último día de clase de cada semestre, pero, a excepción de eso, no era un lugar que frecuentáramos. Sin embargo, con el nuevo título de novia de Lauren, comenzaron a invitarnos a todo: los precopeos, las fiestas, los encuentros, los bailes, cualquier cosa.

Todos los viernes, después de nuestras clases de por la mañana, Lauren, Jordan y yo nos reuníamos en el patio para ir a comer juntas a la cafetería. La mayoría de los alumnos del último año no comían en el campus a menos que fuera conseguir algo rápido para después irse, pero nosotras habíamos comenzado esa tradición en nuestro primer año, así que, por supuesto, teníamos que seguir hasta el final. Además, jamás rechazaría una comida en el Chick-fil-A.

—Sigo creyendo que es un crimen que tengamos clases los viernes —dijo Lauren—. Muchas universidades no tienen, o si las tienen, son muy pocas. ¿Por qué no nos lo advirtieron los de orientación?

—La verdad es que nos pasamos un poco anoche —respondí con una sonrisita.

—No me lo recuerdes —gruñó.

—Y esa es precisamente la razón por la que deberían servir nuggets de pollo como mínimo hasta el mediodía... sobre todo los fines de semana —añadió Jordan.

—Jordan, puede que esa haya sido la mejor idea que has tenido en la vida —aseguré—. A lo mejor deberías mandarles un mensaje por X para proponérselo. Cada vez que se equivocan con mi pedido, les mando un mensaje para quejarme y me recompensan con una tarjeta regalo.

—¡Dios mío, Sloane! Eres de lo peor. —Lauren me dio un empujón juguetón mientras Jordan se reía—. Me alegra que tengamos una noche para recuperarnos. ¿Qué camiseta se van a poner mañana?

—Una camiseta de Basquetbol y unos Converse —respondió Jordan.

—Yo también —añadí.

—Es lo más fácil —dijo Lauren entre risas—. Me siento como si lleváramos años sin ir a una fiesta de camisetas.

—Creo que la última a la que fuimos fue en Pike. ¿Cuándo fue eso? ¿En segundo? —trató de recordar Jordan.

Lauren lo pensó durante un momento.

—Me parece que sí.

—¿Creen que Ethan estará allí? —pregunté.

—Bueno, teniendo en cuenta que no solo es de Pike sino que también es el *roomie* y mejor amigo de Graham, yo apuesto a que sí. De todos modos, ¿cuánto te gusta realmente?

Los ojos de Lauren se iluminaron.

—Yo no sé si diría que me gusta... —me retracté—. Solo fue un beso.

Jordan se inclinó hacia delante, intrigada.

—¿Quieres que haya más?

—No lo sé. ¿Puede que sí? —admití mientras jugaba con el dobladillo de mi camiseta—. Pero es que ojalá supiera lo que siente él. No quiero perder el tiempo si no está interesado.

—Lau, ahora que Graham y tú están saliendo oficialmente, creo que tendrías que aprovechar para ayudar un poco mejor a nuestra querida Sloane.

—Me gusta esa idea, Jordan —aprobé.

—Está bien, está bien. —Lauren se encogió de hombros—. Sé que no he estado mucho en el departamento estas últimas semanas; las cosas con Graham han pasado de cero a cien en un momento.

Jordan puso los ojos en blanco.

—Ya lo sabemos. ¡Llevas sin dormir en tu propia cama desde que lo conociste!

—Pórtate bien —le dije dándole un codazo.

Lauren se puso en pie y se estiró.

—Voy a intentar sacarle el tema a Graham como quien no quiere la cosa después de la fiesta de esta noche. A lo mejor puede contarnos algo sobre la vida amorosa de Ethan, o, mejor todavía, lo que siente por ti.

—Eso sería genial —respondí mientras sentía una oleada de alivio.

—Dalo por hecho —aseguró Lauren, y asintió confiada con la cabeza—. Y ahora vamos a centrarnos en cosas más importantes. ¿Qué nos vamos a poner para el precopeo?

Graham nos invitó al precopeo de la fiesta de camisetas en su departamento, después unos nuevos iniciados de la fraternidad que no iban a tomar nos llevarían en coche a la casa. Estaba escudriñando la habitación en busca de cualquier señal de Ethan cuando, por el rabillo del ojo, lo vi saliendo al balcón. Abracé a Graham mientras Jake nos daba a cada una un vaso de una bebida hecha con vodka, ron, tequila y ponche de frutas.

—¿Eres fan de los Celtics? —preguntó una voz detrás de mí.

Me di la vuelta y me encontré con un Ethan muy sonriente y probablemente ebrio.

—Lo creas o no, encontré esta camiseta en Goodwill hace unos años, unas horas antes de una fiesta en Pike.

Le di un sorbo al ZF.

—Carajo, pues vaya suerte. Aunque me sorprende oír que fuiste a una fiesta en Pike. Pensaba que antes solo ibas por ahí con los Sigma Chis.

—Oye, Brady —nos interrumpió Graham—. Ya están llegando los iniciados; ustedes se van a ir en nuestro coche.

Lo seguimos hasta el estacionamiento, donde había una hilera de coches esperando.

—¡Siéntense encima! —nos instruyó Jake a las chicas mientras ocupaba el asiento delantero. Jordan se metió en medio y Lauren ocupó su lugar sobre el regazo de Graham, y entonces fue cuando me di cuenta de que yo iba a tener que hacer lo mismo.

—Cuidado con la cabeza —me advirtió Ethan, y su voz sonaba ligeramente baja e íntima en aquel espacio reducido.

Me agaché mientras un escalofrío bajaba por mi espalda, no a causa del aire fresco de septiembre, sino por las expectativas de la proximidad con Ethan. Mientras pasaba mis piernas por encima de las suyas, el roce de su piel contra la mía hizo que una oleada de electricidad me atravesara el cuerpo.

La mano de Ethan se quedó descansando sobre mi muslo, un gesto simple que parecía cargado de una atracción sin expresar. Su otra mano encontró un lugar alrededor de mi cadera, y me sujetó con una presión suave que hizo que las mariposas de mi estómago se multiplicaran. Cerró la puerta y vi cómo se contraían los músculos de su antebrazo del mismo modo que parecía hacerlo mi corazón cada vez que estaba cerca de él. Tan solo me había besado una vez y apenas me había tocado, pero, de algún modo, yo ya me había derretido en un charco a sus pies.

Cuando entramos juntos en la fiesta, me sentí como si anduviéramos.

La casa estaba exactamente como cabría esperar. Había latas de cerveza y botellas de alcohol vacías desperdigadas por el suelo, que ya estaba cubierto por una capa de algo pegajoso a causa de la fiesta anterior. Ethan me condujo hasta un barril de cerveza en el porche trasero, presentándome a cada persona junto a la que pasábamos. Me sentía importante, y no quería que la noche terminara nunca.

—Gracias por la bebida —dije con una sonrisa—. Tengo que ir a buscar a las chicas.

—Voy contigo. Así le pregunto a Graham si quiere jugar al beer pong conmigo.

Nos abrimos camino a través de la fiesta y entramos en la cocina, donde nos encontramos con que Lauren y Graham ya estaban jugando al beer pong.

Ethan se inclinó y me susurró al oído:

—Podemos hacer equipo contra ellos.

—Creo que debería advertirte que soy muy mala. Fly the cup se me da mucho mejor.

—Bueno, pues entonces también te quiero en mi equipo para eso.

—¡Vamooooos! —Graham sostuvo el vaso en alto y se lo bebió de un trago para que todos en la cocina supieran que había ganado... otra vez—. Brady, ¿quieren jugar ustedes?

Ethan me tomó la mano para conducirme hasta el otro lado de la mesa. Volvió a colocar los vasos mientras yo los llenaba de cerveza de barril.

—Enseguida vuelvo —susurró. Regresó de inmediato con dos bebidas nuevas—. Vamos allá.

Para sorpresa de nadie, perdimos.

—Yo te dije que soy malísima —le recordé con la cabeza agachada.

—Ya les ganaremos la próxima vez —me aseguró Ethan.

Después, me alejé de allí y fui zigzagueando entre la multitud sudorosa hasta que localicé la fila para el baño, donde tenía la esperanza de encontrar a Jordan.

—¿Por qué estás tardando tanto? —Una chica que se encontraba al principio de la fila golpeó la puerta—. ¡Algunas tenemos que orinar de verdad!

Apenas unos pocos segundos más tarde, un chico abrió la puerta de la mano con una chica. Y esa chica era Jordan.

—¡Sloane! —Me dio un abrazo mientras yo veía a las chicas de nuestro alrededor poner los ojos en blanco. Estaba demasiado sobria y demasiado avergonzada para estar allí en ese momento—. Nos vamos a ir a casa. ¿Vas a estar bien?

Miré detrás de ella y le di un buen repaso al chico del baño. Antes de que pudiera hacerles ninguna pregunta, Graham se acercó a él por detrás y se chocaron el puño.

—¿Te vas a ir tan pronto, Jordan? —le preguntó, guiñándole un ojo.

—Sip —declaró ella—. Con tu buen amigo Pat.

—No te preocupes, Pat es un buen tío —me aseguró Graham—. Hay otro baño arriba, vente conmigo si quieres.

Seguí a Graham por la escalera de madera, pasando junto a todas las fotos de generación de la fraternidad que llegaban hasta los años noventa. Me entró curiosidad por saber dónde estarían las demás, pero, antes de que pudiera preguntárselo, un grupo de chicos salió de una de las habitaciones con un embudo de cerveza que tenía por lo menos seis metros de largo.

—¿Qué pasa, Graham, van al baño? —preguntó un chico alto de pelo rubio.

—Sí, no quería que se quedara esperando en esa fila de abajo —explicó él.

—No te culpo, pero, cuando termine, tienen que probar esto.

Sostuvo el embudo de cerveza en alto.

—Amigo, deja de hacer pagar a la gente por usar el baño —respondió otro chico—. Pueden utilizar el mío.

—Gracias, Reese —dijo Graham mientras me hacía un gesto para que lo siguiera—. Por cierto, Reese, esta es Sloane. Es la *roomie* de mi novia.

—Eso de «*roomie*» suena como si nos hubiéramos conocido por Facebook o algo así —intervine—. Lauren es mi mejor amiga.

—Encantado de conocerte, Sloane, la mejor amiga y *roomie* de Lauren. —Reese me tendió la mano y yo se la estreché—. Los dejo con lo suyo. Ya nos vemos abajo.

—Vamos, entra —me dijo Graham—. Yo te espero en el pasillo. No quiero que te hagan presión de grupo para el embudo de cerveza cuando salgas.

Cuando cerró la puerta tras él, crucé lo que parecía ser el dormitorio principal de la casa. Estaba inusualmente ordenado para pertenecer a un chico universitario. Tenía una cama con marco, un canapé, cuatro cojines y cortinas a juego con la colcha. Cuando localicé el cuarto de baño, puse el seguro para que nadie entrara por accidente. El baño estaba igual de limpio que la habitación, lo cual resultaba refrescante para una fiesta en una fraternidad. Antes de volver a unirme a Graham en el pasillo, me arreglé el pelo y me volví a aplicar una capa rápida de brillo de labios.

Mientras Graham y yo bajábamos por la escalera, vimos como un grupo de chicos que se encontraban en la parte de arriba vertían cerveza a través del embudo a otros chicos que estaban en la parte de abajo. No podía ni imaginar la clase de desastre pegajoso que se encontrarían en el suelo cuando se despertaran por la mañana.

—¡Ahí están! —nos saludó Lauren en el recibidor—. ¡Me acabo de tomar un Twisted Tea entero por el embudo!

—¡Esa es mi chica! —dijo Graham—. Ahora vamos a buscarte un poco de agua.

Verlos juntos me hacía feliz. El último novio de mi mejor amiga era lo peor. Si buscabas «infiel», «mentiroso», «manipulador» o «experto en hacer gaslighting» en el diccionario, su foto aparecería al lado. Lauren lo había conocido en la escuela, y él la siguió hasta Wilmington para ir a la universidad (tal como hacen las personas más tóxicas). Le estuvo poniendo los cuernos durante todo nuestro primer año, pero Lauren no se enteró hasta que la chica con la que él se estaba acostando le mandó un mensaje directamente a ella. Fue toda una escena. Por suerte, aprendió mucho gracias a aquello, y, por fin, está con alguien que no podría ser más agradable.

Salí al porche, donde unas cuantas personas estaban sentadas en la escalera de entrada, pasándose un porro. Saqué el celular para pedir un Uber cuando una voz familiar me llamó por detrás.

—¿Ya te vas? —me preguntó Ethan.

—Sí, estaba pensando en ello. Jordan se ha ido, y la verdad es que no me dan ganas de pasarme la noche siguiendo a esos dos tortolitos por ahí —le expliqué medio en broma.

—¿Por qué no vamos a mi casa? Tengo algo de mariguana, y seguro que quedan restos de. Puedo pedir que nos lleve un iniciado, así no tendrás que gastarte el dinero en un coche.

—¿Estás seguro? No hace falta que te vayas conmigo.

—Ya sé que no hace falta. Pero quiero hacerlo.

Con un movimiento rápido, me rodeó con el brazo y bloqueó mi celular, y con la otra mano marcó un número en el suyo para pedir que nos llevaran.

Ethan y yo subimos la escalera tropezando, y nuestra risa ebria se apagó de inmediato cuando abrimos la puerta de su departamento. La visión que nos recibió era más que desagradable: había latas de cerveza vacías y vasos de plástico desperdigados por todas las superficies, como una instalación de arte que hubiera salido increíblemente mal. Las paredes recién pintadas tenían unas cuantas manchas y salpicones misteriosos, y el aroma persistente de las bebidas derramadas y la hierba llenaban la sala de estar.

—¿Dónde están las bolsas de basura? —le pregunté mientras entraba en la cocina, arrugando la nariz.

—No te preocupes por eso —respondió Ethan—. Los chicos y yo podemos limpiar por la mañana.

—¿Cómo puedes dormir sabiendo que todo esto —hice un gesto para señalar el desastre que nos rodeaba— está justo al otro lado de la puerta de tu habitación?

—Si insistes en limpiar esto conmigo, las bolsas de basura están debajo de la tarja, junto al cloro. ¿Me vas sacando una bolsa para mí mientras busco el cargador de la bocina? No puedo limpiar en silencio. —Se alejó de allí y yo me puse a trabajar recogiendo latas de cerveza medio vacías y vasos apilados y metiéndolo todo en la bolsa de basura que colgué de un armario—. ¿Qué te parece la lista de hiphop de los 2000? —preguntó Ethan al salir de su habitación.

—¡A Lauren le encanta esa lista! —dije—. ¿Puedes empezar con *No Scrubs*? Es mi canción favorita para los precopeos.

—Por supuesto que esa es tu favorita para los precopeos —respondió él mientras ponía los ojos en blanco, pero se puso a buscarla de todos modos—. Esa canción ni siquiera está en la lista.

Fruncí el ceño.

—Entonces seguro que no has puesto la lista apropiada.

—Esta es la lista que aparece en el primer puesto de Spotify.

Ethan me tendió su celular para que lo viera yo misma.

—Entonces Lauren debe de haber creado la suya. Déjame que busque su perfil.

Tomé el celular de sus manos, y en cuestión de segundos ya tenía nuestra lista de reproducción habitual en la pantalla.

—Hart, este no es el mejor hiphop de los 2000. —Examinó todas las canciones—. Usher, Fergie, TLC... ¿Quién demonios es JoJo?

—Un icono. Tú ponla —insistí—. Este es el mejor hiphop de los 2000 según nosotras.

Después de treinta minutos de limpieza y de Ethan suplicándome que le dejara cambiar la lista de reproducción, el departamento estaba, al fin, impoluto, a excepción de las cuatro bolsas de basura y las cajas de cerveza hechas pedazos que dejamos junto a la puerta de entrada. Ethan nos sirvió a cada uno un vaso de ZF y me condujo hasta el balcón, donde había dos sillas plegables solitarias mirando a la alberca.

—Después de ti —dijo mientras señalaba una de las sillas.

—Me encanta lo que han hecho con este sitio —respondí entre risas, y me senté en mi asiento.

—Somos tres tíos universitarios, ¿qué esperabas?

Acercó la silla a la mía antes de sentarse.

Nos quedamos sentados en silencio durante unos cuantos minutos mientras la luz de la alberca cambiaba de color. Nuestro departamento tenía las mismas vistas, solo que un piso más abajo, y creo que no había salido al balcón ni una sola vez.

—¿Quieres fumar algo? —me preguntó Ethan a la vez que tomaba una huka del suelo para pasármela.

—No, gracias —respondí—. No fumo.

—¿Lo has hecho alguna vez?

Parecía sorprendido.

—Nunca. Soy una persona bastante nerviosa y creo que fumar me pondría todavía peor —le expliqué.

—¿Qué es lo que te pone nerviosa? —me preguntó Ethan mientras llenaba el recipiente y buscaba un encendedor en su bolsillo.

—Un montón de cosas. —Pensé durante un segundo—. Los cambios son quizá lo que más. Horarios nuevos, clases nuevas, profesores nuevos. Aunque es un poco irónico. Crecí mudándome mucho de casa por el trabajo de mi madre, así que nunca llegué a establecerme de verdad en ningún sitio. Cualquiera pensaría que a estas alturas debería estar acostumbrada a los cambios.

Le di un sorbo a mi ZF y lo observé mientras inhalaba. El agua burbujeante de la huka producía un sonido calmante que llenaba el silencio. Exhaló antes de responder.

—¿Fue difícil para ti? Yo solo he vivido en Wilmington toda mi vida. Es triste, ¿verdad?

—A mí no me parece triste. Siempre me he preguntado cómo sería vivir en el mismo sitio más de unos pocos años.

Me pregunto lo diferente que habría sido mi vida en ese caso.

Aquella conversación era más profunda de lo que jamás había esperado ponerme con Ethan. A pesar de que no era gran cosa, me di cuenta de que se estaba sintiendo cómodo al abrirse conmigo; bueno, al menos ahora que no estaba sobrio.

—Si no fumas, entonces, ¿cómo te relajas? ¿En plan para calmar los nervios?

Su tono sonaba sincero.

—Hum. —Me lo pensé durante un segundo—. Además de rodearme de amigos, me gusta ver alguna de mis series favoritas o escribir.

—¿Escribir?

Noté que se me ponía la cara roja. ¿Tal vez no debería haber mencionado eso? Nunca había sido capaz de discernir entre compartir lo suficiente y compartir un poco más de la cuenta.

Tragué saliva.

—No es más que algo que he hecho siempre, desde que era más joven. Cuando tengo demasiados sentimientos abrumadores que no sé cómo procesar, los escribo. También empecé a escribir como autónoma para un par de publicaciones el año pasado, para ganar algo de dinero. ¿Y tú, qué? ¿Tienes alguna afición?

—Los deportes —respondió al instante—. He jugado al futbol toda la vida y siempre había soñado con jugar en la universidad, pero al final no salió bien. Ahora solo veo un montón de deportes y entreno a niños a tiempo parcial en la YMCA, la Asociación Cristiana de Jóvenes.

—¿Los entrenas para jugar al futbol?

—En otoño, futbol americano, y en primavera, también hago futbol y beisbol. Es fácil porque todos tienen menos de doce años.

—¿Tienes hermanos pequeños?

—Soy hijo único.

Le dio otra calada a la huka.

—Yo también. Pero ojalá tuviera hermanos, en plan una familia grande. ¿Alguna vez has visto *Shameless*? Son la familia menos funcional de la televisión, pero nunca hay un momento aburrido. Creo que eso sería más divertido que la soledad que sentía cuando era más joven.

Sabía que estaba más que ebria, porque era incapaz de mantener la boca cerrada.

—Lo entiendo. Yo conozco a Graham desde primero de primaria. Estábamos muy unidos, así que él y su hermano se convirtieron como en una familia para mí. —Se quedó en silencio durante un segundo—. ¿Quieres que vayamos a ver *Shameless*?

El corazón me latía con fuerza en el pecho mientras me conducía por el departamento hasta su habitación.

Estaba en el dormitorio de Ethan Brady, la habitación donde dormía, la habitación que conocía sus secretos más oscuros y profundos; me encontraba justo en mitad de ella.

Durante una fracción de segundo, me pregunté a cuántas chicas habría traído aquí. Seguro que yo no era la primera. Traté de ahogar ese pensamiento.

Su cama estaba situada en el mismo lugar que la mía, en una esquina contra la pared. Tenía una colcha gris con sábanas azul marino, y una bandera de los New England Patriots colgaba sobre su cabecera.

Me senté en el borde de la cama y me desaté los tenis de bota mientras él navegaba en Netflix para buscar la serie. Se sentó con la espalda recta contra la cabecera y le dio una palmada al colchón, como si quisiera que me sentara a su lado.

—¿Y te gusta esta serie? —preguntó unos pocos minutos después de que empezara el primer episodio, cuando las nalgas desnudas de alguien aparecieron en la pantalla.

—Podemos quitarlo si quieres. —Solté una risa incómoda—. Olvidaba que había algo de desnudez.

—Desnudez. Qué formal.

Dejó la serie puesta y se giró para mirarme. Yo hice lo mismo. Nos miramos fijamente, y absorbí cada detalle de él. Sus pestañas largas, las pecas de su nariz, cómo se lamía los labios cuando estaba nervioso. Entonces, se inclinó hacia mí para besarme. Nuestras bocas se volvieron una, y me sentí más en casa de lo que me había sentido en la vida. Mi lengua siguió sus movimientos, y su mano se abrió camino hasta mi espalda y subió por mi camiseta. No fuimos más allá, aunque todos los átomos de mi cuerpo querían hacerlo. Me gustaba que nos lo estuviéramos tomando con calma.

—¿Sabes una cosa, Hart? —dijo al separar sus labios de los míos.

—Dime.

Me moví un poco hacia atrás para que nuestras caras estuvieran a más de unos pocos centímetros de distancia.

—Realmente nunca hablo con la gente como hemos hablado antes afuera —admitió.

—¿Te refieres a las chicas?

—A todo el mundo. Ni siquiera con Graham.

—¿Qué tengo yo de diferente?

La curiosidad hizo que creciera mi interés.

—Confío en ti.

Tiró de mí para que mi cuerpo quedara pegado al suyo, y entonces me volvió a besar. Me pregunté si lo que me había dicho iba en serio, o si tan solo estaba borracho o drogado. En cualquier caso, me quedé dormida entre sus brazos y deseé que no fuera la última vez.

A la mañana siguiente, me desperté completamente vestida sobre la colcha de Ethan, con el jersey de basquetbol y todo. Él tenía el brazo encima de mi estómago, y el sonido de unos suaves ronquidos llenaba la habitación. Me liberé de debajo de él en silencio y tomé mis tenis de salir a hurtadillas de su departamento. No quería arriesgarme a encontrarme con Graham o Jake estando sobrios porque la idea de mantener una conversación con alguien en ese momento hacía que me palpitara la cabeza.

El reloj despertador de mi mesita de noche marcaba las 7:45 de la mañana, así que me puse la pijama y me metí en la cama para compensar las horas de sueño que había perdido la noche anterior. Mientras me quedaba dormida, reproduje en mi mente todo lo que había pasado una y otra vez.

Me estaba enamorando de Ethan Brady, y no podía hacer nada para evitarlo. No quería hacer nada para evitarlo. No recordaba la última vez que me había sentido tan viva.

5
Ethan

Septiembre de 2016

Abrí los ojos esperando encontrarme a la hermosa Sloane a mi lado, pero la cama estaba vacía. Como tenía la esperanza de despertar junto a su nariz pecosa y sus ojos color avellana, me quedé decepcionado al darme cuenta de que se había ido a hurtadillas.

Después de unos cuantos minutos adormilado, tomé el celular para ver la hora. Apenas eran las diez de la mañana, lo que significaba que me quedaban al menos otras dos horas antes de que los chicos me llevaran a rastras al gimnasio. Me quité la camiseta, la tiré al suelo y me metí bajo las sábanas. Odiaba dormir vestido.

—Amigo, levántate —dijo Graham irrumpiendo en la habitación.

—¿No sabes tocar? —respondí con un gruñido.

—Tenemos que estar en la casa a las once para el torneo, ¿recuerdas?

Se fue antes de que pudiera discutir siquiera. Salí de la cama a regañadientes, pero antes de meterme a la regadera, le mandé un mensaje rápido a Sloane.

10:06
Yo: Adónde te has escapado esta mañana?

10:08
Sloane Hart: Necesitaba unas cuantas horas de sueño en mi propia cama. Lauren está empeñada en llevarme al torneo de voleibol de hoy.

Mierda. ¿Ella iba a estar ahí? Por lo general, todos los años tenía ganas de que llegara el torneo, pero saber que iba a estar jugando delante de Sloane con menos de seis horas de sueño me hizo sudar un poco.

10:08
Yo: Vas a ir para animarme a mí, verdad? 😉

10:11
Sloane Hart: Tengo que animar al equipo de Graham, así que si estás en ese, entonces supongo que no tengo elección. 🙄

El sol pegaba con fuerza sobre la arena mientras estaba con Graham, Jake y unos cuantos hermanos de la fraternidad esperando nuestro turno. No habíamos ganado el torneo en los últimos años, pero ahora que nos encontrábamos en el último año, estábamos decididos a hacerlo. Habría sido vergonzoso que no lo hiciéramos.

Los deportes han formado parte de mi vida desde que tengo memoria. Cuando mi padre no estaba en el trabajo, le daba patadas a una pelota de futbol conmigo en el jardín delantero de casa hasta que se ponía el sol. Graham y yo jugábamos en el mismo equipo de futbol aficionado hasta que empezamos la secundaria, cuando me apunté a futbol americano. Podría haber ido a la universidad a jugar; estuve a punto de hacerlo. Recibí unas cuantas ofertas de universidades de otros estados, pero el precio de la matrícula era demencial y no daban becas completas. En vez de eso, opté por poner fin a mi carrera futbolística, quedarme más cerca de casa e ir a la universidad de Wilmington con Graham.

Mientras ocupábamos nuestros puestos en la cancha, no pude evitar examinar a la multitud en busca de Sloane. Se me aceleró el corazón cuando la vi entrar con Lauren en el jardín trasero, con los rayos de sol reflejándose en los mechones de un rojo más claro de su pelo. Llevaba un vestido tipo camiseta, deportivas y una gorra de beisbol; ni siquiera se notaba que apenas había dormido la noche anterior. Por supuesto, yo lo sabía.

Comenzó el partido e hice lo que pude por concentrarme en el juego, pero mis ojos no dejaban de buscar a Sloane. Estaba sumida en una conversación con uno de nuestros hermanos, Reese, y ver cómo la hacía reír provocaba que una punzada de celos atravesara mi cuerpo. No podía quitar la mirada de ella, ni siquiera cuando la pelota pasó volando por encima de la red sin que mis manos distraídas la tocaran.

—Vamos, Ethan, ¡concéntrate en el partido! —me gritó Jake, haciéndome volver de golpe a la realidad.

Negué con la cabeza y recuperé la concentración. Íbamos un punto por debajo, y tenía que arreglar las cosas. El siguiente servicio llegó volando como un cohete hacia mí, así que me lancé hacia la pelota y la hice volar por encima de la red con un potente golpe. El público vitoreó y me permití una mirada rápida en dirección a Sloane, esperando que se hubiera fijado en mi jugada, pero todavía seguía absorta en la conversación.

Seguimos luchando punto a punto, pero mi mente no dejaba de volver una y otra vez a Sloane. Ya fuera porque estaba compartiendo alguna broma con uno de mis hermanos de la fraternidad o porque simplemente estaba allí sentada, su presencia era una distracción constante. Nuestro equipo llegó a la tercera ronda, pero estábamos perdiendo terreno con rapidez.

Con un empate a trece, era todo o nada. El otro equipo sirvió la pelota, que salió disparada hacia mí. Sabía que tenía que lograr una buena jugada, pero mientras saltaba para golpearla, mis pensamientos se desviaron hacia Sloane una vez más. Hice mal el golpe y la pelota cayó en la hierba, justo fuera de la cancha.

Teníamos una oportunidad más para recuperarnos de esa jugada vergonzosa. El otro equipo lanzó la pelota, y, sin saberlo, Graham y yo nos lanzamos hacia ella al mismo tiempo. La suerte quiso que chocáramos y la pelota cayera en la arena entre nosotros.

—Punto de partido —anunció el árbitro, y el corazón me dio un vuelco. Había decepcionado a mi equipo, me había distraído por mi encaprichamiento por Sloane. ¿Por qué no podía sacármela de la cabeza?

—Brady, ¿qué fue eso? —Graham se puso de pie y me dio una palmada en el hombro—. Has jugado horrible, amigo.

Miré hacia Sloane, que ahora estaba sentada en la hierba a solas con Lauren. Me alegraba que no hubiera señales de Reese por ningún sitio. Graham debió de seguir la dirección de mi mirada, porque tan solo tardó un segundo en sumar dos y dos.

—¿Sloane es la razón por la que te fuiste pronto de la fiesta anoche? —Mantuvo el tono de voz bajo—. ¿Y la razón por la que somos el equipo perdedor?

—No lo sé —resoplé—. Necesito tomar algo. ¿Hay cerveza por aquí? ¿O aunque sea una mimosa?

—Tráeme lo que encuentres. Voy a ir a hablar con nuestras chicas.

Graham me guiñó un ojo y se alejó trotando hacia donde se encontraban Lauren y Sloane antes de que tuviera siquiera la oportunidad de impedírselo.

Subí a rastras la escalera de la plataforma y entré en la casa. La puerta trasera conducía directamente a la cocina, donde unos cuantos hermanos parecían estar preparando *bloody marys*.

—Denme dos de esos.

—Lo que sea para nuestro mejor jugador —dijo uno de los chicos más jóvenes—. Tú eres la verdadera razón por la que tenemos una oportunidad de ganar este año. Gracias, Brady.

—Vete a la mierda —respondí poniendo los ojos en blanco.

—Te diría que ojalá tengas mejor suerte el año que viene, pero ya no estarás aquí —intervino otro.

—No se pasen con él. —Reese emergió del pasillo. Genial. Era la última persona que quería ver. Me quedé allí en silencio, esperando evitar una conversación con él mientras los demás terminaban de preparar las bebidas—. Vaya derrota.

Se ve que no tuve suerte.

—La culpa es de la fiesta de camisetas. No pude dormir mucho anoche —dije con pocas palabras.

—Ah, sí, Brady, esa pelirroja con la que te llevé a casa está buena —intervino otro de los chicos—. Bien por ti, amigo.

Ni siquiera tenía que hacer contacto visual con Reese para confirmar que él sabía a quién se refería el otro chico.

—Por ese comentario, te toca conducir sobrio durante el resto del mes.

Entonces tomé los dos vasos de la encimera y cerré la puerta de golpe detrás de mí.

Desde la parte superior de la plataforma, podía ver a Graham, Lauren y Sloane justo donde los había dejado. Pensé en dar media vuelta para ir por unas bebidas para las chicas, pero la verdad es que no quería saber lo que estaban diciendo en la cocina después de que me fui. Estaba seguro de que a Reese le gustaba Sloane. Yo todavía no tenía del todo claro lo que sentía por ella exactamente, pero tenía suficiente información para saber que no iba a permitir que se la quedara.

Mientras me acercaba al grupo, una sonrisa apareció de inmediato en el rostro de Sloane.

—Siento que hayan perdido —me dijo—. ¡Pero has jugado bien!

—Está claro que no sabes nada de voleibol. —Me reí y me senté junto a ella en la hierba—. Jugué muy mal. Pero gracias.

—¿Esa bebida es para mí? —nos interrumpió Graham, y se estiró para tomar su *bloody mary*—. Brady, está claro que este no es tu fin de semana. Primero el tiro al vaso, y ahora el voleibol. ¿Puede ser que estés perdiendo tu toque?

—Sí, ¿adónde fuiste anoche, Ethan? —preguntó Lauren antes de girarse hacia Sloane—. Creo que se fueron más o menos a la misma hora. Tendrían que haber compartido coche, ¡odio cuando te pides un Uber tu sola!

Por el rabillo del ojo, vi que aparecía una sonrisita en el rostro de Sloane. Por Dios, era todavía más linda cuando estaba incómoda. Sus mejillas adquirieron un tono rosa que nunca había visto antes, y no pudo evitar que las comisuras de su boca se elevaran en una amplia sonrisa que mostraba los dientes.

—Ah, lo hicieron —anunció Graham con una sonrisita.

—¡¿Qué?!

Lauren se atragantó con su bebida.

—No hagas como si no te lo hubiera contado todo esta mañana —añadió él—. Yo he sido el último en enterarme.

—Sloane, ¡¿por qué no me lo habías dicho?! —exclamó Lauren.

—¿Quieren comprar algo para comer en el Jerry's? —intervine para salvar a Sloane de tener que responder.

—Pues vámonos ya, que me muero de hambre —dijo Graham mientras se levantaba y le tendía una mano a Lauren para ayudarla a levantarse. Como si fuera por instinto, yo hice lo mismo con Sloane. Nos metimos todos en el Jeep de Graham. Lauren se sentó en el asiento del copiloto, pero no me quejé, porque así podía sentarme con Sloane.

—Entonces, ¿por qué te fuiste realmente esta mañana? —le pregunté en voz baja.

—Es que, eh..., pensaba que sería menos incómodo así —me explicó con nerviosismo—. Además, dormir sobre tu colcha con la ropa que llevaba anoche no era demasiado cómodo, precisamente.

—Podrías haber dormido debajo.

Coloqué una mano sobre su pierna. Ella me lanzó una mirada que decía: «¿Qué verga estás haciendo?», y después me retiró la mano. Aunque me di cuenta de que le gustaba.

Desde el día que la conocí, pensaba en besarla cada vez que la veía. Aquel momento no era diferente. Miré fijamente la boca y tragué saliva con fuerza. Mis ojos se movieron de su boca a sus ojos. Me di cuenta de que ella sabía exactamente lo que yo quería hacer.

6
Sloane

Octubre de 2016

Estaba sentada en el borde de mi pupitre en el aula tenuemente iluminada, con la expectación carcomiéndome por dentro mientras esperaba a que el profesor repartiera nuestros exámenes. Mis dos últimas tareas habían sido auténticos fallos creativos, ambos calificados con notas decepcionantes que habían afectado a mi confianza. Las dudas habían comenzado a invadirme. Si tenía problemas con una asignatura de escritura de nivel universitario, ¿cómo esperaba acabar trabajando en alguna publicación importante después de graduarme? El futuro con el que había soñado, tan lleno de ideas, escritura y publicaciones, parecía muy incierto ahora. Clavé la mirada en el reloj que había encima de la puerta, con la segunda manecilla marcando los segundos como si fuera el temporizador de una bomba, mientras el profesor recorría el aula con lentitud. Según se iba acercando a mi fila, con la carpeta azul temblando ligeramente en su mano, me di cuenta de que se me cerraba la garganta; sentía que se me estaba formando un nudo a la vez que la ansiedad me atrapaba entre sus garras.

Después de lo que pareció una eternidad, el examen terminó y entregué el mío con una mezcla de alivio y temor. El peso que sentía sobre mis hombros pareció disiparse, aunque solo fuera de forma temporal. Salí del salón, conecté los auriculares a mi celular y puse los grandes éxitos en aleatorio. Sonaba *Love Yourself*, de Justin Bieber, mientras cruzaba el campus en dirección al estacionamiento donde paraba el autobús. Justo cuando comenzaba a tararear la canción, el celular me vibró en el bolsillo, y al sacarlo vi el nombre de Ethan en la pantalla. Pensaba que la llama que había entre nosotros podía haberse extinguido durante las últimas semanas. A excepción de nuestra charla semanal en el autobús, no lo había visto ni había tenido noticias suyas. Pero ahora la curiosidad y la nostalgia se arremolinaban dentro de mí. Abrí la notificación.

12:17

Ethan Brady: Date la vuelta.

Lo hice, y ahí estaba él. Lo admiré desde lejos mientras navegaba sin esfuerzo a través del mar de estudiantes. Sus zancadas en mitad del campus eran una clase maestra de arrogancia, pero, de algún modo, con cada paso que daba me gustaba un poquito más.

Tenía el pelo oscuro y revuelto, justo lo suficiente como para sugerir una despreocupación calculada. Pero lo que más me gustaba de él era su sonrisa, esa sonrisa que ahora estaba exhibiendo en mi dirección. Con todas las miradas que en ese momento se dirigían hacia él, no podía evitar sentirme atolondrada al darme cuenta de que en este momento él tenía la suya fija en mí. Era una pincelada de lo que podría ser la vida como novia de Ethan Brady.

Vaya incentivo.

—Hola, Hart —me saludó con esa estúpida sonrisa suya—. ¿Qué posibilidades había de que los dos termináramos los parciales a la misma hora?

—Siempre llegas en el momento justo —bromeé—. ¿Cómo crees que te ha salido?

—No estoy seguro, pero espero haber sacado como mínimo un notable. Aunque, al menos, ya se han terminado los exámenes.

—Sí —dije con un suspiro.

—No suenas muy contenta —señaló con un codazo.

—No es que no esté emocionada porque hayan terminado los parciales. Es que no me está yendo tan bien como me gustaría en mi clase de escritura creativa. Mi profesor dice que me faltan detalles sensoriales. ¿Cómo van a contratarme si ni siquiera soy capaz de escribir algo decente?

—A mí me suena a que estás siendo muy dura contigo misma. Estoy seguro de que lo que escribes está bien, y cuando sigas escribiendo, seguirás mejorando. Ya sabes lo que se dice... Uno siempre es su crítico más exigente.

—Tengo confianza en mi trabajo hasta cierto punto, pero creo que lo que más me preocupa es la competencia. Es que siempre me he sentido como si estuviera destinada a algo grande, y, por alguna razón, Nueva York siempre me ha parecido el mejor lugar para ello, pero también es la ciudad donde todos los demás escritores tratan de hacerse un nombre —continué—. Dios, suena demasiado ridículo cuando lo digo en voz alta.

—No, no es verdad. Tus sueños y tus ambiciones no son ridículos. Son lo que te hace ser tú. Y para que conste, puedo imaginarte como una mujer de negocios tremenda en Manhattan.

No esperaba que a Ethan se le dieran bien las charlas de motivación, pero claro, hasta el momento había excedido todas las expectativas que tenía con él.

—Gracias, lo necesitaba.

—¿Qué vas a hacer en las vacaciones de otoño?

—Quedarme aquí. Es triste, lo sé —respondí—. Pero no sé qué sentido tiene volver a casa cuando mi madre trabaja todo el fin de semana y yo tengo que quedarme sola viendo Netflix en la sala. Eso ya lo puedo hacer aquí. ¿Y tú qué?

—Yo también.

Ethan se encogió de hombros con cuidado de no dejarme entrar demasiado en sus pensamientos.

Esperamos a que el autobús nos recogiera y, por supuesto, nos sentamos en nuestros lugares habituales. De entre todas las rutinas y las tradiciones que había creado durante los últimos cuatro años, aquella se había convertido en mi favorita.

—¿Sloane? —me llamó Lauren desde su habitación.

—¿Sí? —respondí.

—¿Puedes venir aquí?

Sonaba preocupada. Crucé la cocina y recorrí el pasillo delantero, donde se encontraba su habitación. Había una maleta en el suelo, y todo el contenido de su clóset estaba en una montaña sobre su cama.

—¿Qué demonios está pasando aquí? —pregunté, abriendo mucho los ojos.

—No te rías. Es grave, lo sé. —Metió la cabeza entre sus manos—. Graham quiere que conozca a sus padres este fin de semana, y no sé qué llevarme. Me ha dicho que son geniales, pero son literalmente millonarios. ¿Me puedes ayudar?

—¡Solo tienes que ser tú misma! —Me senté con las piernas cruzadas junto a la maleta y examiné lo que había dentro: seis conjuntos de ropa interior, dos pijamas y un cargador para el celular—. Está bien, ¿por qué no te pruebas unas cuantas opciones? ¡Puedes empezar con este *midi*!

Le lancé el vestido negro. Lauren se quitó la sudadera y se puso la prenda.

—¿Has visto a Ethan hoy?

—Sí, fuimos juntos al campus y después vinimos a aquí. Me dijo que él tampoco tiene planes para las vacaciones.

—Increíble, eso es perfecto. ¡Tienen que salir sí o sí! No lo han hecho desde la fiesta de camisetas, ¿verdad? —Se dio la vuelta para admirarse en el espejo de cuerpo completo que colgaba detrás de la puerta de su habitación—. Esto me encanta para la cena del viernes. ¿Qué más hay?

Le lancé un par de jeans ajustados y un top de encaje mientras pensaba en lo que me había preguntado antes.

—Sí, además del autobús, no lo he visto mucho. ¿A lo mejor prefiere que sea así? No lo sé. —Solté un gruñido—. Ethan es muy difícil de entender.

—A ver... Si quieres saber mi opinión, yo pienso que tendrías que ser directa. ¡Mándale un mensaje a ver qué va a hacer esta noche! ¿Qué es lo peor que podría pasar?

—Lo valoraré. Aunque tengo que pensar en temas para escribir si quiero ponerme al día con mi clase de escritura creativa. Te juro que ese profesor me odia.

—Sloane. —Lauren se giró para mirarme y me di cuenta de que estaba a punto de sermonearme—. Tienes un promedio sobresaliente. Vas a conseguir un trabajo genial y vas a ser una escritora increíble. Todavía te queda un semestre y medio de universidad. ¡Disfrútalo! No soporto la idea de que te vayas a quedar sola en este departamento todo el fin de semana. Además, me muero por saber cómo es Ethan en la cama.

—¡Lauren! —Tomé uno de los tops que había en el suelo y se lo lancé—. Espero que estés jugando.

—Claro que sí. Pero ¿tú no quieres saberlo?

Se me puso la cara roja, y ella obtuvo la respuesta que estaba buscando.

—¿Cuándo se supone que tienes que irte? —le pregunté para cambiar de tema—. ¿Y dónde está Jordan?

—Se fue mientras estabas en clase, dijo algo de que tenía que hacer un turno extra antes de volver a casa esta noche. Y se supone que yo tengo que estar en el departamento de Graham... —Tomó el celular para comprobar la hora—. Carajo, hace cinco minutos.

Metí un vestido informal y dos tops más en su maleta por si acaso, antes de cerrar el cierre.

—¡Que te la pases bien! —le dije para despedirla.

—¡Que tengas mucho sexo!

Se dio la vuelta y me guiñó un ojo antes de salir corriendo por el pasillo. Oí que la puerta de entrada se cerraba detrás ella, y el silencio del departamento enseguida se volvió ensordecedor.

¿Qué era lo que iba a hacer durante los próximos cuatro días? Seguro que no podía escribir tanto.

Me senté en el sillón y puse un episodio antiguo de *Las Kardashian* en la tele. Para cenar, me preparé una caja de macarrones con queso Kraft y me serví una copa de vino. ¿Así era como sería vivir sola después de graduarme? Me gustaba, más o menos. Unos cuantos minutos después de que empezara el segundo episodio, noté que mi celular vibraba bajo los cojines del sillón. Cuando por fin lo encontré, vi la foto de contacto de mi madre en la pantalla. Quería a mi madre, pero normalmente me llamaba por dos razones: para acosarme por mis calificaciones o para ponerme al día de su vida amorosa. Y aquella noche no tenía ganas de entrar en ninguno de esos dos temas.

Respondí a regañadientes.

—Hola, mamá.

—Hola, querida. ¿Cómo van las vacaciones? —me preguntó.

—Bien —respondí—. ¿Cómo va el trabajo?

—Pues ahí va. Un compañero de Cardiología renunció el mes pasado, así que me he estado encargando de muchos de sus casos hasta que encontremos un sustituto apropiado. ¿Cómo te han ido los parciales?

Su voz siempre encontraba la forma de sonar cariñosa e inquisitiva al mismo tiempo.

—Me han salido bastante bien. Ya te avisaré la semana que viene cuando nos den las calificaciones.

Hubo un cambio en su tono, algo que había aprendido a reconocer a lo largo de los años.

—Bueno, es que he visto en tu portal del estudiante que estabas teniendo algún problemilla con las calificaciones de escritura creativa, así que quería asegurarme. ¿Cómo te ha salido el examen?

—Mamá, pensaba que habíamos acordado que dejarías de hacer eso. —Solté un gruñido—. La razón por la que me he quedado aquí durante las vacaciones es para terminar unos cuantos talleres por internet. Y el profesor también nos ha enviado una tarea para conseguir créditos extra. Va todo bien, no tienes que vigilar mis calificaciones.

—Bueno, me alegra oír eso. Es solo que me gusta asegurarme de que no te estás quedando atrás. Sloane, tienes mucho talento y siempre voy a apoyarte con tus sueños, querida, pero... —sentí que un nudo familiar se formaba en mi estómago— Nueva York no es como Carolina del Norte. Es una ciudad despiadada. Tienes que ser la mejor de los mejores para conseguir cualquier trabajo allí, especialmente en el mundo editorial. Tú simplemente concéntrate en pulir tus habilidades y seguir haciendo contactos. Sé que puedes lograrlo.

Cerré los ojos durante un momento, absorbiendo sus palabras. Sabía que tenía buena intención, pero me escocía de todos modos.

—Lo entiendo, mamá. Lo estoy intentando.

Su voz se suavizó.

—Lo único que quiero es lo mejor para ti.

Forcé una sonrisa a pesar de que ella no podía verla.

—Gracias, mamá.

—Cuídate, ¿de acuerdo? —me dijo, y su voz recuperó la calidez habitual—. Y llámame si necesitas algo.

—Lo haré. Te quiero.

Cuando terminó la llamada, el peso de nuestra conversación flotaba en el aire. Me recliné en el sillón y solté una bocanada de aire que no me había dado cuenta de que estaba conteniendo. Entonces fue cuando mi celular volvió a sonar. Era un mensaje de Ethan. Me invadió un alivio inesperado y, por un momento, me olvidé del peso de las expectativas de mi madre.

20:41
Ethan Brady: Buenas

20:41
Yo: Hola!

20:42
Ethan Brady: Quieres compañía esta noche? Creo que me quedé un poco picado con tu serie nudista

20:42
Yo: Seguuuro que te enganchaste. Sí, quieres bajar aquí?

20:45

Ethan Brady: Estaré ahí en unos minutos

Me había hablado en el momento perfecto. Fui corriendo a mi habitación para retocarme el maquillaje, me cepillé un poco el pelo y me puse unas mallas y un *crop top*. Quince minutos más tarde, Ethan entró por la puerta de nuestra casa con una botella medio vacía de vodka americano en la mano. Me la quedé mirando con expresión desconcertada.

—No quería venir con las manos vacías, y esto era lo único que teníamos —me explicó—. Graham es el que suele encargarse de llenar el refrigerador, sobre todo, cuando se trata de alcohol. Yo no tengo ni idea.

—Por suerte para nosotros, Jordan abrió anoche una botella doble de moscatel Barefoot, y todavía queda más de la mitad. Si no nos la bebemos, se va a estropear —respondí mientras tomaba dos copas de vino de la alacena.

—Adelante, Hart, pero tengo que advertirte de que el vino me pone... ya sabes.

—¿Borracho?

—Cachondo.

Ethan me mostró una sonrisita, y noté que se me calentaban las mejillas.

—Ok, ya basta. ¿Puedes elegir algo para ver?

Señalé la mesita del café, donde guardábamos todos los controles en un cuenco de madera.

—¿No vemos *Shameless*? —me preguntó alzando una ceja.

—Tengo ganas de ver una película.

Me uní a él en el sillón y le tendí una copa de cristal sin tallo con una cantidad generosa de vino. Ethan se inclinó hacia delante para dejarla sobre la mesita, y su brazo rozó mi muslo y me provocó un escalofrío que bajó por mi espalda.

Se puso de pie para apagar las luces y la estancia se quedó en penumbra, con un ambiente acogedor que me ponía todavía más nerviosa. Cuando regresó y tomó el control, observé sus manos y cómo sus dedos se movían grácilmente por encima de los botones, revisando las películas de Netflix antes de acabar seleccionando un lanzamiento reciente.

A mitad de la película, el vino comenzó a hacerme sentir un poco embriagada, así que con la misma confianza alcoholizada de la última vez, me acerqué más a él y apoyé la mano sobre su muslo. Como respuesta, me rodeó con el brazo y me hizo acercarme todavía más, pasando mis piernas por encima de las suyas. Lo siguiente que supe fue que la boca de Ethan se encontraba con la mía. Aquel beso era diferente a los que había habido antes. Aquel beso era pura hambre. Su mano me acarició la cadera y, poco después, su otra mano acabó por debajo de mi camiseta. El corazón me latía con fuerza, y sabía que él podía sentirlo.

Me besó más fuerte mientras yo gemía contra su boca, y sentí que crecía debajo de mí. Bajé la mano hasta la cintura de sus pantalones cortos. Me había calentado de una forma demencial y él también lo estaba, cosa que podía notar por lo duro que estaba en mi mano.

—Sloane —dijo con la respiración agitada—. Vamos a tu habitación.

—Lo que tú digas —susurré contra su boca.

Con una fuerza que no sabía que tuviera, Ethan me tomó en brazos y yo lo rodeé con las piernas. Continuó besándome durante todo el camino por el pasillo. Cuando entramos cerró de un portazo, a pesar de que teníamos el departamento entero para nosotros solos. Esperaba que me acostara sobre la cama, pero, en lugar de eso, me colocó con la espalda contra la puerta de mi habitación y se pegó a mí.

Ya no podía soportarlo más. Lo deseaba, lo necesitaba.

—Llévame a la cama —supliqué mientras su boca se desviaba hasta mi cuello y después a mi oreja.

Ethan me dejó sobre el colchón y se subió encima de mí. Con cada beso, me quitó una prenda de ropa diferente hasta que me quedé totalmente desnuda y él vestido del todo. Se puso de pie y me contempló por completo. En ese momento, cuando más vulnerable había estado jamás, de algún modo me sentía muy cómoda. Con Ethan todo era muy fácil, muy natural, como si él fuera la persona con la que estaba destinada a compartir las partes más íntimas de mí misma. Nunca había experimentado una conexión como aquella, y me pregunté si él sentía lo mismo.

—¿Cuánto tiempo vas a quedarte mirándome antes de venir aquí? —le pregunté.

—Lo suficiente para no olvidar jamás lo que estoy viendo.

Se quitó la camiseta, seguida por los pantalones cortos y los bóxers, en un movimiento rápido. Podía ver ligeramente el contorno de su cuerpo gracias al resplandor del alumbrado que entraba por la ventana.

Mi cara estaba ardiendo.

—Me estás poniendo roja.

—Quiero ponerte de muchas formas.

Menos mal que las luces estaban apagadas, porque juro que mi cara se volvió de un rojo escarlata. Su cuerpo estaba pegado al mío, y se apoyó sobre sus antebrazos mientras yo cruzaba los brazos por detrás de su cuello. Continuó besándome, en la boca, el cuello, la clavícula, el hombro... provocándome hasta que ya no pude soportarlo más.

—¿Tienes condones?

—Creí que no me lo ibas a decir nunca.

Se levantó rápidamente de la cama y tomó los pantalones de basquetbol para sacar la cartera, donde había un pequeño paquete morado. Sabía qué era exactamente lo que iba a pasar esa noche, o al menos lo que esperaba que pasara.

En cuestión de segundos volvió a su lugar encima de mí; yo no podía esperar a sentirlo. Me quitó el pelo de la cara y me lo colocó por detrás de la oreja antes de volver a besarme. Era dulce, y yo estaba disfrutando de cada segundo. Entonces, entró en mí sin hacer demasiada fuerza y yo solté un pequeño gemido.

—Carajo, Sloane —gruñó mientras nuestros cuerpos encontraban su ritmo.

El sexo con Ethan era mejor de lo que esperaba. Nuestros cuerpos estaban hechos para hacer eso juntos, como si hubiéramos esperado toda nuestra vida para ese momento. Y no quería que terminara jamás.

Las vacaciones de otoño llegaron a su fin en un abrir y cerrar de ojos. Tenía que encontrar la forma de salir de la cama, donde nos habíamos pasado el resto del fin de semana, y convertirme en un miembro funcional de la sociedad antes de que Lauren y Jordan volvieran a casa. Tiré las botellas de vino vacías, limpié las encimeras y encendí una vela para cuando llegaran.

—¡Ya he vuelto, zorra! —dijo Lauren cuando efectuó su gran entrada poco después del mediodía.

—Gracias a Dios. —Solté un suspiro dramático—. ¡He estado muerta del asco aquí sin ti!

—¡Lo sabía!

Se rio mientras dejaba la maleta en el suelo de la cocina para darme un abrazo.

—No era en serio. ¿Siempre has sido tan creída? —bromeé, pero, antes de que pudiera responder, Jordan entró también por la puerta.

—¿Están teniendo un reencuentro sin mí? ¡Qué bonito! —dijo con sarcasmo.

—¿¿Qué les parece si nos olvidamos de la tarea un rato más y nos vamos a comer y a tomar unas mimosas en el Dockside? —sugerí.

—No sé yo, Sloane —comenzó Lauren—. Acabo de llegar a casa y tengo un montón de...

—¡Por favor! —le supliqué—. Hace un tiempo perfecto para sentarnos fuera, y antes de que nos demos cuenta empezará la temporada baja. Estamos en el último año, ¡tan solo nos quedan unos pocos momentos así!

—Yo no necesito que me convenzas para pasarla bien un domingo —dijo Jordan—. Vamos a cambiarnos y nos vemos aquí dentro de diez minutos.

El sol de la tarde bañaba el estacionamiento de Ascent mientras las tres nos subíamos a mi confiable Honda Civic. El aire salado mezclado con el aroma de la nostalgia me hizo bajar las ventanas para absorber uno de los últimos momentos del otoño en nuestra ciudad universitaria. Mientras conducía por las calles de Wilmington, no pude evitar preguntarme dónde estaríamos todas un año más tarde. Los cambios dan miedo. Todavía no estaba preparada para irme de aquella ciudad, pero, por encima de todo eso, no estaba preparada para perder a las únicas amigas que había tenido jamás. Esperaba que encontráramos el camino juntas hacia una nueva ciudad en la que viviríamos experiencias nuevas y crearíamos nuevos recuerdos. Al igual que aquel momento.

El restaurante apareció ante nosotras, así que subí las ventanas y bajé la música mientras entrábamos en el estacionamiento. Durante los últimos cuatro años, esos domingos se habían convertido en una de mis partes favoritas de la experiencia universitaria. Nos sentábamos y pedíamos una botella de André con un jugo de naranja mientras los barcos recorrían el canal.

—Bueno, Lau, suéltalo ya. ¿Cómo ha ido el fin de semana con la familia? —preguntó Jordan, ansiosa por saber todos los detalles.

—Eso, ¡ni siquiera nos has contado nada por el grupo! —añadí yo.

La confesión de Lauren salió como un torrente.

—No se asusten, pero creo que estoy enamorada.

Su cara se volvió de un rojo intenso y supe que no era ninguna broma, a pesar de que estaba usando un tono juguetón. Nuestra respuesta fue instantánea.

—¡Desembucha!

—Me encantan sus padres, sobre todo su madre. O sea, es que es genial. Me quedé sentada junto a la piscina con ella mientras los chicos se iban a pescar, y nos bebimos un vino caro mientras me contaba una historia tras otra. Cómo conoció al padre de Graham, fiestas universitarias demenciales, lo que hizo después de graduarse, todo. Literalmente quiero ser como ella algún día. Pero ya basta de mí, ¿qué tal su fin de semana?

Dirigí la atención primero hacia Jordan.

—Sí, ¿qué has estado haciendo?

—Conseguí un trabajo de mesera en un yate en Charleston —nos contó—. Ganamos un pastón en propinas, fue una locura. Además, nos dejaban beber lo que quisiéramos todo el rato y estaba con algunos de mis amigos de la escuela, así que realmente no parecía que estuviera trabajando.

—Suena a que las dos han tenido fines de semana muy glamurosos, qué envidia —respondí—. Ascent no ha sido lo mismo sin ustedes.

—¿Has escrito mucho?

La atención de Lauren se volvió a dirigir hacia mí cuando llegaron nuestras bebidas.

Antes de reunir el valor para responder, me serví una copa grande de champán, seguida de un chorro de jugo de naranja. Mi sonrisita traicionó mi secreto antes de que pudiera hablar.

—La verdad es que no he escrito ni una sola palabra. Lo crean o no, me he pasado todo el fin de semana con Ethan.

—¡TOMA! —La emoción de Lauren era explosiva—. ¡Creo que vamos a necesitar otra botella! No me puedo creer que no nos lo contaras.

—No he estado mucho en el celular —respondí ruborizada.

—¡Cuéntanoslo todo! ¿Te has acostado con él? —La boca de Jordan se movía a mil por hora—. Genial, ¡ahora yo soy la única que no se está cogiendo a un vecino!

—¡Jordan! —Miré a mi alrededor para asegurarme de que nadie podía escuchar nuestra conversación antes de continuar—. Pero, para responder a tu pregunta, sí, lo hemos hecho. Ocho veces.

—¿Ocho? ¡a la madre!

Chocó la copa con la mía.

—Tengo que añadir que el hecho de que yo empezara a salir con Graham no cuenta como romper nuestra regla del grupo de amigos —dijo Lauren mientras se giraba hacia Jordan—. Empecé a salir con él y después nos hicimos amigos de sus *roomies*. Pero Sloane sí que ha roto la regla. ¿Le toca pagar la siguiente botella?

—¡Jordan es la única de esta mesa que tiene trabajo! —repliqué medio broma y medio en serio.

—Y yo soy la única de esta mesa que no se está acostando con un vecino —aportó ella, y una sonrisa apareció en sus labios.

—Espera. —Lauren todavía no había terminado de interrogarme—. Vamos a volver a lo de Ethan. ¿Son solo amigos con derechos, o es que sientes algo por él?

—Todavía no lo sé. —Fruncí ligeramente el ceño—. Para mí, sin duda, es algo más que sexo. Pero ¿para él? No lo sé.

—Supongo que vamos a tener que esperar a ver cómo se desarrolla esta historia —dijo Lauren.

—Historia de amor —añadió Jordan.

Yo no sabía cómo llamar a lo que estaba ocurriendo entre nosotros. Pero, fuera lo que fuera, me gustaba.

7
Ethan

Noviembre de 2016

—¿Tienes pensado ir a ver a tu padre alguna vez cuando estés en casa? —le pregunté a Sloane, observándola mientras se cepillaba el pelo con extremo cuidado, como si fuera su posesión más preciada. Era una de las cosas que más me gustaban de ella.

—Lo intentaré. Aunque no puedo prometer que me vaya a quedar mucho tiempo en su casa. A lo mejor solo voy para algo, tomar el postre o lo que sea.

Me sorprendía la facilidad con la que Sloane era capaz de abrirse a mí. Yo siempre he sido de la clase de personas que esconden sus emociones. Incluso de alguien como Graham, a quien conozco desde casi toda mi vida. No me gustaba pensar en mis propios sentimientos, y mucho menos hablar sobre ellos con nadie, así que lo evitaba todo lo posible. Al principio, Sloane había tratado de presionarme. Me hacía preguntas solo para ver si las respondía, y cuando veía que no lo hacía, lo comprendía. Me gustaba eso de ella. No me importaba estar ahí para ella, pero no necesitaba que ella estuviera ahí para mí. No necesitaba que nadie lo hiciera.

—Eso estaría bien —dije.

—Voy a extrañarte.

Con una sonrisa dulce, se sentó en el borde del colchón y sus ojos se encontraron con los míos. No pude resistir la necesidad de estirar los brazos y acercarla a mí.

—No puedes extrañarte si no te dejo salir de esta cama.

La rodeé con los brazos, y ella hizo como que trataba de forcejear en broma.

—Aunque no hay nada que desee más —estiró el cuello para mirarme—, de verdad que tengo que irme. El tráfico de camino a Raleigh siempre es una locura el día antes de Acción de Gracias.

—Está bien, está bien. —Separé los brazos y la dejé escapar—. Te acompaño hasta tu coche. Voy a ir al gimnasio antes de irme con Graham.

—No te preocupes. Volveré antes de que te des cuenta.

Siempre he odiado las festividades. El Día de Acción de Gracias, la Navidad, la Semana Santa, los cumpleaños. Ese año no era diferente. Normalmente siempre iba con la familia de Graham el Día de Acción de Gracias, pero este año él se había ido a casa de Lauren para conocer a su familia. No le conté a Sloane que iba a pasarme las vacaciones en Ascent porque sabía que me ofrecería que me fuera con ella, y eso era algo que simplemente no quería hacer.

No me importaba estar unos cuantos días solo, pues había estado pasando la mayor parte de mi tiempo fuera de clase con Sloane. Me dediqué a fumar, pedir comida a domicilio, jugar a videojuegos y ver un montón de películas. Para mí era un Acción de Gracias ideal. Estaba llevando la mano a la huka que se encontraba en la mesita del café frente a mí cuando vi que se iluminaba la pantalla de mi celular.

18:14
Sloane Hart: Voy a volver antes a casa. Estarás en tu departamento dentro de dos horas o así?

18:18
Yo: Sí. Todo está bien?

18:18
Sloane Hart: Mi madre no ha hecho más que molestar. Ya te lo explicaré mejor luego. Lo único que quiero es volver a Wilm contigo.

18:20
Yo: Ten cuidado con el coche. Aquí estaré 😉

No sé qué fue lo que me invadió, pero sentía la necesidad de proteger a Sloane. Había algo en mí que odiaba que estuviera sufriendo. En lugar de darle otra fumada a la huka, apagué la tele, tomé las llaves y me fui a la tienda más cercana.

Mientras paseaba por los pasillos del supermercado, me di cuenta de que no sabía qué comidas le gustaban más a Sloane. Saqué mi celular y me apresuré a marcar el número de Graham, esperando que hubieran terminado ya con la cena y que me respondiera.

—Brady, ¿todo está bien? —Había contestado el teléfono al segundo tono—. Normalmente me mandas un mensaje antes de llamar.

—Eres más observador de lo que pensaba. Sí, todo está bien. ¿Puedes pasarme con Lauren un segundo? —le pregunté.

—Eh... Claro.

—¿Hola? —respondió ella.

—Hola, Lauren, perdona que te moleste. Te habría mandado un mensaje, pero no se me ocurrió hasta que llegué a la tienda. ¿Puedes decirme alguna botana o dulce de los que más le gustan a Sloane?

—Huuum... —Se lo pensó durante un segundo—. Las golosinas de sandía ácidas Sour Patch Kids, los chocolates Hershey's de cookies and cream y las galletas de queso Cheez-Its. Es lo que pide siempre en la gasolinera desde que estamos en primero.

—Entendido, gracias.

—¿Vas a contarme qué pasa o debería escribirle a ella?

—No, no hace falta que le escribas —le aseguré—. Ha tenido un muy mal día y está volviendo hacia aquí, así que quería hacer algo bonito por ella.

—Más te vale no olvidarte de darme reconocimiento —bromeó ella.

—Disfruta del resto del fin de semana. Dile a Graham que nos vemos el domingo.

Y, con eso, colgué el teléfono.

Compré todo lo que había mencionado Lauren, junto con una botella de moscatel Barefoot; no tenía que preguntar para saber que era su vino favorito. Volví a Ascent con una hora de sobra, así que limpié el departamento y encendí una de las velas de Graham. Lo único que quería era ver una sonrisa en su cara cuando llegara. No quería que la pasara mal, por supuesto, pero si empezaba a hablar sobre sus traumas familiares, me daba miedo que eso desenterrara mis propios recuerdos. A lo mejor todo aquello hacía que se olvidara.

Cuando entró por la puerta, se le notaba que había sido un trayecto muy largo.

—Hola.

Dejó la maleta cerca de la puerta de mi habitación y se acurrucó contra mí.

—Hola —respondí rodeándola con los brazos. Era como si nunca se hubiera ido.

—¿Qué es eso?

Estaba mirando detrás de mí, a las cosas para botanear, el vino y la vela que había sobre la encimera.

—Solo son un par de cosas para animarte. Siento que tu día no haya ido como esperabas.

—Va mucho mejor ahora.

Sonrió y después levantó la mano para pasarme los dedos por el pelo.

Con un movimiento rápido, la tomé en brazos, la llevé a mi habitación y, a pesar de que no había nadie en casa, le di una patada a la puerta para cerrarla detrás de mí.

8
Sloane

Diciembre de 2016

El último día del semestre de otoño cayó en miércoles. Era una de esas noches de diciembre en las que parecía hacer el frío suficiente para que nevara, a pesar de que nunca lo hacía. Las clases habían terminado al fin, lo que significaba que tan solo quedaba un semestre del último año. Solo quince breves semanas para caer de cara en la edad adulta. Era al mismo tiempo emocionante y terrorífico.

Las cosas con Ethan iban bien, incluso se podría decir que genial. A excepción de un pequeño detalle...

Todavía no estábamos saliendo.

Por lo que a mí respectaba, teníamos exclusividad. Pasábamos todas las noches juntos, de modo que no había oportunidad de que nos involucráramos con otras personas. Pero sabía que ese no era el problema. Era él. Gracias a algunos comentarios de Lauren y Graham, sabía que Ethan tenía un pasado traumático. No les hice preguntas porque quería que fuera él quien me lo contara, cuando estuviera preparado. No sabía si su pasado tenía algo que ver con su miedo al compromiso, pero decidí atribuírselo a eso por el momento.

Tan solo habíamos estado alrededor de dos meses viéndonos de forma frecuente, así que tampoco era tan extraño que todavía no lo hubiéramos hecho oficial. ¿Verdad?

La fiesta del último día de clases del primer semestre de Pike siempre tenía temática navideña, así que era tradición llevar un suéter feo de Navidad. Le tomé uno prestado a Lauren y lo combiné con unas botas por encima de las rodillas y una gargantilla. Para ser alguien que no tenía nada que ponerse veinte minutos antes del precopeo, estaba impresionada con el resultado.

—¿Ya estás casi lista? —Lauren se asomó por la puerta con una sonrisa en la cara—. Dios santo, ¡te ves increíble! Ethan se va a volver loco cuando te vea esta noche. Parece que las cosas están yendo bastante bien con él, ¿verdad? ¿Cómo te sientes con todo esto?

—¿Alguna vez te he dicho lo fastidiosa que eres? —la provoqué—. Estamos bien, creo. No hemos definido nada todavía, pero hay algo... lo noto.

Lauren se apoyó contra el marco de la puerta; su curiosidad era evidente.

—¿Y eso no te preocupa? No saberlo, digo. Yo estaría muy nerviosa por saber cómo van las cosas. ¿Tú no?

Hice una pausa para plantearme sus palabras.

—Supongo que una parte de mí quiere saberlo. Pero ya me ha dejado claros sus sentimientos: le gusto, y por ahora, eso es suficiente. No es solo algo físico, es más... ¿Sabes?

Miré a Lauren en busca de algún atisbo de comprensión.

—Lo único que quiero es que tengas cuidado, Sloane. Graham ha mencionado que Ethan no es de los que salen con nadie, hablando desde un punto de vista histórico. Se ha pasado una década soltero. Y no me gustaría nada que acabaras sufriendo.

Se mordió el labio; su preocupación era evidente.

—¿Y por qué no puedo ser yo la excepción a su regla? —repliqué con una media sonrisa.

—Tienes razón. No tendría que haberlo dado por hecho. Olvida que lo he mencionado —respondió Lauren, y su expresión se suavizó—. Vamos a centrarnos en pásárnosla bien esta noche, ¿de acuerdo?

—Claro. Estoy contenta con cómo van las cosas con Ethan. No tengo prisa en ponerle etiquetas.

Una parte de mí estaba de acuerdo con las palabras que salían de mi boca, pero otra parte sabía que no eran del todo ciertas.

Lauren asintió con la cabeza, y su titubeo anterior quedó reemplazado con una sonrisa de apoyo.

—Si eres feliz, eso es lo único que me importa.

Me sentía un poco mareada mientras salía del coche detrás de las chicas. No pretendía embriagarme tanto en el precopeo, pero me había olvidado de cenar, y para cuando me acordé, ya era demasiado tarde.

—Recordadme otra vez por qué no podíamos ir en coche con los chicos —nos pidió Jordan.

—Dijeron que necesitaban más ayuda para preparar la fiesta de esta noche —respondió Lauren—. Signifique lo que signifique.

—Sloane, ¿estás bien? —me preguntó Taylor mirando hacia atrás para ver cómo estaba. En lugar de responder, tan solo levanté ambos pulgares—. Vamos a asegurarnos de buscarte un vaso de agua en cuanto lleguemos.

La música navideña con mucho bajo llenaba el ambiente mientras entrábamos por la puerta de atrás. Toda la casa había quedado envuelta en una ilusión invernal. Un mar de bolitas de poliestireno blancas que imitaban la nieve crujían bajo mis pies mientras me movía a través de la multitud. Unas guirnaldas de luces de colores adornaban el techo bajo, proyectando un resplandor cálido y en cierto modo acogedor para ser el sótano asqueroso de una fraternidad. Algunos de los hermanos más jóvenes hasta estaban vestidos de elfos y hacían de meseros esa noche. Los chicos habían tirado la casa por la ventana de verdad con su última fiesta de Navidad.

—¿Puedo traerles algo para beber, chicas? —nos saludó Graham—. Tenemos cócteles de barritas de caramelo y cerveza de barril.

—Sloane necesita agua, pero seguro que también quiere una cerveza —dijo Lauren—. ¿Puedes prepararnos cócteles a las demás mientras yo voy corriendo arriba para traerle el agua?

Le dio un beso en la mejilla y después desapareció entre el mar de gente.

—Señoritas, síganme hasta la barra.

Hice lo que nos pedía, envuelta en una neblina a causa del alcohol. Mientras nos acercábamos a la barra, examiné el sótano en busca de Ethan, pero no tuve suerte. Graham me dio un vaso rojo lleno de cerveza, justo mientras Lauren regresaba con una botella de agua.

—¿Dónde está Ethan? —le preguntó a Graham—. No sé cuánto tiempo va a durar. Hoy no ha cenado.

Entonces hablé al fin.

—¡Voy a estar bien!

—¡Esa es mi chica! —Taylor me rodeó con un brazo—. Jordan y yo podemos quedarnos con ella esta noche. Aunque estoy segura de que Ethan estará por aquí, en alguna parte.

—Bébete el agua —dijo Lauren.

Justo cuando ya llevaba la mitad de la botella, el DJ puso *This Is What You Came For* y estuve a punto de volverme loca.

—¡Vamos a bailar! —grité, y llevé a Lauren, Jordan y Taylor hacia la multitud.

—Así es como se sabe que está borracha.

—¡Si odia bailar!

Ignoré sus comentarios y me permití disfrutar del momento. Mientras el ritmo palpitante me invadía, sentí un cosquilleo familiar de euforia, una sensación que me había acompañado en los mejores momentos de mi vida universitaria. Rodeada de mis mejores amigas, me perdí en la melodía embriagadora de una canción que no quería olvidar jamás.

Después de una hora en la pista de baile, necesitábamos usar el baño e ir por más bebidas. Mientras esperaba en la fila de la barra, vi a Ethan por el rabillo del ojo.

—¿Pueden quedarse en la fila? —pregunté—. ¡Voy a saludar a Ethan!

Me abrí camino por el sótano y, mientras me acercaba a él, me di cuenta de que estaba hablando con otra chica. Vi que esta tomaba lo que suponía que era su celular de las manos de Ethan y seguían hablando. La mezcla de la furia y el alcohol provocó que hiciera algo que normalmente se salía de mi zona de confort: enfrentarme a ellos.

—Hola. —Le dirigí una sonrisa falsa a Ethan y después me giré hacia la chica misteriosa—. Soy Sloane.

—Hola, soy Olivia —respondió ella. Sus palabras eran educadas, sin dejarse afectar por la tensión que había surgido.

Me di cuenta de que Ethan se estaba sintiendo incómodo, pero me daba igual.

—¿Qué estás haciendo? —pregunté girándome hacia él.

—Sloane, aquí no —respondió él; su tono era una advertencia silenciosa pero firme.

—Tengo que irme —intervino Olivia, apresurándose a excusarse—. Encantada de conocerte.

—¿Quién era esa? —pregunté mientras se alejaba.

—Nadie. Solo es una chica que he conocido hace un par de minutos.

Se encogió de hombros con actitud despreocupada, tratando de quitarle importancia al encuentro.

—No sabía que estuvieras hablando con otras chicas.

—Y no lo hago —dijo él.

—Entonces, ¿qué fue eso?

Mi pregunta quedó flotando en el aire entre ambos.

—¿Podemos no hacer esto aquí?

Antes de que pudiera responder, Ethan me tomó de la mano y me condujo al exterior. Sentía náuseas, y no estaba segura de si se debían al alcohol o al sentimiento de pánico que había experimentado al verlo hablando con una chica que no era yo.

La puerta de atrás se cerró de golpe detrás de nosotros, y el cuerpo entero se me puso de inmediato con la piel de gallina. El aire frío me mordía la piel expuesta de los muslos entre el suéter extragrande y las botas que me llegaban a la rodilla. Nos sentamos en un viejo sillón de piel que se encontraba en un rincón del patio, debajo de unas luces parpadeantes. El frío del invierno se filtró hasta mis huesos, provocándome un estremecimiento mientras me rodeaba el cuerpo con los brazos. A pesar de que estaba enojada con él, mientras Ethan irradiaba su calidez junto a mí, no podía evitar sentir el contraste de otra calidez en mi pecho.

—¿Por qué has actuado así?

Se giró para mirarme.

—No te había visto en toda la noche, y cuando al fin te veo, estás hablando con otra chica —me defendí—. ¿Qué esperabas que pensara?

—No fue nada, Sloane.

Su respuesta le quitaba importancia al asunto, pero oírle utilizar mi nombre de pila tenía algo preocupante.

—Está claro que le interesabas, y le diste tu número. ¿Cómo que no fue nada?

—Estaba siendo amable. ¿Qué se supone que tenía que decirle cuando me lo pidió? ¿Que no? Tampoco es que tenga novia.

Lo dijo con tanta indiferencia que solo sirvió para avivar mi frustración. Me puse de pie, furiosa y deseosa de alejarme de aquella situación.

—Ahí está. —Las palabras sabían amargas en mi lengua—. Eso era lo que estaba esperando. Así que te gusto para pasar el rato conmigo, para coger, pero ¿no para salir conmigo?

—Estás poniendo en mi boca palabras que no he dicho —se defendió él.

—¡Porque en realidad nunca me dices nada! No haces más que darme la vuelta. Puede que esté borracha, pero no soy estúpida, Ethan.

Escupí su nombre como si su lugar ya no estuviera en mi boca.

—Será mejor que nos vayamos. —Se levantó abruptamente del sillón—. Ya no estoy de humor para fiestas.

—¿Quién ha dicho que quiera volver a casa contigo?

—Sloane, estás siendo ridícula ahora mismo. Estás borracha. Será mejor que volvamos a Ascent, y ya hablaremos de todo mañana, cuando estemos los dos sobrios.

Su respuesta me sonaba condescendiente.

La idea de volver a casa sin él me hacía sentir vacía por dentro, de modo que acepté a regañadientes. Sacó su celular para pedirnos un Uber y después me rodeó con los brazos. Por muy enojada que estuviera con él, la calidez que me provocaba su cuerpo era algo a lo que no podía renunciar en ese momento. Y a pesar de que odiaba admitirlo, sus brazos eran el único lugar donde quería estar.

La luz apenas se filtraba a través de su persiana rota, lo que significaba que todavía era temprano. Me di la vuelta para mirar a Ethan mientras él me rodeaba con los brazos y acercaba mi cuerpo al suyo todo lo posible.

—Lo siento —susurré, pero él detuvo mi disculpa antes de que pudiera continuar.

—No tienes que sentirlo.

—Es que estaba borracha y molesta —le expliqué mientras inclinaba la cabeza para mirarle.

—Tenías todo el derecho a estar molesta. No tendría que haber hecho eso.

—No quería hacerte esta pregunta, pero... —tragué saliva— creo que tengo que hacerlo después de lo de anoche. —Esperó a que continuara—. ¿Qué estamos haciendo?

—No lo sé, Hart. —Ethan me abrazó con más fuerza—. No lo sé.

Apoyé la cabeza sobre su pecho desnudo y admiré las pecas que cubrían la parte superior de su cuerpo. Comenzamos a besarnos con facilidad, como si despertar juntos fuera algo que hubiéramos hecho cientos de veces.

—Pero sea lo que sea, me gusta —susurró.

Su boca estaba prácticamente tocando mi oreja, lo que hizo que un estremecimiento recorriera mi columna.

Saboreé sus palabras. Eran todo lo que llevaba queriendo oír desde hacía meses. Me dejaban claro que tal vez no estaba cometiendo un error al darle una oportunidad.

—A mí también —dije con una sonrisa.

Ese momento fue mi perdición. Ethan Brady me tenía en su poder, y él lo sabía. Por más que no quisiera admitirlo, tenía mi corazón desnudo en sus manos. Me daba mucho miedo lo que pudiera hacer con él, pero también me moría de ganas de averiguarlo.

9
Sloane

Enero de 2017

Y así, de pronto, llegó nuestro último semestre en la universidad. Los cuatro años se habían pasado en un abrir y cerrar de ojos. Parecía que solo hubiera pasado un día desde que mis padres, que no se hablaban en ese momento, me dejaron en Moore Hall y yo lloré mientras cenaba unas palomitas de microondas. Nunca he sido muy de arrepentirme, pero deseaba volver atrás en el tiempo. No estaba preparada para alejarme de Wilmington ni de Ethan. Lo único que podía hacer era aprovechar al máximo el tiempo que me quedaba.

Tuvimos puente por el Día de Martin Luther King Jr., y Graham nos invitó a pasarlo en la cabaña de su familia en Asheville. Íbamos a pasar todo el fin de semana en la montaña. El trayecto hasta allí fue largo y terrorífico. Mantuve los ojos cerrados durante todo el camino por la carretera de la cordillera Azul, no solo porque pensara que Jake podría salirse de la carretera, sino también porque me daban pánico las alturas. Cuando, por fin, nos detuvimos en el camino de entrada de la casa, abrí los ojos y me quedé impresionada por la visión que había ante mí.

Cuando Graham había dicho que sus padres tenían una cabaña en las montañas, me esperaba justo eso: una cabaña. La casa se encontraba en una ladera, rodeada de un mar de árboles. Tenía tres pisos, con un cálido exterior de madera y ventanas grandes que estaba segura de que ofrecerían unas vistas maravillosas.

—Wow —le dije a Ethan mientras sacaba mi maleta de la cajuela.

—Es bonita, ¿verdad?

«Bonita» era poco. La casa parecía sacada directamente de una revista. Entramos a través de una zona recreativa en el piso inferior. Se trataba de un espacio abierto y acogedor, con una barra y una mesa de billar a un lado, y una chimenea de piedra y un sillón modular en el otro. En el medio había un televisor enorme, y al verlo supe que los chicos iban a ver las eliminatorias en él.

—¡Ya están aquí! —gritó Lauren, y bajó la escalera corriendo para abrazarnos.

—Estaba casi segura de que íbamos a morir por el camino —respondí entre risas—. Me he pasado la última media hora con los ojos cerrados.

—Ah, yo hice lo mismo. ¡Vamos a dejar sus maletas y a preparar algo para beber!

Jordan y yo la seguimos escalera arriba hasta donde se encontraban las habitaciones mientras los chicos terminaban de sacarlo todo del coche.

Absorbí cada detalle mientras recorríamos la casa. Los techos eran de madera teñida con vigas de carga, y las paredes eran de un blanco crudo. Unas puertas y ventanas corredizas de cristal cubrían la pared trasera, lo que abría la vista a kilómetros y kilómetros de cumbres montañosas. Lo único en lo que podía pensar era en cómo sería tener tanto éxito algún día. Mis padres nunca habían tenido problemas económicos, pero tampoco les iba lo bastante bien como para tener una segunda casa o irse a pasar las vacaciones al extranjero.

—¿Preparamos unos *bloody marys*? —preguntó Lauren mientras agitaba una botella de Absolut.

—¡Ya sabes que me encantan! —respondió Jordan, que estaba prácticamente babeando.

Yo tengo una relación de amor-odio con ellos. Me encantan los primeros sorbos, y después aborrezco el resto.

Preparamos una jarra de todos modos y nos sentamos alrededor de la isla de la cocina, de al menos tres metros de longitud, mientras repasábamos la agenda para el fin de semana.

—Está bien, hoy vamos a pasar el día en la casa. Nos van a traer la compra a domicilio. Podemos beber, jugar a algo y bañarnos en el *jacuzzi*. Mañana vamos a ir a esquiar, el domingo toca futbol... ¡Y el lunes tocará volver a casa! —recitó Lauren leyendo una nota de su celular.

Hacia el final de la noche, los seis acabamos en el *jacuzzi*, cada uno con un vaso de *whisky*, cosa que era muy poco propia de mí.

—¿Quieren jugar al «Yo nunca»? —preguntó Lauren.

—¡El juego favorito de Sloane! —respondió Jordan entre risas.

Los chicos pusieron los ojos en blanco antes de levantar diez dedos de buena gana.

—Yo nunca he fumado mariguana —dije para comenzar el juego, y todo el mundo bajó un dedo.

—Por favor, ¡siempre empiezas igual! —se quejó Lauren.

—Pero funciona, ¿verdad?

—A lo mejor deberíamos cambiar eso. Jake, ve por la huka —ordenó Graham.

—Yo no quiero —la rechacé.

Jake la pasó de todos modos, y todos los demás dieron una fumada.

—Yo nunca he sido deportista en la escuela.

Lauren sabía que eso funcionaría con todos los chicos y con Jordan. De algún modo, casi siempre ganaba yo a ese juego. ¿Significaba que era una aburrida?

Ahora le tocaba a Graham.

—Yo nunca le he puesto los cuernos a nadie.

Tanto Jake como Ethan bajaron un dedo, y noté que se me revolvía el estómago mientras un nudo comenzaba a formarse en mi garganta. Después de esa escena en la fiesta del último día de clases, no necesitaba otra razón para no confiar en Ethan. Necesitaba desaparecer de allí lo antes posible.

—Tengo que ir un momento al baño.

Me apresuré a tomar una toalla y entré en la casa. Cerré la puerta del cuarto de baño y me incliné sobre el lavabo hasta que sentí las lágrimas deslizándose por mi cara. ¿Por qué me había dolido tanto? Tampoco es que me hubiera puesto los cuernos a mí. O sea, no podía ponerme los cuernos porque no andábamos; tan solo era algo que había ocurrido en su pasado. Sin embargo, me hacía sentir como si no lo conociera.

—¿Sloane? —Ethan tocó la puerta—. Ábreme.

—Dame un segundo —dije, y sorbí por la nariz.

Para ocultar que estaba llorando, jalé la cadena antes de dejarlo pasar. Cuando hice girar la perilla, evité mirarle hasta que me tomó la barbilla y dirigió mi mirada hacia él.

—Lo siento. —Me acarició la mejilla con el pulgar para secarme una lágrima—. No me di cuenta de que iba a sentarte tan mal. Estaba en la escuela y tendría quince o dieciséis años; ya te puedes imaginar lo joven y estúpido que era entonces.

—Es que me ha recordado a cómo me sentí cuando te vi dándole tu número a esa chica de la fiesta hace unas semanas. Hace que me resulte difícil confiar en ti, sobre todo cuando no somos novios. —Él no dijo nada—. No quiero acabar sufriendo —continué.

—Yo nunca te haría daño, Sloane.

Acercó mi cuerpo al suyo y apoyó la barbilla sobre mi cabeza. Yo no sabía si debería creerle o no.

—Creo que mejor me voy a ir a la cama. ¿Puedes decirles a los demás que no me siento bien?

—¿En serio? —Puso los ojos en blanco—. ¿Por qué siempre tienes que darle más importancia a todo de la que tiene?

—Es broma, ¿verdad? —pregunté abriendo mucho los ojos—. Literalmente te he dado muchísima libertad. No sé por qué no puedes o no quieres andar conmigo, y a pesar de que eso es lo que yo quiero, he dejado mis necesidades a un lado. No puedes volver esto en mi contra.

—Eso no es lo que estoy tratando de hacer.

—Bueno, pues desde luego parece que sí.

Y, con eso, subí la escalera de atrás hasta nuestra habitación y cerré la puerta detrás de mí. Esperaba que Ethan resultara lo bastante convincente como para que nadie fuera a buscarme. No quería admitir ante Lauren que tenía razón sobre mi relación con él. Necesitaba definirla porque ya no era algo libre y divertido. ¿Lo había sido alguna vez?

Pensar en él con otras chicas me volvía loca. A lo mejor mis miedos más profundos eran ciertos. A lo mejor no estaba saliendo conmigo no porque no estuviera preparado, sino porque no quería hacerlo conmigo. ¿Cómo podía conseguir yo que se diera cuenta de que debía hacerlo?

Noté que Ethan se metía en la cama una hora más tarde. No dijo nada, y me pregunté si estaba fingiendo no saber que yo estaba despierta. No trató de acurrucarse junto a mí; ni siquiera trató de tocarme. Estábamos los dos acostados en la misma cama, pero me sentía como si nos encontráramos a cientos de kilómetros de distancia. Traté de cerrar los ojos y de decirme que las cosas serían mejores por la mañana. Aunque ojalá me lo hubiera creído.

En mitad de la noche, me di la vuelta para cambiar de posición y me di cuenta de que Ethan no estaba a mi lado. Llevé la mano a mi celular para ver la hora y comprobar si me había mandado algún mensaje diciéndome adónde iba. No tenía ninguna notificación nueva, salvo un comentario de un compañero de clase en una publicación que había hecho yo en el foro de discusión. Salí de la cama y tomé una camiseta y unos pants de mi bolsa de viaje antes de bajar la escalera para buscarlo.

Después de unos cuantos minutos husmeando por la planta principal, me di cuenta de que una de las puertas corredizas de atrás estaba abierta. Me lo encontré sentado en una mecedora, mirando fijamente el fuego eléctrico que debía de haber encendido él.

—Hola —dije, y me senté en la silla que había a su lado—. ¿Estás bien?

Ethan permaneció en silencio durante unos instantes, hasta que al fin murmuró:

—Necesitaba un poco de espacio.

—¿Por mí?

—No, Sloane.

—¿Estás seguro? —insistí—. Sé que me pasé un poco antes. No quería fastidiar toda la noche por un estúpido juego. Tendría que haberle quitado importancia al tema y haberme vuelto a unir al grupo.

—Te dije que no es por ti. —Parecía estar enojándose—. No todo lo que hago o lo que digo tiene que ver directamente contigo.

—Ah, está bien. —Me moví en mi sitio, incómoda—. Lo siento, no pretendía hacer que todo girara en torno a mí. Tan solo quería disculparme por lo de antes.

—Lo siento —respondió él—. No quería decir eso. Es que me siento abrumado.

—¿Quieres hablar del tema? —pregunté con suavidad.

—No, la verdad —admitió, y su voz era un murmullo bajo el que parecía esconderse mucho dolor.

Me puse de pie, pero en lugar de irme, quería estar más cerca de él. Con un movimiento silencioso y fluido, tomé la manta que había sobre el respaldo de mi silla y me senté en su regazo. Nos envolví a los dos con la manta y apoyé la cabeza entre su clavícula y su mandíbula. Acurrucada contra él, era casi como si pudiera sentir la tensión desapareciendo de su cuerpo.

—Sabes que puedes contarme lo que sea, ¿verdad? —dije con suavidad—. No me refiero a ahora, sino cuando estés preparado.

—Lo sé. —Ethan me rodeó con los brazos y me acercó más a él. Fue entonces, en la seguridad de nuestra crisálida, cuando comenzó a hablar de verdad—. Es por esta casa, por esa habitación. Puede llegar a ser sofocante volver aquí —me confió, y sus palabras estaban llenas de significado.

—¿Por qué te resulta sofocante? —pregunté, al darme cuenta de que había cosas que no estaba diciendo, pero esperando que lo hiciera.

Respiró hondo y se abrió todavía más.

—Es solo que... esta casa está llena de recuerdos a los que preferiría no volver. Me pasé una gran parte de mi infancia aquí, sobre todo las vacaciones. Es irónico que lo que me molesta ahora sean las vacaciones, porque esos recuerdos tampoco estaban tan mal. Íbamos a esquiar, hacíamos hogueras, jugábamos a hacer búsquedas. Ahora que lo pienso, estaba bien —admitió—. Los Clark son gente genial, pero me resultaba difícil estar rodeado de una familia perfecta que no era la mía. Simplemente era un recordatorio constante de que yo jamás tendría eso.

Me quedé sentada en silencio, llena de empatía. Mi intención inicial de ofrecerle consuelo mediante las palabras cambió cuando me di cuenta de que tal vez no quisiera ninguna respuesta. Tal vez solo quería a alguien que le escuchara.

—Lo siento —dije al fin, y mi voz sonó como un eco suave en el porche silencioso.

Él negó ligeramente con la cabeza.

—No es culpa tuya —me aseguró—. Vete a dormir. Volveré pronto.

Con reticencia, asentí con la cabeza y apreté su mano en un gesto de cariño antes de ponerme de pie, dejándolo solo con sus pensamientos y el chisporroteo del fuego.

Cuando volví a nuestra habitación y me arrebujé bajo las mantas, me pregunté qué era lo que le había pasado realmente cuando era pequeño. ¿Cómo de grave habría sido? Estaba claro que era lo bastante serio como para que le diera miedo enamorarse. A pesar de que mis padres estaban divorciados, yo seguía creyendo que el amor existía. Nunca era perfecto, nunca era seguro, y a veces no duraba para siempre, pero era algo que creía que todas las personas deberían experimentar al menos una vez en la vida. Me dolía el corazón al pensar en él sintiéndose solo y sin amor. Deseaba que se diera cuenta de que lo único que quería yo era quererle, y si me permitía hacerlo, jamás lo abandonaría.

10
Ethan

Enero de 2017

Me quedé contemplando el ventilador del techo y lo seguí con la mirada mientras daba vueltas y vueltas y más vueltas. Volver a estar en una habitación en la que había crecido siempre me producía insomnio. Lo único que era diferente en esta ocasión era que ya no estaba acostado en la cama yo solo. Miré hacia Sloane y vi que estaba profundamente dormida, de espaldas a mí.

Cuando era más joven y pasaba las vacaciones en esa casa, no esperaba que las tradiciones continuaran hasta la edad adulta. Pensaba que algún día mis padres regresarían y volveríamos a ser una familia. Tan solo hacía unos años que había perdido esa esperanza. Por mucho que odiara admitirlo, aquella casa era tan mía como de Graham. Había llegado oficialmente a la edad en la que había vivido con su familia más tiempo que con la mía.

Me levanté de la cama con cuidado, asegurándome de no despertar a Sloane en el proceso. Mientras salía al pasillo, me detuve para mirar la pared de fotos que normalmente trataba de evitar con todas mis fuerzas. Una me llamó la atención en particular, salíamos Graham y yo la mañana de nuestra graduación de la escuela. A primera vista, parecíamos una familia totalmente normal. Nadie sospecharía jamás que ese fue el peor día de mi vida, al menos hasta entonces. Me la pasé con la esperanza de que mi madre se presentara en la ceremonia. Pero no lo hizo. Tuve que ocultar cuánto me dolía mientras iba a cenar con los Clark, y después me emborraché más que nunca en mi vida en la fiesta de un amigo. Dormí en un arbusto frente a la casa hasta el mediodía, cuando Graham me encontró al fin.

Pasando junto al resto de los recuerdos que había tratado de olvidar con tanto esfuerzo, fui hacia la cocina, me serví otro vaso de *whisky* y abrí las puertas corredizas que conducían al porche de atrás. Tomé asiento en una de las grandes mecedoras y tomé el mando a distancia que encendía la chimenea. Mientras miraba hacia las enormes montañas nevadas, me pregunté cómo sería mi futuro. Aquella casa no era mía de verdad, por mucho que a veces me pareciera que sí. Mis hijos jamás tendrían abuelos; al menos, no biológicos. ¿Qué clase de padre podría ser? ¿Sería de los que jugaban al futbol en el jardín delantero? ¿Les enseñaría a andar en bicicleta? Tal vez ni siquiera tendría hijos. Estaba tratando de apagar mis pensamientos y de ahogarlos en el *whisky* cuando oí que alguien se acercaba por detrás.

—Hola —me dijo Sloane—. ¿Estás bien?

No quería que estuviera allí. No era por ser un imbécil, pero nunca me había apoyado en nadie en toda mi vida, ¿por qué iba a empezar a hacerlo ahora? Ella no iba a ser capaz de arreglarme, así que ¿por qué lo estaba intentando?

—Necesitaba un poco de espacio —murmuré sin quitar la mirada de las llamas falsas.

—¿Por mí?

Sabía que Sloane tenía sus propios problemas, pero ¿cómo podría haber comprendido los míos alguien como ella? Puede que sus padres ya no se quisieran, pero la querían a ella. Me daba cuenta por cómo se comportaba y lo oía en cómo hablaba sobre ellos. No quería abrirme ante ella. Pero sabía que si no le daba alguna clase de respuesta, acabaríamos discutiendo, y eso era algo a lo que realmente no quería enfrentarme en ese momento.

Negué ligeramente con la cabeza.

—No, Sloane.

Me esforcé por explicarle cómo me sentía.

Podía notar sus ojos sobre mí, podía sentir su necesidad de consolarme, pero no quería su lástima. No quería que me mirara y viera un proyecto o una causa perdida. La gente me miraba de esa forma mucho más tiempo del que me gustaría admitir. Habría estado bien empezar de nuevo en un lugar donde nadie me conociera, ni a mí ni mi historia lacrimógena. Volver a estar en esa casa me hacía darme cuenta de que las personas cercanas no eran lo único que removía esos sentimientos, también lo hacían los lugares. Tal vez lo que necesitaba después de la graduación era un nuevo comienzo.

Sloane hacía que derribar algunos de los muros que había construido meticulosamente fuera más fácil de lo que había esperado. Para la mayoría de la gente, eso sería reconfortante, pero en vez de eso, a mí hacía que me entraran ganas de salir corriendo.

Ya sabía desde hacía un tiempo que se estaba enamorando de mí; estaba escrito en cada rasgo de su cara y lo sentía en cada interacción que tenía con ella. Me sentía mal sabiendo que yo nunca sería capaz de quererla como ella me quería a mí. No era que no quisiera hacerlo; simplemente sabía que no era capaz. Y también sabía que dejarla esperando no era justo. Sabía lo que tenía que hacer.

11
Sloane

Febrero de 2017

Ethan pisó el acelerador a fondo, y mi Honda Civic bajó por la carretera universitaria a toda velocidad. Lo observé mientras cantaba la canción que sonaba por la radio, con la mano libre apoyada sobre mi muslo. Habían pasado poco más de seis meses desde la primera vez que lo había visto. Antes de él, tenía miedo de no llegar a conocer jamás a la persona apropiada. Deseaba con todas mis fuerzas creer lo que decía la gente sobre las almas gemelas: que algún día conocería a alguien con quien todo encajaría en su sitio y me daría cuenta de por qué nunca había funcionado con nadie más. Me gustaba pensar que ese alguien era Ethan.

Metió los dedos en uno de los agujeros de mis jeans y me miró desde el asiento del conductor como si quisiera tomarme ahí mismo y en ese instante.

—¡Para ya! —dije entre risas.

—Por favor, ¿uno rapidito aunque sea? —me suplicó—. Puedo buscar algún lugar para estacionar.

—Pensaba que estábamos yendo a mi cena de cumpleaños —repliqué.

—Ya sabes que siempre tengo más hambre después del sexo.

Me guiñó un ojo.

—Dato importante: es *mi* cena de cumpleaños.

Volvió a dirigir su atención a la carretera. El lenguaje romántico que menos me gustaba era el contacto físico, y ese era el método de comunicación favorito de Ethan. No era que no disfrutara de ello, pero su forma de tocarme a veces me hacía sentir como si solo me quisiera para una cosa: el sexo. Aunque sabía que nuestra relación era más profunda que la intimidad física, seguía siendo un pensamiento que solía permanecer en el fondo de mi mente.

Metió el coche en el estacionamiento del Outback, que no era una mala elección de restaurante para una estudiante universitaria con presupuesto limitado.

Los últimos meses, cada vez que quedábamos, Graham había estado tratando de hacernos probar vinos distintos al moscatel. Mientras que él y Lauren preferían el blanco, Ethan y yo nos inclinábamos por el tinto. Pidió una botella de *pinot noir* y, aunque yo prefería el *cabernet,* no dije nada. Simplemente estaba contenta de que me hubiera llevado a cenar, teniendo en cuenta que la mayoría de nuestras «citas» se limitaban a ir por comida para llevar en coche, fiestas en la fraternidad o dormir juntos.

—Y bueno, ¿por qué no sé cuándo es tu cumpleaños? —le pregunté mientras el mesero nos traía la botella y dos copas.

—Es en julio —comenzó—. Pero no me gusta celebrarlo.

Ni siquiera traté de indagar. Quería que la conversación fuera ligera, porque sabía que odiaba hablar sobre su pasado. Lo último que necesitaba era que algo le pusiera de mal humor o que me alejara de él. No quería una repetición de nuestro fin de semana en las montañas. Quería disfrutar de la noche de verdad.

Cuando volvimos al departamento, estaba oscuro y silencioso. Mientras me acercaba al final del pasillo que conectaba nuestro recibidor con la cocina, encendí las luces y me quedé impactada ante la escena que tenía delante.

—¡Sorpresa! —Había un mar de mis amigos más cercanos frente a mí—. ¡Feliz cumpleaños, Sloane!

Me di la vuelta y fulminé con la mirada a Ethan, que todavía iba solo por la mitad del pasillo, como si estuviera evitando formar parte de la gran entrada. No iba a cumplir los veintidós hasta la semana siguiente, pero Lauren siempre se tomaba los cumpleaños muy en serio, así que, conociéndola, íbamos a celebrarlo todos los días hasta que llegara la verdadera fecha.

—Te he preparado la ropa sobre la cama. ¡El body y la falda que estuviste mirando en Vestique hace unas semanas! —me susurró Lauren. A veces me preguntaba si podía leerme la mente, o si tan solo estábamos así de sintonizadas. Le di un abrazo y me disculpé para poder ir a cambiarme.

Fuimos al centro, a la calle principal, en lugar de los bares de playa habituales. Hacía un calorcillo inusual para ser una noche de febrero, de modo que aprovechamos el tiempo al máximo y nos pasamos las siguientes horas en el patio trasero de un bar comprando rondas de shots de té verde y pidiéndole clásicos al DJ.

—¡Vamos a otro sitio! —dijo Graham, e hizo un gesto para que todos nos termináramos las bebidas antes de dirigirnos al siguiente bar.

Quería sentirme aunque fuera un poco emocionada por ir al Reel a una sesión nocturna de karaoke, pero no era el caso. Ethan apenas me había dirigido dos palabras desde que salimos del Uber, lo cual solo me ponía más nerviosa y con menos ganas de divertirme, dos cosas que no debería haber sentido en mi cumpleaños. Me bebí mi vodka con refresco demasiado deprisa mientras escuchaba a Lauren no paraba de hablar sobre que Graham la había invitado a ir a su viaje familiar a Key West ese verano. Ni siquiera llevaban seis meses saliendo y ya estaban planeando pasar las vacaciones juntos; mientras tanto, yo me preguntaba la mayoría de los días si Ethan sentía lo mismo por mí que yo por él.

Lo observé desde atrás en la fila mientras hablaba y se reía con sus amigos, deseando que me hiciera un gesto para que me acercara a él y me rodeara con los brazos. Habría hecho cualquier cosa para que me dedicara la más mínima atención. El portero examinó mi identificación oficial y me ató una pulsera azul muy apretada en la muñeca antes de decirme que me lo pasara bien. Cuando encontré a nuestro grupo, Ethan estaba esperando con un shot y una copa para mí.

—¿Qué es? —le pregunté señalando el shot.

Él me guiñó el ojo y llevó su vaso contra el mío, ignorando la pregunta.

—Salud.

Nos tomamos los shots al mismo tiempo, y de inmediato sentí que el vodka barato volvía a subir por mi garganta. Me fui corriendo al lavabo y, durante la siguiente media hora, no salí del baño de discapacitados, cosa que seguro que no le hizo demasiada gracia a los grupos de chicas que había haciendo fila.

—Sloane, soy yo.

Lauren llamó a la puerta del baño. Me limpié la boca antes de tirar la cisterna y recomponerme.

—Vámonos a casa —dije mientras abría la puerta.

—Graham está en la entrada con un coche.

Me condujo a través de la multitud hasta el exterior del bar.

—¿Dónde está Ethan? —pregunté cuando abrí la puerta del coche y vi que dentro solo estaban el conductor y Graham.

—No quiso irse —respondió ella. Podía notar la decepción en su tono de voz. No quería que me sintiera mal, pero le sorprendían las acciones de Ethan.

Cuando volvimos al departamento, les di las gracias por llevarme a casa y fui directamente a mi habitación. Conseguí lavarme la cara y ponerme una camiseta extragrande antes de meterme en la cama. Me parecía como si la habitación estuviera girando, y los restos del vodka hicieron que me escociera la parte posterior de la garganta. Salí de la cama y llegué de milagro al escusado, donde lo dejé salir todo. Otra vez.

Al día siguiente, la boca me sabía a una mezcla entre licor agrio y cartón rancio. Por mucho que me alegrara de haber despertado en una cama vacía teniendo en cuenta mi estado actual, estaba enojada con Ethan. ¿Cómo podía tratarme de esa forma? ¿Y en mi cumpleaños? A veces me sentía como si no lo conociera en absoluto, y tal vez así era. Era incapaz de entender cómo podía pasar de un extremo, como planear una cita para cenar, a ignorar mi existencia por completo unas pocas horas más tarde. Los momentos como aquel me hacían darme cuenta de que yo era la persona de la relación que sentía más; y eso nunca era bueno.

Golpeé la mesita de noche con la mano unas cuantas veces antes de localizar mi teléfono celular. Lo sujeté cerca de mi cara mientras encendía la pantalla y revisaba las docenas de notificaciones. No hacía más que buscar la única que me importaba: un mensaje o una llamada de Ethan. Y ahí estaba.

2:22
Ethan Brady: 1 llamada perdida

Antes que pudiera decidir si quería devolverle la llamada o no, sonaron unos golpes en la puerta de mi habitación.

—Literalmente acabo de abrir los ojos, Lau —grazné—. ¿Puedes darme aunque sea una hora antes del sermón?

—No soy Lauren. —Me sorprendió oír la voz de un chico—. ¿Estás presentable?

—Depende de si consideras que tener vómito seco en el pelo es presentable o no —respondí.

La puerta se abrió y Graham me dirigió una sonrisa. En las manos tenía una caja de papel café, que supuse que contendría un *bagel*, además de un ibuprofeno y una botella de Gatorade azul.

—El desayuno de resaca de los campeones. —Lo dejó todo junto a mi cama y, justo cuando pensaba que se iría, acercó la silla de mi escritorio con un movimiento rápido y se sentó en ella del revés—. ¿Cómo estás?

—No muy bien, pero esto debería ayudarme.

Le mostré dos cápsulas pequeñas antes de metérmelas en la boca, seguidas de un largo trago de electrolitos.

—Ya sabes que no me refiero a eso —dijo él—. ¿Has hablado con Ethan?

—No. —Solté un suspiro—. Me llamó anoche, supongo que de camino a casa. Pero es que odio que piense que puede hacer lo que le da la gana y después venir y meterse en mi cama a las dos de la mañana como si no hubiera pasado nada. ¿Quién se cree que es?

—Así es Brady. No es que lo esté justificando, ni por asomo, pero es hijo único y prácticamente tuvo que crecer solo, así que es un chico egoísta —me explicó—. No creo que piense que tiene nada de malo.

—Ninguno de los dos sabemos lo que estamos haciendo en lo relativo a una relación, pero no es difícil tratar a una persona tal como ella te trata. Yo jamás le habría hecho eso a él. Me pasaría todos los días con él si me lo permitiera.

Volví a recostarme sobre la almohada, sabiendo exactamente lo desesperado que había sonado eso.

—Si te sirve de algo, yo apuesto por ustedes. Tan solo tienes que tener en cuenta que así es él por dentro. No lo sé, a lo mejor cambia. Pero ten cuidado. No me gustó verte sufrir anoche.

Y, tras eso, Graham se fue de mi habitación.

Mientras permanecía allí sentada, mis pensamientos deambularon hacia Lauren y Graham. Casi parecían calca uno del otro. La verdad es que nunca había conocido a un chico como él. La gente siempre dice que los opuestos se atraen, pero creo que esa teoría no es del todo cierta. Ethan y yo éramos como la noche y el día. Tal vez ese era nuestro problema.

Me quedé mirando el registro de llamadas de mi celular, con el nombre de Ethan bien claro. Con un pequeño titubeo, decidí devolverle la llamada.

—Hola —respondió después del tercer tono.

—¿Me has llamado?

Mi voz sonó más brusca de lo que pretendía, con cada palabra teñida de irritación.

—Siento no haberme ido con ustedes anoche. Es que... no estaba preparado para irme todavía.

La disculpa de Ethan sonaba sincera, pero eso no aliviaba el dolor del todo.

—Sí, Graham me lo dijo. Ha sido una bajeza de tu parte, Ethan.

No podía evitar mostrar mi decepción y mi dolor.

—Lo sé, y lo siento mucho —respondió.

Caímos en un silencio incómodo; el aire parecía denso por todas las cosas que quedaban por decir.

Me encontré haciéndole la pregunta que siempre me atormentaba.

—¿Qué estamos haciendo, Ethan?

No tenía que explicarme más; él ya sabía a qué me refería exactamente.

—No lo sé, Sloane —admitió con la voz llena de incertidumbre. Otro silencio nos envolvió, más profundo que el anterior—. Es evidente que me gustas —continuó rompiendo el silencio al fin—. Es solo que... Necesito un poco de tiempo para pensar. ¿Te parece bien?

—Sí... —Solté un suspiro mientras me invadía una mezcla de tristeza y agotamiento—. Voy a tratar de dormir un poco más. La cabeza me está matando.

—Luego te escribo. Espero que te mejores —dijo con suavidad antes de terminar la llamada.

Cuando al fin decidí que estaba preparada para despertarme y afrontar el día, ya casi era la hora de cenar. Comprobé el celular, esperando encontrar mensajes de Ethan, pero no tenía ninguna notificación nueva.

Fui a rastras hasta el cuarto de baño y puse a Taylor Swift en aleatorio a todo volumen para ponerme de mejor humor. No había nada que un baño caliente y *All Too Well* no pudieran arreglar. Para cuando salí de la regadera, podía oír a Jordan y a Lauren en la cocina, así que me vestí y me uní a ellas.

La risa de Jordan me saludó primero.

—Vaya, pensábamos que estabas muerta —bromeó sin saber cuánto se acercaba a la verdad.

—Muy graciosa.

Le ofrecí una sonrisa de labios apretados mientras sacaba la jarra del agua del refrigerador.

—Bueno, pues por hablar de lo evidente... —dijo Lauren rompiendo el hielo—. ¿Has sabido algo de Ethan?

Ella era la que siempre se enfrentaba a las verdades incómodas, y, a pesar de que sabía que seguía con un poco de cruda, no perdió ni un momento.

—Antes hablamos por teléfono. Pero no sirvió de nada, creo que tal vez me ha hecho sentir más confundida. Toda esta situación es muy... uf. Esto es exactamente lo que no quería que pasara.

—Te guste o no, está pasando, querida. Ethan y tú... tienen que DLR.

—¿DLR? —preguntó Jordan.

Cerré la puerta del refrigerador un poco más fuerte de la cuenta, sin querer admitir que Lauren tenía razón.

—Definir la relación —dije, y el peso de esas palabras parecía tan grande como el de la jarra que tenía en la mano—. Sí, ya lo sé, ya lo sé.

Lo triste era que sí que lo sabía, pero no me importaba. Me daba miedo mantener esa conversación con él porque había una posibilidad de que significara perderlo para siempre. Y, aunque no me gustaba lo que estaba pasando entre nosotros en ese momento, no estaba preparada para que se terminara.

No había tenido noticias de Ethan, y me estaba volviendo loca. Después de que habláramos por teléfono esperé que me mandara algún mensaje, pero no lo hizo, y por mucho que quisiera hablar con él, sabía lo que significaba que no me contactara. De modo que yo lo estaba evitando de la misma forma que él me estaba evitando a mí.

Durante el fin de semana, mi cama se convirtió en un santuario. Jordan consiguió convencerme para que saliera prometiéndome que una fiesta de Sigma Chi me haría sentir mejor. Pero no fue así. No estaba de humor para beber cerveza barata ni me interesaba el cotorreo de la fraternidad.

Extrañaba a Ethan, extrañaba la simplicidad de estar juntos sin más. De modo que, después de soportar una hora de conversaciones vacías y sonrisas forzadas, me escapé a la tranquilidad de mi habitación.

Quería presentarme en su casa y entrar allí, pero sabía que no debía hacerlo. Quería llamarle por teléfono y decirle que lo retiraba todo, pero sabía que ya era demasiado tarde. Si hubiera continuado haciendo como si nada sin forzarlo a meterse en una relación tan pronto, tal vez Ethan estaría allí en ese momento, acostado junto a mí en la cama. Pero, en lugar de eso, no tenía ni idea de dónde estaba, de con quién estaba ni de lo que estaba pensando. A veces habría dado cualquier cosa por meterme dentro de su cabeza.

Llegó el domingo por la mañana y conseguí quedarme en mi habitación sin que me molestaran hasta casi el mediodía, cuando mi celular vibró en algún lugar entre las sábanas.

11:47
Ethan Brady: Siento haber estado desaparecido. Tan solo necesitaba espacio para pensar las cosas. ¿Podemos hablar en mi coche?

Iba a terminar con todo antes de que hubiera empezado siquiera. Comenzaron a temblarme las manos mientras respondía con una palabra.

11:50
Yo: Claro

Salí de mi departamento unos minutos más tarde y vi que había empezado a llover. El tono del mensaje de Ethan, mi ansiedad y el tiempo presentaban la fórmula perfecta para una ruptura. Aunque, ¿podía llamarlo ruptura cuando ni siquiera andábamos?

Lo único que sabía era que las conversaciones en coches nunca eran nada bueno. Todas las cosas importantes que me habían ocurrido en el amor habían tenido lugar en un coche. Mi primer beso con Carter, esa vez que me dijo que estaba saliendo con otra... Además, por mucho que odiara admitirlo, la mayoría de nuestros momentos íntimos habían tenido lugar en el asiento trasero de su Toyota.

Las familiares luces delanteras del coche de Ethan aparecieron en el estacionamiento y atravesaron la cortina de lluvia. Se acercó al borde de la acera y bajó la velocidad hasta detenerse frente a mí. Antes de llevar la mano a la puerta, respiré hondo para tratar de calmar mis nervios.

Me senté en el asiento del copiloto, con la ropa ya empapada y la piel de gallina por todo el cuerpo. Él estiró el brazo para subir la calefacción, como si supiera lo que yo estaba pensando, y después rodeó la parte trasera del edificio para estacionarse en un lugar vacío. Me di cuenta de que llevaba la misma camiseta de los Yankees que el día que lo conocí. La nostalgia corría por mis venas mientras me preparaba para el fin de algo que ni siquiera había tenido oportunidad de empezar.

—Hola —me saludó. Su mirada permaneció fija en el volante; tenía los nudillos blancos contra él.

—Hola —respondí. Eché un vistazo a su perfil: mandíbula apretada y ceño fruncido. Me daba mucho miedo lo que estaba a punto de pasar. Deseé poder hacer algo para impedirlo, lo que fuera.

La lluvia continuó cayendo con fuerza en el exterior, oscureciéndolo todo más allá del parabrisas. El tamborileo de las gotas de lluvia parecía repetir los latidos de mi corazón. Lo observé mientras se secaba las palmas en los muslos con nerviosismo.

No podía seguir aguantando el silencio más tiempo.

—¿Va todo bien?

Al fin se giró para mirarme, con los ojos llenos de tristeza y pesar.

—No sé cómo decirte esto —Su voz sonaba ligeramente temblorosa.

—¿Qué pasa?

Tragué saliva con fuerza; tenía la garganta seca.

—Las cosas entre nosotros han crecido demasiado rápido y se han convertido en algo a lo que no puedo enfrentarme. Nunca debí permitir que llegara tan lejos. Creo que deberíamos dejar de vernos.

—¿Es que no sientes nada por mí?

Me temblaba el labio inferior.

—Sí que siento —admitió como si tal cosa; y eso me confundió todavía más.

—Entonces, ¿por qué no podemos tratar de que funcione? ¿Por qué quieres renunciar a mí? —pregunté con un nudo en la garganta mientras luchaba contra las lágrimas que amenazaban con derramarse.

Ethan evitó el contacto visual conmigo.

—Ojalá fuera tan fácil —dijo con la voz llena de pesar—. Me importas mucho más de lo que piensas, pero no puedo darte lo que te mereces ahora mismo. Y, para ser sincero, no sé si alguna vez seré capaz de hacerlo.

Las lágrimas que había estado conteniendo quedaron libres al fin, derramándose por mis mejillas mientras miraba fijamente a la persona que pensaba que podría haber amado. La lluvia de fuera reflejaba mis emociones, un chaparrón implacable que parecía no tener fin.

—¿Por qué tienes que ser tú quien decide lo que me merezco?

Mi tristeza se había convertido en furia de repente.

—Sloane, los dos sabemos que quieres y te mereces una relación. Alguien que le ponga una etiqueta a las cosas, que presuma de ti, que conozca a tus padres, todo eso. Yo no soy ese chico. Y nunca seré ese chico. Ni para ti ni para nadie.

Sus palabras me dolían.

—No tenemos que salir juntos. Ya te dije que yo tampoco estaba segura de sentirme preparada para una relación seria todavía —traté de mentir—. Estoy contenta con cómo van las cosas ahora mismo.

—Los dos sabemos que con el tiempo esto tendrá que ser algo más. No podemos quedarnos en un punto intermedio para siempre —me dijo—. Cuanto más continuemos con esto, más vas a sufrir al final. Y de verdad que no quiero hacerte daño.

—¿Es que no soy suficiente? —conseguí preguntar, entre lágrimas.

Ethan puso cara larga.

—Por favor, no pienses ni por un segundo que algo de esto es culpa tuya. No lo es, para nada. Eres demasiado buena para mí. No me merezco esto. Y no quiero destrozarte conmigo.

Era incapaz de mirarle. Quería salir del coche y correr hasta mi departamento, pero no podía moverme. Estaba paralizada en su asiento del copiloto. La mitad de mí no quería volver a verlo jamás, y la otra mitad no podía soportar esa idea.

Había demasiadas cosas que quería decir todavía. Podíamos hacer que funcionara, sabía que podíamos. Si él se esforzaba tan solo un poco más y yo le daba un poco más de espacio. Yo podría ser la persona indicada para él si me lo permitía. Sin embargo, no podía hacer que cambiara de idea. No puedes conseguir que alguien cambie mediante el amor; no deberías tener que hacerlo. Y yo lo sabía. Pero entonces, ¿por qué no me lo creía?

Me temblaba la mano mientras la llevaba a la puerta. Salí del coche y cerré de un portazo, tratando de que este fuera una declaración de intenciones. Avancé arduamente por el estacionamiento sin mirar atrás, a pesar de las ganas que tenía de hacerlo.

Tenía que aceptar que nunca íbamos a tener una oportunidad. ¿Cómo era capaz de enamorarme de alguien que no estaba seguro de mí? ¿Qué era eso tan malo que había en mí para que el amor saliera corriendo cada vez que me acercaba a él?

El departamento estaba vacío cuando entré, totalmente empapada por la lluvia. En mitad del pasillo me quité cada prenda de ropa del cuerpo, una por una, y las puse en la lavadora. Me envolví el pelo con una toalla, me metí en la cama y me enterré bajo las sábanas. En cuestión de segundos, estaba sollozando de forma descontrolada. Nunca había sufrido de esa manera. Si hubiera sabido que quererle me haría sufrir tanto, jamás le habría puesto los ojos encima.

12
Ethan

Febrero de 2017

Ninguna parte de mí quería hacerle daño a Sloane. El día que nos conocimos, supe que las cosas iban a ser diferentes con ella, y esa era la razón por la que había tratado de mantenerme alejado. No estaba buscando una relación, pero había algo en ella que me hacía querer intentarlo. Sin embargo, con eso no era suficiente. Me di cuenta de que al final acabaría haciéndole daño de una forma u otra; todavía más del que ya le había hecho. Verla llorar la noche anterior hizo que quisiera contárselo todo. Quería contarle toda la verdad para que pudiera comprenderlo, pero no fui capaz de hacerlo. No quería ser de esa forma, pero así es como era yo después de una vida llena de sufrimiento y decepciones.

Desenchufé el celular del cargador y me puse a revisar las aplicaciones sin ningún objetivo claro durante un rato. Mi pulgar titubeó sobre el icono de Facebook antes de decidirme a tocarlo. En la barra de búsqueda, su nombre aparecía como una búsqueda reciente: Laura Brady. Todavía no se había cambiado el apellido, a pesar de que había vuelto a casarse. Toqué su última foto de perfil, que decía que había sido publicada dos semanas antes. El árbol de Navidad del fondo revelaba que habían sacado la foto durante las vacaciones. Estaba sonriendo y posando con su hija; la media hermana que jamás había conocido y probablemente nunca conocería.

Cerré la aplicación antes de seguir cayendo más abajo en la madriguera del conejo y me di la vuelta. Por mucho que odiara admitirlo, extrañaba a Sloane. Extrañaba el consuelo de compartir una cama con ella todas las noches. Saber que estaba a mi lado hacía que me resultara más fácil dormir. Eso era algo que no pensaba que diría jamás.

A la mañana siguiente, salí de la cama y entré en la cocina, donde Graham estaba preparando un enorme montón de tortitas de proteínas mientras Jake jugaba a un videojuego. En los dos años que llevábamos compartiendo departamento, no había cambiado absolutamente nada.

—Hola, tío, ¿quieres unas cuantas? —dijo Graham señalando el plato lleno de comida.

—¿No hay tocino? —pregunté mientras me sentaba frente a la encimera.

—Está en el horno. Me da demasiada pereza ponerme a fregar sartenes luego —respondió—. Y bueno, ¿vas a contarme lo de Sloane?

—Diablos. Apenas han pasado doce horas de nuestra conversación. Las noticias viajan deprisa en Ascent. ¿Lauren, supongo?

—Sí. Pero en fin, ¿qué pasó?

Me di la vuelta para ver si Jake había pausado el juego para meterse en la conversación, pero todavía tenía los cascos puestos, lo que significaba que podía ser un poco más honesto. No me importaba hablar de las cosas con Jake, pero había muchas cosas que él no sabía sobre mí y que no quería tener que explicar.

—No quería que siguiera esperando más tiempo. No es justo para ella.

—Bueno, ya, eso lo sabíamos todos. Pero pensaba que te gustaba. O, al menos, eso es lo que parecía.

Graham sacó la bandeja llena de tocino del horno y la colocó sobre el fogón.

—No es tan fácil —dije—. No estoy preparado para una relación en serio. ¿Que si me lo paso bien con ella? Sí. ¿Que si me gusta? Sí. ¿Que si quiero las responsabilidades y las expectativas que conlleva una relación? No. Eso es lo que hizo que me diera cuenta de que tenía que terminar con todo antes de que llegara demasiado lejos.

—Me parece que has llegado un poquito tarde, colega.

Me tendió un plato de tocino y me serví un montón antes de que Jake devorara el resto.

—¿A qué hora quieren ir hoy al gimnasio? —preguntó Jake.

—Yo tengo clase hasta las cuatro —respondió Graham—. ¿Quieren que nos veamos después?

—Por mí, bien —respondí. Me metí un trozo de tocino en la boca y le di una palmada en la espalda a Graham a modo de agradecimiento antes de volver a mi habitación para bañarme e ir al campus antes de lo habitual, con el objetivo de evitar cualquier encuentro en el autobús. No quería alterarla más de lo que ya lo había hecho.

13
Sloane

Marzo de 2017

Al principio parecía imposible no mantener ningún contacto, era como dejar una adicción de la noche a la mañana. No hay un abandono paulatino, dejándola poco a poco. Un día la tienes y al día siguiente es como si no existiera.

Con el paso del tiempo, comienzas a recordar tu vida antes de aquella persona. Dejas de llevar la mano al celular cuando ves algo que te recuerda a esa persona. Borras de tus listas de reproducción las canciones que te enseñó. Con el tiempo, comienzas a olvidarla por completo.

Había pasado un mes sin contacto y ya me estaba convirtiendo en una persona diferente. El invierno había dado paso lentamente a la primavera, y las pecas de más que solían salirme con el sol estaban comenzando a aparecer otra vez. Tenía historias que Ethan jamás había escuchado y recuerdos en los que no había estado presente. Un mes sin contacto y, al fin, estaba comenzando a sentirme bien otra vez.

Lauren se empeñó en llevarme al baile formal de Pike. La semana anterior había discutido con ella porque todavía no me sentía preparada para volver a ver a Ethan, pero me di cuenta de que tenía que dejar de poner mi vida en pausa por alguien que ya no formaba parte de ella. Por lo general, el baile formal tenía lugar durante un fin de semana entero en Savannah, pero, como la fraternidad estaba en periodo de prueba, las normas exigían que organizaran un evento supervisado por la universidad.

—Tú piénsalo así, encontrarte con él en el baile formal es mejor que encontrarte con él en un bar. Aquí vas a tener una cita para distraerte. Además, Reese está bueno. Eso siempre está bien —añadió Lauren mientras me guiñaba un ojo.

—Está bien, supongo que tienes razón. ¿Cuáles me pongo?

Sostuve en alto dos pares de zapatos de tacón.

—Los negros. Ir todo de negro siempre es un acierto.

—Señoritas, ¿están preparadas? —preguntó Graham llamando a la puerta antes de entrar.

Nos tomamos unos shots de tequila en grupo antes de dirigirnos hacia la parada del autobús. Conforme nos acercábamos al campus, comencé a sentirme más intranquila. Lo único que tenía que hacer era asegurarme de no vomitar o ponerme a llorar cuando viera a Ethan. No era complicado.

Cuando el conductor de la fraternidad detuvo el coche, la zona cercana al autobús ya estaba repleta de gente. Por suerte, no había señales de Ethan hasta donde alcanzaba mi vista. Comenzaba a notar una molestia en el estómago, pero hice lo que pude por recomponerme.

—Vamos a buscar a Reese —dijo Graham—. Sloane, tú ya lo conoces, ¿verdad?

—Nos hemos visto un par de veces —respondí.

—Es genial —me aseguró—. Un buen tío.

—¡Reese! —lo llamó Lauren a la vez que lo saludaba con la mano.

Reese Thompson era alto, muy por encima del metro ochenta. Tenía el pelo corto y de un rubio oscuro, y se notaba que se había afeitado recientemente, aunque no parecía de la clase de chicos a los que les salía mucho vello facial. Cuando Graham me contó todo lo que necesitaba saber sobre él, me enteré de que debería haberse graduado el año anterior, pero había tenido que quedarse un semestre más porque le faltaban unos cuantos créditos.

—¡Han llegado! —dijo Reese, y me dio un abrazo de lado—. ¿Preparadas para emborracharnos mucho?

—Siempre lo estoy —respondió Lauren. Enseguida tomó una botella de agua llena de vodka del bolsillo trasero de Graham y procedió a pasarla entre el grupo.

Examiné la multitud una vez más en busca de alguna señal de Ethan antes de meternos en el autobús de la fiesta. Tal vez no iba a ir después de todo. Noté que estaba comenzando a relajarme y empecé a tratar de disfrutar de la noche. Había un trayecto de poco más de cuarenta minutos hasta el local, pero por suerte habíamos llevado bebidas de sobra para el viaje. Tomé asiento a mitad del trayecto, y, para cuando me puse de pie para bajar del autobús, podía sentir el Smirnoff corriendo por todo mi cuerpo. El vodka nunca había sido mi amigo.

—Oye, ten cuidado —dijo Reese mientras me tomaba del brazo y me ayudaba a estabilizarme—. Yo te ayudo. Vamos dentro.

Me tomó la mano y me guio fuera del autobús, cosa que agradecí, porque no estaba segura de sentir las piernas.

—La verdad es que este sitio es muy bonito —observé.

Esperaba que el restaurante estuviera ligeramente por encima de nuestros bares habituales, pero me quedé sorprendida al ver manteles blancos, un grupo de música en directo y un buffet con tiras de pollo y palitos de *mozzarella*. Me recordaba a una boda de bajo presupuesto organizada por un antiguo jefe de eventos de la fraternidad. Reese me apretó la mano con fuerza y me condujo hasta la barra, donde ya se había formado una fila enorme. Le rodeé el antebrazo con las manos para no perder el equilibrio. Desde la parte de atrás de la multitud, pude ver que Lauren y Graham ya casi habían llegado a la barra.

—¿Y si nos saltamos la fila? —sugerí.

—Avanzará rápido; tienen cuatro meseros —contestó él—. ¿Tienes ganas de graduarte?

—Sí, supongo —respondí—. Todavía no estoy segura de lo que voy a hacer.

—Ya lo estarás; tienes tiempo de sobra. Yo voy a mudarme a Nueva York justo después de los finales.

Reese estaba tratando de mantener una conversación conmigo en mitad de un bar ruidoso y abarrotado. No sabía si era porque estaba interesado en mí, porque quería acostarse conmigo o porque tan solo quería ser agradable. En cualquier caso, le seguí el juego.

—Ah, sí, creo que Graham mencionó eso. Me encanta Nueva York. Siempre he tenido el sueño de mudarme allí y ser escritora.

—¿Qué clase de escritora?

—No lo sé. Simplemente me encanta escribir.

Me encogí de hombros; no quería entrar en detalles.

—Bueno, pues si al final acabas en la ciudad, seguro que te encanta. Yo he estado de prácticas allí todos los veranos desde primero de carrera y no quiero irme nunca. Bueno, o no querré hacerlo cuando me mude allí en agosto, en todo caso. El verano pasado me ofrecieron, por fin, un trabajo a tiempo completo cuando me vaya.

Escuché a Reese mientras me hablaba sobre su nuevo jefe, el departamento para el que él y otro hermano de la fraternidad habían firmado un contrato de alquiler y sus lugares favoritos para ir después del trabajo. Conforme avanzábamos hacia la parte delantera de la fila, yo me sentía cada vez menos interesada en lo que me estaba contando. Miré por encima de la barra para ver si había una carta de bebidas o combinados especiales. Me acerqué a la chica que tenía al lado para tomar una tarjeta plastificada que había debajo de la mano de alguien, y se la rocé sin querer.

—¿Puedo tomarlo? —dije mirando a la persona cuya mano estaba apoyada sobre la carta de cócteles. Nuestros ojos se encontraron y el corazón me dio un vuelco—. Ah, lo siento —me apresuré a añadir.

—No pasa nada, puedes tomarlo.

Ethan levantó el brazo de la barra y vi que sus ojos se dirigían hacia Reese. Tomé la carta y me apresuré a volver.

—¿Qué quieres tomar? —me preguntó Reese.

—Vodka con refresco, por favor.

—Dos vodkas con refresco dobles —pidió él.

Traté de disfrutar de la noche con Reese. Sin embargo, cuando mi mente incoherente conseguía formar pensamientos, lo único en lo que podía pensar era en Ethan.

Como la mayoría de las mañanas después de tomar, sentía la cabeza palpitante y la boca seca. Conseguí abrir los ojos y me encontré con la visión de unas sábanas de rayas grises y un póster de los Carolina Panthers en la pared adyacente a mí. Fuera de quien fuera la habitación donde me encontraba, me resultaba ligeramente familiar.

Me di la vuelta y ahí estaba Reese, acostado boca arriba y respirando tan fuerte que podría haberse confundido con unos ligeros ronquidos. Salí de entre las sábanas con cuidado, llegué hasta los pies de la cama sin despertarlo y me fui de puntitas hasta el cuarto de baño. No había rollo de papel higiénico, cosa que parecía poco usual en él. Busqué a mi alrededor durante un segundo antes de decidir rendirme y ya está. Cualquiera pensaría que, si esos chicos salían con la intención de llevarse a una chica a casa, al menos tendrían que asegurarse de que fuera un lugar donde se sintieran cómodas. O tal vez eso era lo que hacían cuando no querían que regresaran. En cualquier caso, tenía que irme de allí. En silencio, salí del cuarto de baño y examiné la habitación de Reese en busca de alguna señal de mi celular o mi bolsa.

—Buenos días —dijo él adormilado—. ¿Quieres que te lleve a casa?

Carajo. Lo desperté.

—No te preocupes. Cuando encuentre el celular, puedo pedir un Uber o llamar a Lauren.

—Tus cosas están en la mesita de abajo. Te quedaste dormida en el sillón anoche y te traje hasta aquí. Me ofrecí a dormir en el sillón, pero me dijiste que me quedara aquí. No sé cuánto recordarás...

Dejó la frase inconclusa.

—No, tranquilo, me acuerdo —le mentí—. Muchas gracias. Siento haberme emborrachado, no me tenía que haber pasado tanto con el precopeo.

—En serio, deja que te lleve.

Salió de la cama vestido solo con unos bóxers. Tenía el cuerpo más tonificado de lo que esperaba.

—Toma. —Le tendí una camiseta que colgaba del respaldo de la silla de su escritorio—. Voy a tomar mis cosas y te espero en la entrada.

El trayecto en coche hasta mi departamento fue silencioso.

—Ahí vivo yo —dije señalando el edificio número tres.

—¿Quieres ir a cenar algún día esta semana? —me preguntó.

—Ah, eh... —tartamudeé.

—¿Por qué no me guardas tu número aquí y te lo vas pensando?

Me tendió su celular. Hice lo que me pedía y volví a colocarlo en el portavasos.

—Gracias otra vez por traerme.

—No es nada.

Salí de su coche y me dirigí hacia la escalera sin mirar atrás. Llegué hasta mi departamento sin encontrarme con Ethan, cosa que consideraba una victoria.

Lauren salió disparada del sillón en cuanto cerré la puerta.

—Dios mío, mira, si es nuestra amiga fantasma... ¡por fin nos atormenta con su presencia!

Lanzó los brazos al aire dramáticamente.

—Estábamos a punto de enviar un equipo de búsqueda. ¿Estás bien? —preguntó Jordan, que parecía preocupada por una vez.

—Me emborraché un poco más de la cuenta. Reese me llevó a su casa para que pudiera dormir, y en algún momento se me quedó el celular sin batería. ¡Perdón por el susto!

—¿Se han enredado? —preguntó Lauren.

—¿Te gusta? —añadió Jordan.

Todavía con el vestido de la noche anterior, me senté en el sillón, sintiendo el peso de sus miradas.

—No, no nos hemos involucrado. Reese es lindo, y sí, hay cierta atracción —confesé—. Pero todavía no he llegado a ese punto, no del todo —murmuré mientras apoyaba la cabeza sobre el hombro de Lauren en busca de solidaridad.

Por mucho que quisiera superar lo de Ethan y seguir adelante, haberlo visto la noche anterior tan solo me había recordado que todavía no lo había conseguido.

Jordan, que estaba revisando su celular, soltó una bomba como si nada.

—Ethan estuvo preguntando por ti y por Reese —dijo sin quitar los ojos de la pantalla.

—¡Jordan! —siseó Lauren.

Levanté la cabeza de golpe.

—¿En serio? Lau, ¿por qué no me lo ibas a decir?

Ella soltó un fuerte suspiro.

—Lo has estado llevando muy bien. No quería que lo de Ethan..., sea lo que sea..., te acabara afectando. Se fijó en que estabas con Reese y él estaba solo; creo que eso lo tomó desprevenido.

—¿No fue con una cita?

Me encendí por dentro.

—No. Pero no le des más vueltas, Sloane —me advirtió Lauren, aunque la cautela de su tono no podía cancelar el alivio que me invadió.

Sin embargo, enseguida sentí un poco de frustración.

No quería que Ethan pensara que había pasado página tan fácilmente, o que lo había hecho siquiera.

Lo quería a él, no a Reese; si al menos supiera eso...

Me puse de pie y me estiré.

—Tengo que cargar el celular y darme un baño después de lo de anoche —declaré mientras me iba a mi habitación.

—Vamos a ir por *bagels.* ¿Quieres lo de siempre? —me ofreció Jordan.

—Lo mismito.

Conecté mi celular al cargador, con la batería tan drenada como yo me sentía, y después me dirigí hacia mi cura definitiva para la cruda: tomar un baño con agua fría.

Después de que terminaran esos diez minutos de tortura, me envolví en una toalla y comprobé las notificaciones, deseosa de ver los mensajes que me aguardaban.

22:15

Lauren Ellis: Te fuiste??

22:45

Jordan Coleman: Dónde estás?!

0:07

Ethan Brady: Hola

9:58

Desconocido: Hola, soy Reese!

Ver su nombre en mi bandeja de entrada me hacía sentir cómoda, como si la vida hubiera vuelto a la normalidad; aunque sabía que no era así. Sabía que lo que tenía que hacer era dejar a Ethan en visto e ir a esa cita con Reese. *¿Por qué siempre es tan difícil hacer lo que hay que hacer?* Contesté a Ethan y dejé a Reese sin responder por el momento. En lo relativo a Ethan, no tenía la más mínima capacidad de autocontrol, y lo triste es que creo que él lo sabía.

Una hora más tarde estábamos sentados en su coche, en el mismo lugar donde me había roto el corazón tan solo unas semanas antes.

—Creo que voy a ir al grano y ya está —comenzó Ethan—. Esto que hay entre nosotros me asusta. No sé cómo lidiar con ello. Pensaba que lo que tenía que hacer era terminar con todo, por el bien de los dos. Pero cuando te vi con otra persona... me di cuenta de que no quería eso. Sé que te mereces más de lo que puedo darte, pero nos debo tratar de intentarlo al menos.

Me invadió el alivio y una sonrisa apareció en mi rostro.

—Pero aún necesito que nos tomemos las cosas con calma —añadió—. Nada de títulos todavía, ¿ok? No estoy diciendo que no vayamos a llegar a ese punto; es solo que no creo que tengamos que ir con prisa.

Me daba igual estar conformándome con una fracción de una relación con él cuando sabía que me merecía muchísimo más. Estaba dispuesta a conformarme con lo que fuera que quisiera darme, porque una fracción de él era mejor que nada.

Volví a entrar al departamento temiendo tener que explicar dónde había estado. No era que a las chicas no les cayera bien Ethan; era que no les gustaba lo que me estaba haciendo. Siempre decían que no hacía más que dejarme esperando. Pero ellas no lo conocían tan bien como yo. Sabía que quería intentarlo, él mismo lo acababa de decir. Me había dado cuenta de que tenía miedo de no conseguirlo, o de no estar a la altura de mis expectativas. Pero nada de eso importaba, porque lo que Ethan no sabía era que yo ya estaba enamorada de él. Me daba miedo decírselo porque, en cuanto lo hiciera, se habría terminado la partida. Aquel era el único as que me quedaba, y quería mantenerlo escondido bajo la manga.

—¿Adónde has ido? —me preguntó Lauren, que estaba sentada frente a la encimera haciendo cosas de clase.

—Ethan y yo hemos estado hablando —dije con timidez.

—¡Sloane! —Jordan se metió en la conversación sin moverse del sillón—. ¡Acabamos de hablar de esto!

—Me mandó unos cuantos mensajes anoche y no los había visto hasta antes porque tenía el celular sin batería. Tan solo quería ver qué era lo que quería decirme.

—Bueno... ¿y qué quería decirte? —preguntó Lauren.

—La versión resumida es que quiere volver a intentarlo. Me siento mal por él. Sé que todo esto es nuevo para él, y también para mí, supongo. Y creo que nos he metido demasiada presión. Vamos a tomárnoslo con calma y tratar de ir avanzando hacia una relación.

—Por favor —replicó Lauren—. ¿Tú te estás oyendo? Se supone que una relación no debería ser tan difícil. Sí, todas las parejas tienen discusiones y les toca llegar a acuerdos, pero el camino previo no debería ser tan largo. Él debería saber lo que quiere, y si no es así, tal vez eso es una señal de que no eres tú.

Sabía que estaba tratando de protegerme, pero esas palabras me hirieron profundamente. Aunque nunca antes me había enojado con Lauren, esa ocasión fue lo más cerca que había estado.

—Lo siento, sé que suena duro —continuó—. Lo único que estoy tratando de decir es que tienes que dejar de perder la cabeza por alguien a quien no le importa perderte a ti.

—Él sabe lo que quiere, lo que pasa es que no sabe cómo dármelo.

—¿Y eso hace que sea mejor? ¿Por qué él? ¿Qué tiene de especial Ethan?

—Ojalá pudiera expresarlo con palabras. Creo que es mi primer amor, cosa que suena extraña, porque tengo veintidós años. Durante un tiempo pensé que estaba enamorada de Carter, pero, cuanto más pienso en ello, más cuenta me doy de que lo que tenía con él no era amor. Era cariño. Tan solo era una distracción cuando más lo necesitaba. Pero las cosas con Ethan son diferentes —continué—. Desde el primer momento supe que había química entre nosotros, y después eso comenzó a crecer hasta convertirse en esta conexión confundida, pero también bonita. Él es la primera persona a la que me he sentido tan unida, y sé que no es decir mucho, pero para mí es importante.

—Queremos que seas feliz —intervino Jordan.

—Verte sufrir nos hace sufrir a nosotras —dijo Lauren—. Yo estoy a favor de las segundas oportunidades, pero más le vale no volver a fallar.

Estaba totalmente de acuerdo con ella.

14
Sloane

Abril de 2017

Quería sentirme aunque fuera un poco emocionada por la graduación, por las entrevistas de trabajo y por la búsqueda de departamentos en ciudades nuevas, pero la verdad es que temía que llegara el momento de hacer todo aquello. Ese objetivo vital que había tenido una vez de mudarme a Nueva York y convertirme en escritora se había quedado de algún modo en un segundo plano debido a mi relación con Ethan. No había esperado enamorarme. Para ser sincera, algunos días pensaba que jamás sería capaz de hacerlo. Pero entonces llegó él y ya no podía imaginar una vida sin Ethan, y tampoco quería hacerlo. De modo que me esforcé al máximo por no hacerlo, hasta que ya no pude seguir evitando el futuro.

—¡¡¡Lo he conseguido!!! —gritó Lauren.

Jordan y yo cruzamos el pasillo corriendo y nos la encontramos saltando en su habitación.

—¿Qué has conseguido? —le preguntamos al unísono.

—¡El trabajo de profesora en Nueva York! ¡Me acaban de llamar y van a enviarme el contrato a finales de esta semana!

—¡Enhorabuena! —dije, y le di un abrazo.

—¡Qué increíble, Lau! —coincidió Jordan.

—¡Ahora te toca a ti! —Lauren se giró hacia mí—. Cuando recibas una oferta de trabajo, podemos empezar a buscar departamento oficialmente. ¿Has tenido noticias de alguno de los lugares donde has enviado solicitudes?

—Todavía no. Pero creo que tendría que ponerme más en serio con la búsqueda.

Me encogí de hombros tratando de actuar como si no fuera para tanto, a pesar de que sabía que lo era.

Aunque estaba muy contenta por Lauren, no podía evitar sentirme derrotada por no haber encontrado todavía ningún camino prometedor. Llevaba meses mintiéndole a mi madre, diciéndole que las entrevistas estaban yendo bien y que iba mejorando con cada una que hacía. La verdad era que tan solo había enviado solicitudes para tres trabajos, y en ninguno de ellos me habían respondido. Sin embargo, mis calificaciones eran muy buenas, y lo más probable era que esa fuera la razón por la que mi madre llevaba un tiempo sin llamarme.

—Jordan, ¿estás segura de que no quieres probar a ser una chica de la gran ciudad? —preguntó Lauren haciendo pucheros—. ¿Aunque sea un año?

—Vamos a ser realistas, yo no voy a irme nunca de Wilmington. —Jordan se rio—. Y la verdad es que ser coordinadora de *marketing* en el Club del Yate no es un mal trabajo. Ustedes piénsenlo: hombres guapos, hombres guapos y ricos, hombres guapos y ricos con barcos...

—Ok, ok, no me pongas celosa —dijo Lauren entre risas—. ¡Voy a llamar a mis padres para contarles la noticia!

Durante el resto del día, busqué por todas partes para ver si encontraba algún trabajo en Nueva York para el que tuviera suficiente experiencia, pero no había tantos como esperaba. Cualquiera que sepa algo sobre buscar trabajo nada más salir de la universidad sabrá que la mayoría de los puestos básicos exigen tres años de experiencia. No me parecía que eso tuviera mucho sentido.

En el mundo editorial, los puestos básicos eran casi imposibles de encontrar. Todo el mundo estaba buscando voces jóvenes nuevas, pero una persona tenía que destacar o tener conexiones, porque la demanda era gigantesca. Mi madre tenía razón: para conseguir ser escritora en la gran ciudad, tenía que jugármela a todo o nada. Ni siquiera estaba allí todavía y la cosa apuntaba a la nada.

Después de unas cuantas horas, se me acabó la batería de mi laptop. No me quedaba energía para buscar el cargador, así que di por terminada mi búsqueda de trabajo por esa noche.

21:22

Ethan Brady: Hola, cómo ha ido tu día?

21:35

Yo: Podría haber ido mejor. Acabo de presentar solicitudes a lo que creo que habrán sido un centenar de trabajos. Lauren ha recibido una oferta hoy y me preocupa no conseguir ninguna yo ☹

21:37

Ethan Brady: Deja de decir eso. Eres muy inteligente y talentosa. Vas a conseguir algo, estoy seguro. Pero tampoco te conformes con cualquier cosa

21:37

Yo: Uf, es que esto es agotador. Tendría que haber empezado a mandar solicitudes hace meses

21:39

Ethan Brady: No seas tan dura contigo misma. En serio, Hart. Tienes que ser menos dura de lo que me pongo yo cada vez que entras por la puerta 😉

21:40

Yo: Eres lo peor

21:40

Ethan Brady: Pero te gusta. Buenas noches, Hart

Por muy fastidioso que pudiera ser Ethan a veces, su energía alegre y su consejo me hicieron sonreír de forma instantánea. Me quedé dormida esa noche soñando con Nueva York y con cómo podría ser mi vida allí. Mi subconsciente dejó a Ethan fuera de todas y cada una de las opciones.

—¿Rompieron? —Alcé la voz mientras dejaba el bolso sobre la mesa enfrente de Lauren—. ¿Por qué? ¿Ha pasado algo? Graham ha sido el novio perfecto. Es literalmente tu príncipe azul.

—No ha pasado nada —respondió ella—. Pero es que una relación a distancia no tiene sentido para nosotros.

—No lo entiendo.

Realmente no podía comprender la idea de que Lauren rompiera con Graham. En un momento estaban perfectamente bien, y al siguiente ya no estaban juntos.

—Para ser sincera... —le dio una mordida a su sándwich de pollo antes de continuar—, he empezado a sentir como si fuera mi amigo. Creo que nos metimos en todo esto extremadamente rápido y, aunque no me arrepiento de nada, no quiero seguir esforzándome en una relación de la que no estoy segura, sobre todo cuando vamos a estar a cientos de kilómetros de distancia.

A veces me preguntaba cómo era posible que Lauren tuviera una sabiduría tan superior a la que le correspondía por su edad. Deseaba tener su confianza y su seguridad. Incluso en sus momentos más inciertos, siempre parecía saber lo que estaba haciendo.

—Bueno, ¿y él cómo lo tomó?

Le di un sorbo a mi Dr Pepper.

—Pues, eh..., al principio no lo tomó demasiado bien. La verdad es que no creo que lo viera venir. —Me di cuenta de que se sentía mal—. Pero espero que superemos esto y lleguemos a ser amigos algún día. Sobre todo si Ethan y tú siguen juntos.

Si. Odiaba oír esa palabra, pero sabía que tenía razón. *Si* seguíamos juntos. Las probabilidades eran escasas, pero estaba dispuesta a probar suerte. En lo relativo a Ethan, iba a ir por todas.

—Sí. —Asentí con la cabeza—. ¿Van a ir de todos modos a la fiesta hawaiana de esta noche?

—También hablamos de eso. Me dijo que no quería que estas últimas semanas fueran raras, y que todavía podemos estar en la misma habitación aunque no estemos juntos. Voy a ir, pero ¿a lo mejor podríamos hacer un precopeo solo de chicas en nuestro departamento?

—Pues claro —respondí—. Le dije a Jordan que después de comer iría a recogerla a Ascent para ir a Goodwill y Target a buscar conjuntos y accesorios. ¿Vienes?

—Bueno, ahora que estoy soltera, tengo que estar más guapa de lo normal. Así que sí, por supuesto que me apunto. —La fulminé con la mirada de broma—. ¡Sloane! Es broma.

No voy a ponerme a coquetear por ahí veinticuatro horas después de la ruptura. Y menos delante de Graham.

—Tan solo quería asegurarme. Anda, vámonos de aquí. Tenemos muchas cosas que hacer en las próximas horas, y no podemos llegar tarde a nuestra última fiesta del último día de clase.

Entramos en la casa de varias plantas, absolutamente decorada para una fiesta hawaiana. Había palmeras inflables en cada rincón, colgaban lámparas del techo y en el barandal había coronas de flores hawaianas para que la gente las tomara al entrar. Las chicas iban vestidas con la parte de arriba del bikini y pantalones cortados, y los chicos, con trajes de baño y camisetas sin mangas. De algún modo, hasta habían conseguido llenar el comedor de arena. Me sentía mal por los hermanos de la fraternidad que tuvieran que limpiar todo aquello por la mañana.

Vi a Ethan y a Graham casi de inmediato y los saludé con la mano. Por mucho que odiara la idea de no haber hecho el precopeo de mi última fiesta universitaria con él, había sido una forma muy especial de terminar esos cuatro años con las chicas que me habían ayudado a superarlos.

—¡Sloaney! —dijo Graham, y me tomó en brazos y me hizo girar. Me di cuenta de que ya estaba borracho por el nuevo apodo que acababa de ponerme.

—¡Bájame! —le exigí.

—Ok, ok. —Me obedeció—. Señoritas, ¿qué quieren de tomar?

—Un ZF estaría bien —respondió Lauren—. Gracias, Graham.

Él le dirigió una media sonrisa y se fue hacia la cocina.

—Bueno, no ha estado tan mal —me susurró Ethan.

—Te estoy oyendo, ¿sabes? —señaló Lauren.

—Lau, vámonos al sótano —dijo Jordan—. Sloane, ¿vienes a buscarnos con las bebidas cuando vuelva Graham?

—¡Me parece bien! —Cuando quedaron fuera de mi campo de visión, me giré hacia Ethan—. ¿Cómo está?

—Está bien. —Se encogió de hombros—. Ahora solo está borracho.

—¿Y ya?

Sabía que no iba a poder sacarle mucho más.

—¡Aquí tienen, chicas! —Graham había regresado antes de que Ethan pudiera responder—. ¿Adónde se han ido?

—A bailar. Voy a llevarles las bebidas abajo. Gracias de nuevo, Graham. —Le di un abrazo de lado—. Que sepas que puedes llamarme cuando quieras, ¿de acuerdo?

—De acuerdo.

Y, con eso, desaparecí por la escalera de madera que crujía y llevaba hasta el sótano, rezando para que no se me cayera alguna de las tres bebidas.

A la una de la mañana, la cerveza de barril se había acabado y los enfriadores llenos de ZF estaban secos. Escudriñé el sótano lleno de chicos sudorosos de veintipico años hasta que localicé a Ethan cerca de la barra con Jake.

—¿Quieres que pidamos un Uber? —me preguntó Lauren.

Antes de responder, volví a mirar a Ethan. Quería quedarme allí con él en lugar de hacer de niñera de Lauren, pero sabía que si la situación fuera a la inversa, ella lo haría por mí.

—Sí, ¿puedes hacerlo tú? —Le entregué mi celular—. Voy a ir a despedirme de Ethan.

Mientras caminaba en su dirección, vi que sus ojos me encontraban.

—Hola —me dijo—. ¿Te vas ya?

—Sí, voy a llevar a Lauren a casa.

—¿Dónde está Jordan? —preguntó él mientras buscaba con la mirada por el sótano.

—Se fue a Sigma Chi hace como una hora o así.

—¿Qué tal si le pido a un hermano sobrio que las lleve? Puedes asegurarte de que Lauren llegue bien a casa, y después él te traerá aquí otra vez.

—¿Estás seguro? —le pregunté.

—Sí, vamos a estar aquí de *after* y no quiero que te vayas a casa todavía —me tranquilizó.

Y entonces me besó. Me sentí como si tocara el cielo con las manos.

Un alumno de primer año nos llevó en coche hasta Ascent y esperó en el estacionamiento hasta que vimos que Lauren llegaba a la segunda planta. Ella se despidió de nosotros con la mano, y el chico condujo de vuelta en dirección al *after*.

—Entonces, ¿eres la novia de Brady? —me preguntó.

—Yo no diría eso —respondí—. O sea, no lo sé.

Incluso después de tanto tiempo, nunca sabía cómo describirnos. Técnicamente no éramos novios, pero teníamos exclusividad. O, al menos, eso era lo que pensaba. Odiaba que un título pudiera tener en sus manos toda nuestra relación. Para mí, estábamos muy enamorados. Era lo más enamorada que había estado en la vida. Pero ¿para él? En fin, la verdad es que no sabía lo que sentía él. Lo único que sabía era lo que su lenguaje corporal me decía y lo que yo sentía. Sabía que me quería. En el fondo, lo sabía. A pesar de que no me lo hubiera dicho todavía. No tenía que decírmelo en voz alta para que lo supiera. Esa era la mejor parte de lo que había entre nosotros.

—Ah, está bien —respondió él.

Lo más probable era que el chico ni siquiera recordara esa conversación cuando se despertara por la mañana, pero aun así, su pregunta se quedaría flotando en mi mente durante días, tal vez hasta semanas.

Salí del coche y le di las gracias por el trayecto. Estaba deseando ver a Ethan otra vez. Entrar en la casa de la fraternidad yo sola siempre me ponía de los nervios. Pasé por la puerta de entrada y crucé el recibidor para encontrarme a los chicos sentados en los viejos sillones de piel de la sala de estar.

—¿Qué hay, Sloane? —me saludó uno de ellos.

—¡Ahí está! —dijo Graham.

Tomé asiento junto a Ethan, y él me apretó el muslo. Estaba muy contenta de haber vuelto. Me encantaba cómo me sentía cada vez que me mostraba la más mínima pizca de atención. Los chicos se pasaron unas porciones de *pizza* que habían pedido al terminar la fiesta. Me ofrecieron una, pero la rechacé. Odiaba comer delante de la gente, sobre todo cuando había bebido.

—Vámonos a casa —me susurró Ethan al oído al cabo de un rato.

A casa.

Los hermanos habían dejado de conducir cuando se fueron todos los que habían venido a la fiesta, de modo que Ethan pidió un Uber y me metí en el asiento trasero detrás de él. Me acercó tanto a su cuerpo que estaba casi sentada encima de él. Me besó, y su aliento sabía a *whisky*. A Jack Daniel's, para ser más específica. Me gustaba. Abrí la boca para dejarle entrar, y permití que la felicidad también me inundara. El Uber nos dejó en el estacionamiento, y Ethan me tomó de la mano durante los tres tramos de escalera hasta su departamento.

Mientras abría el refrigerador para tomar la jarra de agua, Ethan jaló el cordel de la parte superior de mi bikini, que cayó al suelo.

—¡Ethan! —grité, y me cubrí con las manos.

—No hay nadie en casa —dijo con una sonrisita—. Vamos a hacerlo aquí.

—¿En la cocina? ¿Qué pasa si llegan Graham o Jake...?

Me puso un dedo sobre la boca, me tomó en brazos y me dejó sobre la encimera de granito. Con la fuerza de la parte inferior de su cuerpo, me abrió las piernas y se situó entre ellas.

Su boca se acercó tanto a la mía que podía oler el Fireball otra vez, pero todavía no me dejó saborearlo. Sus manos encontraron el camino hasta el botón de mi minifalda de mezclilla, mientras sus labios se entretenían en mi cuello.

Me levantó y consiguió quitarme la falda y la ropa interior para dejarme completamente desnuda antes de volver a sentarme sobre la encimera de la cocina. En cuestión de segundos, su traje de baño acabó en el suelo y él entró en mi interior.

Era en momentos como ese cuando yo tenía el control. Sabía lo que sentía por mí cuando teníamos intimidad; estaba escrito por toda su cara, pero nunca conseguía que lo dijera. Sabía que para él era más que sexo. No se hace el amor con alguien que no amas, y lo que estábamos haciendo era hacer el amor. Nadie podría convencerme de lo contrario.

A la mañana siguiente, tenía tanta cruda que juré no volver a probar el ZF y el vodka en lo que me quedara de vida. Supuse que era bueno que el anterior hubiera sido mi último día como universitaria.

—Por fin. —La voz de Ethan provocó que la cabeza me palpitara todavía más fuerte—. Tu celular lleva como veinte minutos sonando.

Tomé el celular de la mesita de noche y me senté tan rápido como pude sin marearme demasiado. Cuando lo desbloqueé, vi que tenía dos llamadas perdidas y un mensaje en el buzón de voz de un número con el prefijo 212. ¿Sabía siquiera de qué zona era ese prefijo? Me llevé el celular al oído para escuchar el mensaje.

—Hola, Sloane, me llamo Annie Walker y soy editora jefe en *The Gist*. He revisado tu solicitud y me encantaría hablar contigo sobre un par de puestos que tenemos disponibles aquí. Si tienes tiempo hoy, devuélveme la llamada a este número. ¡Gracias!

—¡No juegues! —grité.

Ethan entró corriendo en la habitación, con un bote de ibuprofeno y un vaso de agua con hielo en las manos. La expresión de su rostro me dijo que estaba extremadamente preocupado por oír lo que estaba a punto de decirle.

—¡Tengo una entrevista! —Me levanté de su cama de un salto. Él me rodeó con los brazos y sentí que la condensación del vaso se filtraba a través de mi camiseta.

—Eso es genial, pero estuviste a punto de matarme del susto —dijo Ethan entre risas, y me tendió dos pastillas azules. Me las metí en la boca, seguidas de un largo trago de agua.

—Es para una empresa que literalmente pensaba que jamás me contestaría. Les mandé la solicitud por mandarla. ¡No me puedo creer que me tomaran en cuenta! Tengo que llamarlos.

Le di un beso, tomé mi bolso, los zapatos y la ropa de la noche anterior, y bajé el único tramo de escalera que me separaba de mi departamento.

Presioné el botón para devolverle la llamada a Annie, tocando nerviosamente con los dedos la superficie fría de mi celular mientras cerraba la puerta de mi habitación detrás de mí. El dormitorio estaba adornado con mi birrete y la toga, las borlas de la graduación y unos libros de texto desperdigados, la evidencia del caos de la semana de los finales.

—¿Hola? —respondió Annie.

—Hola, Annie, soy Sloane Hart. ¡Acabo de escuchar tu mensaje! —respondí, tratando de mantener la voz firme.

Al otro lado de la línea podía oír los sutiles sonidos ambientales de una oficina: el zumbido distante de una conversación y el traqueteo de un teclado.

—Sloane, gracias por devolverme la llamada tan rápido. Te pido disculpas por la locura. Mañana me voy de viaje durante una semana, así que esperaba hablar contigo antes —me explicó.

—No pasa nada, tranquila. Siento no haber contestado. Es la semana de los finales, así que mi vida está siendo un poco frenética entre eso y que tengo la graduación a la vuelta de la esquina —mentí, mirando la montaña de libros y cuadernos de mi escritorio.

La voz de Annie se suavizó ligeramente.

—Debe de ser una época muy emocionante para ti. Pues escucha, voy a ir directa al grano —me dijo—. Sé que has presentado una solicitud para el puesto de redactora en plantilla, y aunque he disfrutado mucho de parte de tu trabajo, me temo que le falta algo de profundidad emocional.

El corazón me dio un vuelco en el pecho y una oleada de decepción me invadió mientras asimilaba sus palabras. Me retorcí distraídamente un mechón de pelo y bajé la mirada al suelo.

—Sin embargo —continuó—, quería ver si te interesaba un puesto de ayudante que acabamos de crear. Por fin tenemos presupuesto para contratar a un ayudante para los editores jefes. Yo sería tu superior directa. Sobre todo te encargarías de organizar calendarios, preparar los viajes, perseguir a los escritores que se retrasen con las fechas de entrega... esa clase de cosas. Sé que no suena demasiado glamuroso, pero hay potencial para avanzar. Tu currículum es impresionante y, como te he dicho, me gusta tu trabajo. Creo que tienes potencial para crecer como escritora y estoy dispuesta a ayudarte con ello. Si crees que podría interesarte este puesto, puedo ponerte en contacto con Recursos Humanos para comenzar con las entrevistas mientras yo estoy fuera.

No sabía qué decir. No era el puesto con el que había estado soñando, pero se trataba de un paso en la dirección apropiada. Además, también era la única entrevista que me habían ofrecido, así que ¿de verdad podía rechazarla?

—Sí —respondí al fin, y una sonrisa dudosa comenzó a formarse en mis labios—. ¡Suena genial! Muchísimas gracias por tenerme en cuenta.

—Estupendo. Esta tarde te enviaré un correo electrónico, así que estate atenta. Responde con tu disponibilidad; después recibirás invitaciones de calendario para hacer entrevistas por Skype con cada uno de nuestros editores jefes. Si todas salen bien, tu última ronda será conmigo dentro de poco más de una semana. ¿Te parece bien?

El tono de Annie era animado y alentador.

—¡Me parece genial! Gracias, Annie. Disfruta de tus vacaciones —dije con un optimismo recién encontrado mientras terminaba la llamada. Me quedé ahí plantada durante un momento, con el celular todavía en la mano, y me pregunté qué pensaría mi madre. Decidí que ya me preocuparía por eso cuando llegara el momento, «si» llegaba el momento.

15
Sloane

Mayo de 2017

Aunque mi infancia estaba llena de sueños frustrados, había algo que tenía claro: quería ser escritora. No me importaba que no fuera a ganar demasiado dinero. Sabía que tenía que dedicarme a una carrera profesional por pasión, porque era algo que amaba, pues de lo contrario jamás sobreviviría a varias décadas trabajando de nueve a cinco. Esa pasión era la escritura, una pasión que había acabado siendo alentada por mi soledad. Como no tenía muchos amigos, hermanos ni un lugar estable que pudiera llamar hogar, escribir en un cuaderno se convirtió en mi vía de escape. Me dedicaba a escribir sobre el papel las palabras que me daba demasiado miedo pronunciar en voz alta, con la esperanza de entenderlas. Cuando no tenía a quién acudir, siempre había un cuaderno y una pluma a mi lado. Las palabras se habían convertido en mi santuario. Mi cuaderno jamás me abandonaría. Escribir siempre estaría ahí, o eso pensaba.

Annie me ofreció el puesto de ayudante en *The Gist* menos de diez minutos después de empezar mi última entrevista. Lo cierto es que me había pasado semanas enviando solicitudes rigurosamente a otros trabajos de escritura en la ciudad, pero ninguno tenía interés en contratarme. Había subestimado con creces lo difícil que sería encontrar un trabajo. Por suerte, todos los editores que me habían entrevistado habían sido amables y alentadores. Todos ellos sabían que no era el puesto que quería y me tranquilizaron diciendo que era un paso en la dirección correcta. En mi última entrevista, Annie también mencionó la posibilidad de hacer trabajo independiente: podría presentarle una propuesta de pieza al mes; no me prometía que llegara a publicarse en internet, pero me daría su opinión y me ayudaría haciendo las veces de mentora cuando tuviera tiempo.

Aunque no era la vida con la que había soñado para mí después de graduarme, estaba emocionada. Un puesto de ayudante no era comparable con el de redactora en plantilla, y *The Gist* no tenía tanta reputación como *The New York Times*, ni era tan popular como *Cosmopolitan*, pero era un comienzo. Era el principio de mi historia, y estaba deseando ver cómo se desarrollaba el resto.

Miré a mi alrededor, a lo que todavía me faltaba por hacer en mi habitación. Había conseguido meter mi clóset entero en dos maletas grandes. Lauren y yo habíamos decidido vender la decoración de nuestro departamento por Facebook Marketplace, porque estábamos de acuerdo en que no valía la pena el engorro de enviarla a Nueva York. Aquello era un nuevo comienzo para nosotras, y queríamos sentir que así era. Tan solo me faltaba guardar el resto de mis artículos de aseo, cosa que no podría hacer hasta después de darme un baño esa noche.

Comprobé la hora en mi celular; eran las 10:54 de la mañana. Aquel era mi último día en Wilmington, y lo iba a pasar con Ethan. Me iba a recoger en unos minutos, y estaba deseando ver lo que me tenía preparado.

Cuando salí al estacionamiento, ya estaba esperándome cerca de nuestro edificio en el coche de Graham. Iba sin camiseta y había puesto a todo volumen el nuevo álbum de Migos, su grupo favorito.

—¡Sube, Hart!

Se bajó los lentes de sol y estiró el brazo por encima de la consola para abrirme la puerta del copiloto.

—¿Dónde está tu coche? —pregunté, y me impulsé para subirme al alto Jeep.

—No es apropiado para las actividades de hoy —dijo con una sonrisa.

Me abroché el cinturón mientras Ethan ponía a andar el coche, con una mano en el volante y la otra apoyada sobre mi muslo. Lo observé por el rabillo del ojo. Su pelo, más largo de lo habitual, flotaba con el viento, y tenía una enorme sonrisa en la cara mientras recitaba la letra entera de *Get Right Witcha.* Había memorizado el álbum entero una semana después de su lanzamiento en enero, y era lo único que había escuchado con él desde entonces. Ya se había ido con Graham a la playa unas cuantas veces desde que había comenzado el buen tiempo, así que las pecas de sus brazos y su cara se asomaban más de lo habitual.

Coloqué mi mano sobre la suya y se la apreté, esperando que supiera lo que significaba: que quería que ese día durara toda una vida, porque cuando llegara la mañana siguiente, me pasaría un mes sin verle. Nuestras vidas estaban a punto de cambiar, aunque yo todavía no era consciente de cuánto.

Nos dirigimos hacia el sur durante lo que parecieron muchos kilómetros hasta que llegamos al final de Kure Beach. No le hice ninguna pregunta, a pesar de que quería hacerlo. En lugar de eso, escogí vivir el momento y empaparme de cada segundo que me quedaba junto a Ethan.

Se estacionó frente a un pequeño edificio de oficinas escondido entre las dunas de arena, después se bajó y rodeó el coche para abrirme la puerta.

—¿Es ahí adonde vamos? —pregunté, y lo miré desconcertada.

—Qué va. Vamos a seguir hasta la playa. Te voy a enseñar cómo quitar un poco de aire a las ruedas para que lo hagas mientras yo entro a sacar la entrada del día. —Salí del coche y me senté junto a él en el bordillo—. Solo tienes que desenroscar cada taza y después meter la llave para dejar que salga el aire. Las llantas deberían estar a unos 140 kilopascales; puedes comprobar la presión en el salpicadero. No creo que tarde más de unos minutos, así que puedo ayudarte cuando vuelva —me explicó.

—Entendido —dije asintiendo con la cabeza.

—¿Estás segura?

—Sí, Ethan. Tampoco es que sea ingeniería aeroespacial. Vete por el pase. ¡Yo puedo!

Mientras permanecía ahí sentada esperando a que Ethan regresara, mi mente volvió a la gran mudanza. Absorbí mis alrededores, el aire salado, los cielos azules sin nubes, la arena acumulada en las grietas del cemento bajo mis pies. Estaba yendo de un extremo al otro. A pesar de que mudarme a Nueva York había sido mi sueño de toda la vida, no podía escapar de la sensación de temor que notaba en el estómago. ¿Estaba preparada para aquello?

—Ya tengo la entrada —gritó Ethan por detrás de mí unos cuantos minutos más tarde—. ¿Cómo van esas llantas?

—Ya van dos y faltan las otras dos —respondí.

—Puedes meterte en el coche y descansar un poco. Yo me encargo de las otras —se ofreció.

—No te preocupes. Va a ser más rápido si lo hacemos entre los dos.

Cinco minutos más tarde, ya estábamos otra vez dentro del Jeep.

—Ponte el cinturón y ten cuidado con la cabeza —me dijo—. El camino puede ser un poco movidito y no quiero que acabes con una contusión en nuestro último día.

«Nuestro último día».

Hice lo que me pedía y miré por la ventana del copiloto mientras maniobrábamos en dirección a la playa. Una lágrima cayó por mi mejilla. Traté de secármela lo más rápido posible para que Ethan no la viera. No quería recordar lágrimas en el futuro, cuando pensara en nuestro último día. Hice lo que pude por restablecerme y aguardar con ganas el tiempo que nos quedaba juntos.

—Este sitio parece genial —dijo Ethan mientras estacionaba el coche y sacaba las llaves del contacto—. ¿Quieres ayudarme a bajar las cosas?

Miré al asiento trasero, donde vi una bolsa de tela que estaba llena hasta arriba. Una sonrisa apareció de inmediato en mi cara. No me podía creer cuánto esfuerzo le había dedicado a preparar aquello; lo mínimo que podía hacer era no estropearlo llorando.

—¿Qué es todo esto? —le pregunté.

—Ya lo verás —dijo guiñándome un ojo. Tomé la bolsa de tela mientras Ethan sacaba de la cajuela la hielera que yo le había pintado para un fin de semana en la playa—. ¿Sabes una cosa, Hart? —me preguntó.

—Dime.

—Probablemente este sea uno de mis regalos favoritos de todos los que he recibido en la vida —aseguró refiriéndose a la nevera.

Pintar neveras portátiles es una tradición que tienen la mayoría de las fraternidades; se supone que sus citas para ir a la playa o a la montaña tienen que pintar y llenar las hieleras a cambio de que los chicos paguen el fin de semana. Yo quería que la mía quedara perfecta, así que me pasé más de un mes trabajando en ella como una esclava. Oír que le había encantado hizo que todas esas horas valieran la pena con creces.

Ethan extendió una manta sobre la arena y después continuó sacándolo todo mientras yo me sentaba y lo observaba. Nos había traído sándwiches de Jersey Mikes, una botella de *prosecco* con un pequeño recipiente de jugo de naranja, y dulces de sandía ácidas Sour Patch Kids para el postre.

—Todo esto es muy bonito por tu parte —le dije—. Gracias. Lo necesitaba.

—Un placer, Hart. —Me devolvió la sonrisa—. ¿Quieres descorchar tú la botella o lo hago yo? —Comencé a reír de forma descontrolada—. ¿Qué pasa? —me preguntó.

—Ethan —le dije, casi incapaz de respirar—. Es un tapón de rosca.

Bajó la mirada y, para sorpresa de nadie, yo tenía razón. Nos reímos mientras abría la botella y preparaba una mimosa para cada uno. Él trató de defenderse.

—Ya sabes que nunca bebo vino.

—Lo sé, lo sé. Es que ha sido muy gracioso.

—Bueno, pues entonces van a tener todo el fin de semana para instalarse antes de que empieces a trabajar el lunes. —Cambió de tema—. ¿Qué vas a hacer?

—Los padres de Lauren van a ir en coche con las cosas que no podemos llevarnos en el avión, así que creo que el viernes van a llevarnos a Ikea y después iremos a cenar a algún sitio del barrio. Supongo que no haremos mucho más además de instalarnos.

—¿Estás emocionada por tu primer día de trabajo?

—No sé si *emocionada* es la palabra correcta. Más bien extremadamente nerviosa. No dejo de tener pesadillas en las que me subo en el tren equivocado, o se me pasa la parada y llego tarde. Por eso el domingo voy a obligar a Lauren a practicar conmigo el trayecto para ir al trabajo.

—¡Buena idea! Estoy seguro de que parece intimidante, pero cuando lo hagas unas cuantas veces, serás toda una profesional. Se te da bien orientarte. ¿Te acuerdas de cuando me fui por el camino equivocado mientras volvíamos a casa de las montañas? Tú nos guiaste de vuelta hacia la carretera —me recordó.

—Dios mío, sí —respondí entre risas—. Me dio miedo y después fue gracioso, pero después volvió a darme miedo cuando pensé que iba a vomitar por todos los giros y las vueltas. Todavía no me creo que pudieras equivocarte. ¿Usted dos no crecieron yendo a ese sitio?

—Graham era el que conducía casi siempre —dijo encogiéndose de hombros—. Yo tardé un tiempo en tener mi propio coche.

Sentí una punzada de pesar por dentro. A veces me resultaba fácil olvidar lo diferentes que habían sido su infancia y su juventud de las mías.

Cuando el sol empezaba a ponerse, Ethan me llevó a cenar a mi restaurante mexicano favorito, y unas cuantas margaritas más tarde, comencé a sentirme ebria y lista para volver a casa. Había sido capaz de superar el día entero sin sacar el temido tema de lo que pasaría con nosotros después de que me mudara. También había conseguido pasar todo el día sin llorar. Hasta que cruzamos el puente con el coche.

Traté de ocultárselo, pero en cuanto bajó el volumen de la música, supe que se había dado cuenta.

—¿Sloane? —Ethan nunca utilizaba mi nombre de pila—. ¿Estás bien? ¿Quieres que pare?

—Estoy bien —respondí, y sorbí por la nariz.

—Entonces, ¿por qué estás llorando?

—Tengo miedo.

—¿De qué? ¿De mudarte?

Asentí con la cabeza antes de añadir:

—De lo que va a pasar con nosotros.

Ethan extendió su mano para tomar la mía, tratando de alternar la mirada entre la carretera y yo.

—No te preocupes por eso ahora. No voy a irme a ninguna parte. Tú te irás a Nueva York y yo estaré aquí, y dentro de un mes iré a verte. ¿Qué te parece?

—Bien —conseguí decir.

—No tiene sentido ponerse triste por lo desconocido. Vamos a ver cómo va este primer mes. Podemos reservar mi vuelo cuando volvamos a Ascent —me propuso.

—¿En serio?

Me animé un poco.

—En serio. Creo que hasta tenemos tiempo para una canción de Taylor Swift.

Me pasó su celular y yo revisé su Spotify hasta que encontré la única que se sabía. Cantamos *You Belong with Me* durante el resto del camino de vuelta a casa.

Cuando nos detuvimos en el estacionamiento, Ethan apagó el coche y se giró hacia mí. Me pasó el pulgar por la mejilla y después por debajo del ojo, supongo que para limpiarme el rímel que se me había corrido.

—¿Me prometes una cosa, Hart? —Su tono sonaba sincero—. Por mucho que nos extrañes a mí o a Wilmington, no dejes que eso te desanime. Llevas toda tu vida deseando esto. Por fin lo has conseguido. Conquista Nueva York y disfruta. Yo voy a apoyarte, da igual lo lejos que esté.

—Haré lo que pueda.

—Y ahora necesito que te metas en mi cama porque hay algunas cosas que no podemos hacer estando a cientos de kilómetros.

—Siempre estás demasiado cachondo —bromeé.

—Solo contigo.

¿Estaba Ethan admitiendo que había exclusividad entre nosotros? Eran palabras que nunca había pensado que oiría, y tampoco lo esperaba. Pero también eran las únicas palabras que me hicieron sentir un poco mejor con la idea de mudarme a cientos de kilómetros de distancia al día siguiente.

16
Sloane

Mayo de 2017

Las ruedas del tren giraban por debajo de mí mientras me dirigía hacia Midtown para medio día de trabajo. El metro se detuvo y me apresuré a bajarme en mi parada, que se encontraba de forma muy conveniente al otro lado de la calle de la oficina central de *The Gist*. Al igual que la mayoría de Midtown, la oficina se encontraba en un rascacielos estándar sin ninguna clase de encanto. Cuando entré en el elevador, presioné el botón del piso número dieciséis y bajé la mirada hasta los zapatos de Gucci que me había regalado mi padre por la graduación. Sabía que probablemente se había gastado una parte significativa de su pensión en ellos, así que me los puse todos los días esa semana. Cuando las puertas del elevador se abrieron al recibidor, me encontré con un brillante cartel de neón y un espacio de trabajo moderno y elegante.

—¡Buenos días, Kim! —dije saludando con la mano mientras me dirigía hacia la zona de oficinas abiertas.

Kim era la asistente ejecutiva del jefe, pero también trabajaba como recepcionista, porque, según ella, era la empleada más simpática de la oficina.

—¡Ya va a terminar tu primera semana! —respondió detrás de mí—. No ha estado mal, ¿a que no?

—¡Pues no!

No estaba mintiendo. Una semana antes, a esa misma hora, había dejado que la ansiedad se apoderara de mí. Estaba adiestrada para odiar los cambios; siempre me habían obligado a aceptarlos a la fuerza. Tenía que recordarme a mí misma que aquel cambio era elección mía. Le daría un año a la ciudad, y si odiaba vivir allí, podía volver a mudarme al sur. Si me encantaba, podía quedarme para siempre. Ahora yo tenía el control. Aquel era un cambio al que simplemente tenía que acostumbrarme.

—¡Aquí estás!

Mila giró en su silla mientras yo cruzaba la puerta de su cubículo.

—Has llegado pronto —dije entre risas.

Mila había empezado a trabajar en *The Gist* el mismo día que yo, pero ella había conseguido el puesto para el que yo había enviado la solicitud originalmente. Su caminar tenía toda la esencia de Nueva York —bueno, técnicamente, de Long Island—, y como redactora de estilo de vida, tenía una energía dinámica que resultaba contagiosa. Y ahí estaba yo, una ayudante que se encargaba de organizar agendas y suministros, con la esperanza secreta de ver algún día mi firma en nuestra página web. Cuando Annie tuviera tiempo, me encargaría tareas de escritura y me haría críticas constructivas para ayudarme a mejorar mis habilidades. No tenía ninguna obligación de hacer de mentora conmigo, pero yo estaba más que agradecida por su ofrecimiento.

—Me desperté a las cinco de la mañana gracias a una cucaracha que había entre mis sábanas. Nunca había salido de la cama tan rápido. Así que me fui a desayunar y ahora estaba pensando en unos temas para la reunión editorial de la semana que viene. ¿Nos vas a mandar la agenda de ese día pronto?

—Sí, Annie y yo nos vamos a sentar después para revisarla, así que les llegará al correo antes de que termine el día —respondí—. ¿Has estado buscando nuevos lugares donde vivir?

—Ahora mismo, la única opción que me queda son mis padres. Tendríamos que pagar una pasta por romper el contrato de alquiler, así que no me puedo permitir otra cosa.

El departamento donde vivía se encontraba encima de una tienda tipo bazar que dejaba de forma rutinaria montañas de basura en el callejón. Durante la semana anterior, sus *romies* habían matado ocho cucarachas y atrapado dos ratones.

—Envidio tu valor. Si un solo ratón se atreviera a cruzarse en mi camino, tendría que volver corriendo a Wilmington —le dije, aunque solo era una broma a medias.

—Te acabará pasando tarde o temprano. Es un rito de iniciación en la ciudad.

Se echó a reír mientras yo me estremecía ante esa idea.

—Voy a preparar café, ¿quieres uno? —le ofrecí.

—Disculpa, ¿no te importa? Necesito toda la cafeína que pueda conseguir hoy.

—¿Con leche y azúcar?

—Perfecto.

Mientras esperaba a que el café terminara de hacerse, admiré las vistas que había desde el pasillo, cerca de la sala de descanso. Estaba rodeada de ventanas gigantescas que enmarcaban el paisaje urbano y recordé por qué había querido enfrentarme a esa jungla de cemento en primer lugar.

—Oye, ¿vas a venir a la hora feliz de hoy? —me preguntó Mila cuando regresé a nuestros cubículos.

Fruncí ligeramente el ceño.

—Ah, es que tenía planes para cenar con Lauren.

—Es pronto, como a las dos de la tarde. ¿Crees que podrías ir a las dos cosas?

—Puede que sí. ¿Es por alguna ocasión especial?

Mi ceño fruncido se convirtió en una sonrisa. Mila se rio ligeramente.

—No, solo es lo que hacen siempre por aquí los viernes veraniegos. Ya sabes, Sarah, de la sección de entretenimiento, mencionó que es una costumbre: horas felices extraoficiales todos los viernes durante el verano.

Volví a fruncir el ceño, claramente confundida.

—¿Viernes veraniegos?

—¡¿Annie no te lo ha contado?! —Su rostro se iluminó—. Básicamente, todos los viernes desde el Día de los Caídos, a finales de mayo, hasta el Día del Trabajo, a primeros de septiembre, podemos irnos de la oficina a las dos de la tarde. Las horas felices no son obligatorias. Supongo que es la forma que tiene *The Gist* de darnos un poco de descanso en verano.

—Brindo por su primera semana y por su primer viernes veraniego, señoritas —dijo Annie con una cálida sonrisa—. Bienvenidas al equipo.

La dorada luz del sol bailaba sobre la acera, y nos dejamos enredar en conversaciones que iban mucho más allá de las paredes de la oficina. Una ronda de cócteles más tarde, ya había comenzado a sentir cierto calor, tanto a causa del sol del verano como del alcohol. Las risas llenaban el aire mientras las historias de la oficina fluían libremente, y me sentí arrastrada por la camaradería.

—¿Una más para el camino? —sugirió Mila mientras levantaba su copa.

—¿Quién ha dicho que tengamos que tomar solo una? —Le guiñé un ojo—. Sobre todo, cuando las paga la empresa.

La pregunta de Mila salió de la nada, informal pero llena de implicaciones.

—Bueno, y tu novio y tú, ¿cómo se conocieron?

No había mencionado el tecnicismo de que Ethan no era oficialmente mi novio, porque, para ser sincera, por un lado, me resultaba ligeramente humillante y, por el otro, era prácticamente como si lo fuéramos.

—¡En la universidad! —balbuceé, un poco más emocionada de la cuenta por hablar de él—. Éramos vecinos.

—Dios mío, tiene que haber sido divertido. ¿Durante los cuatro años? —me preguntó.

Negué con la cabeza, riéndome ante los recuerdos.

—No, solo el último año. Mi *roomie* comenzó a salir con su *roomie*, y el resto es historia.

Mila asintió con la cabeza; su sonrisa indicaba que era toda oídos.

—Yo seguí viviendo con mis padres durante mi etapa en la Universidad de Nueva York. Me perdí todo el drama de las residencias. O sea, Nueva York es un campus gigante, pero no es la «experiencia universitaria» que una se esperaría.

—Pero tienes suerte —repliqué, y mi voz sonaba más fuerte de la cuenta mientras la habitación comenzaba a girar ligeramente—. ¡Debe de haber sido increíble crecer aquí! Pero sí, nuestra pequeña saga vecinal no comenzó con el pie derecho. Justo después de que nos conociéramos todos, hicieron una fiesta y no nos invitaron. La música estaba tan alta que literalmente hacía vibrar nuestro techo y todos los muebles temblaban. Nos planteamos colarnos, pero, en vez de eso, acabamos llamando a la policía. ¿Un poco ruin? Puede ser. ¿Efectivo? Sin duda.

Mila se rio.

—¡No puede ser! Entonces..., ¿los invitaron a su casa después de que fuera la policía?

—Sí, justo después de que los obligaran a terminar la fiesta. —Asentí con la cabeza—. No tenían ni idea de que habíamos sido nosotras. Su *roomie* le pidió a la mía que fuera su novia esa noche, así que yo me llevé todo el crédito por ello. Y en cuanto a Ethan... si alguna vez se enterara, probablemente pensaría que estoy loca.

Conforme continuaba la hora feliz, las historias se volvieron más ruidosas, las risas más estridentes y mi sentido de la discreción más relajado. Hasta Annie aportó a la conversación algunas de sus propias escapadas con chicos.

No fue hasta que estuve en el asiento trasero de un Uber, con las luces de la ciudad pasando borrosas junto a mí, cuando me di cuenta del peso de mis palabras. La ansiedad comenzó a burbujear dentro de mí. ¿Había cruzado la línea entre compañeros de trabajo y amigos? Lo último que quería era ser la chica de la oficina que hablaba demasiado, o peor aún, la que había contado suficientes cosas como para poner su carrera profesional en peligro. Ya podía oír el «te lo dije» de mi madre dentro de mi cabeza. Ese trayecto de vuelta a casa fue más largo que cualquier paseo de la vergüenza que hubiera hecho jamás.

17
Sloane

Junio de 2017

—¡Creo que ha llegado! —gritó Lauren desde el otro lado del departamento.

Fui corriendo hasta su habitación y me uní a ella para mirar por la ventana. Ethan llevaba una camiseta azul marino y los pantalones cortos de Lululemon grises que yo le había ayudado a elegir. Tenía el pelo bajo una gorra de béisbol, pero me di cuenta de que le había crecido por cómo le sobresalía por la parte de atrás.

—Estoy nerviosa —admití.

Tenía el estómago lleno de mariposas; me sentía igual que cuando acabábamos de conocernos.

—Ve por él. —Me dio un codazo—. Me tomaré algo con ustedes, y después me iré a mi cita.

La semana que nos mudamos, Lauren comenzó a pasar el rato en varias aplicaciones de citas, tratando de llenar los huecos vacíos que había dejado la falta de amigos en nuestra nueva vida. Era un gran cambio pasar de conocer a todo el mundo en una ciudad pequeña como Wilmington a no conocer a nadie en Nueva York.

Aumenté la velocidad mientras bajaba la escalera desde el tercer piso de nuestro edificio sin ascensor. Podía ver la silueta de Ethan a través de la puerta de cristal esmerilado. No me podía creer que por fin estuviera allí. No parecía real.

—Hola —me dijo. Su sonrisa le llenó toda la cara mientras abría la puerta para dejarle pasar.

—Hola.

Le devolví la sonrisa, sintiendo que mi rostro se ruborizaba.

La puerta se cerró tras él y dejó la maleta en el suelo para darme un abrazo. Nos quedamos así durante un minuto hasta que tomó mi cara con ambas manos para mirarme fijamente.

—Ahora tienes más pecas —señaló.

—Y tú también —respondí mientras recorría con el dedo sus mejillas y su nariz.

Y entonces, me besó.

Dios, cómo extrañaba besarlo. Sus labios eran mi hogar, y no me había dado cuenta de lo mucho que los extrañaba hasta que volví a besarlos. Sabía que teníamos que separarnos, pero todavía no estaba preparada. ¿Cómo puedes separarte de alguien que te hace sentir en casa?

—Te extrañé —dije cuando nuestros labios se acabaron separando.

Pero, en lugar de responder, Ethan tan solo me volvió a besar.

—Tú dirás por dónde es, Hart.

—Lauren está en casa, pero se va a ir a una cita dentro de un rato. Conociéndola, estarán fuera toda la noche —añadí medio en broma.

Entramos en el departamento y observé a Ethan mientras absorbía la visión que había ante sus ojos. Nuestro departamento no era el más bonito, pero habíamos conseguido dejarlo bien.

Tenía una sala de estar grande y una cocina tan pequeña que parecía un armario. Por suerte, no solíamos cocinar demasiado.

—Oye, chicos, espero que no les importe que me haya servido una copa para ir animándome un poco.

Lauren se encontraba junto a nuestro bar improvisado, que no era más que una mesa alta con unos taburetes pegada a la parte de atrás del sillón.

—Hola, Lauren. —Ethan le dio un abrazo de lado—. ¿Cómo te está tratando la vida de la ciudad?

—¡Ha estado bien! Estoy casi segura de que los niños que tengo que cuidar son engendros del mismísimo Satanás, pero, por lo demás, todo me va genial. Nunca se puede estar demasiado triste por nada cuando vives en Manhattan, ¿sabes?

—Ya veo. —Se rio y después se giró hacia mí—. ¿Dónde está tu habitación? Voy a darme un baño y cambiarme de ropa si te parece bien.

—Está al final del pasillo, a la derecha. Y el cuarto de baño es la puerta que hay si sigues recto, entre las dos habitaciones. Hay una toalla sobre mi cómoda para ti.

Cuando Ethan desapareció por el pasillo, me giré hacia Lauren y le dirigí una enorme sonrisa. Me encantaba que su presencia provocara eso en mí.

—Ok, deja de darme tanta envidia —se burló.

—Bueno, ¿y dónde va a ser tu cita? —le pregunté.

—En algún bar del West Village. —Se encogió de hombros—. Creo que está cerca de su casa. Voy a intentar no molestarlos esta noche.

—¡No pasa nada si tienes que volver! —la tranquilicé.

—Ya lo sé, pero es que no tengo la menor gana de hacerlo. —Lauren se rio—. Bueno, ya me voy, ¡Pásenla bien!

Cuando Lauren se fue, recorrí el pasillo para ir a buscar a Ethan. El agua que caía de la regadera no sonaba, pero la puerta del cuarto de baño todavía seguía cerrada. Llamé ligeramente y asomé la cabeza antes de que pudiera responder.

—¡Oye, oye!

Se apresuró a cubrirse.

—Vamos, calla, ¿puedes terminar de prepararte para que podamos estar juntos de una vez?

Le rodeé el torso con los brazos y pegué la mejilla a su espalda. No me importó que se me estuviera mojando la ropa por las zonas que no se había secado del todo.

—Lo que tú me pidas.

Me tomó la mano y me la besó.

—En serio —dije, y lo conduje hasta mi habitación para que pudiera vestirse.

—¿Ya se ha ido Lauren? ¿Qué te parece si...?

Con un movimiento rápido, pegó mi cuerpo contra su pecho desnudo.

—¡Tenemos una reservación! —repliqué frunciendo el ceño, a pesar de que una parte de mí quería hacerlo.

—Está bien, está bien.

El verano en Manhattan era sorprendentemente caluroso, sobre todo bajo tierra. Para cuando bajamos del metro, llegábamos cinco minutos tarde a nuestra reservación para cenar. Según *The Gist*, el mejor restaurante que había que probar ese verano era de The Smith. Nos sentaron a una mesa para dos en la parte de atrás del restaurante, rodeados de otras parejas. Pedí una entrada y una botella de vino para compartir.

—Odio tener que pedirlo, pero... —comenzó Ethan— ¿te importa si pagamos la cuenta a medias? Tuve que utilizar mis ahorros para el billete de avión y no estoy haciendo tantas horas en el campo de golf como esperaba.

—Para —lo interrumpí—. Quería invitarte a la cena de hoy de todos modos, pero podemos pagar las demás cosas a medias durante el fin de semana. Estoy contenta de que estés aquí.

—Gracias.

Me dirigió una media sonrisa.

Después de terminarnos los platos principales y la botella de vino, pagué la cuenta y le mandé un mensaje a Lauren para que me dijera dónde estaba y ver si podíamos hacer plan. No me sentía preparada para que la noche terminara.

—Lauren me ha dicho que siguen fuera —le conté a Ethan—. Había pensado que podríamos pasarnos a tomar algo.

—Estoy agotado. ¿No podemos volver a tu casa y poner una película?

—Sí, claro, está bien.

Solté un suspiro, tratando de hacer que mi decepción resultara evidente.

—Sloane. —Me tomó la mano y la sostuvo entre la suya—. Tan solo necesito un descanso. Mañana podemos ir con todo.

Cuando volvimos al departamento, me puse una camiseta grande y unos shorts como pijama mientras Ethan nos servía una copa de vino tinto a cada uno. Para cuando terminó la película, nos habíamos bebido la botella de vino entera y él estaba jugando con el cordel de mis pantalones. Una pequeña parte de mí estaba enojada y no quería ceder a la tentación, pero me recordé a mí misma lo mucho que lo extrañé durante el mes que estuvimos separados, y lo siguiente que supe fue que estaba metiendo la mano bajo la cintura de sus bóxers. Quería hacer que se diera cuenta de cuánto me había extrañado y cuánto me necesitaba. Tal vez entonces hasta se planteara mudarse allí.

Fuimos hacia mi habitación, besándonos y tropezando todo el camino. Lo empujé sobre la cama y me subí encima de él, los dos todavía completamente vestidos. Continué besándolo y quitándole la ropa, prenda por prenda. Lo que me excitaba más que cualquier cosa era saber que le estaba poniendo cachondo.

Él tomó el control enseguida, y, con un movimiento rápido, se situó encima de mí.

—¿Quieres que te coja para demostrarte cuánto te extrañé? —susurró.

Al principio fue suave, pero después se volvió más intenso. Mis piernas rodearon su cintura, un movimiento con el que estaba demasiado familiarizada. Me gustaba cuando estaba encima de mí; parecía más íntimo. Podía verle la cara, mirarlo a los ojos y sentirle de más de una forma.

Me apretó la garganta mientras su lengua encontraba el camino hasta mi boca. Se me arqueó la espalda, y solté un pequeño gemido cuando sus dientes se hundieron en mi labio inferior.

Durante los siguientes minutos, me olvidé de lo que era extrañarlo y recordé lo que era tenerlo.

Antes de que sonara la alarma, me desperté cobijada bajo el brazo de Ethan mientras él estaba boca arriba, roncando. Se trataba de un momento pequeño e insignificante, pero me hizo apreciar lo mucho que deseaba despertarme así todos los días. Después de unos cuantos minutos soñando despierta con un futuro junto a Ethan, salí de la cama a hurtadillas y me dirigí al cuarto de baño para asearme un poco. Eché un vistazo rápido a la habitación de Lauren para ver si había regresado, pero su cama estaba intacta y vacía. Me apresuré a vestirme, me puse un sujetador deportivo, unos pantalones cortos y unas deportivas, antes de salir para ir a nuestra tienda de *bagels* favorita.

Cuando volví a casa con el desayuno, Ethan estaba acostado en el sillón vestido únicamente con los bóxers, deslizando el dedo por el celular. Dejé la bolsa café sobre la mesita de café y le tendí un café solo pequeño, tal como le gustaba.

—A lo mejor deberías ponerte un poco de ropa. Es probable que Lauren vuelva pronto.

—Es que hace mucho calor aquí. Este aire acondicionado es una porquería.

Puse los ojos en blanco. Era como si estuviera tratando de odiarlo todo en la ciudad sin darle una oportunidad siquiera. No respondí, en lugar de eso decidí relajarme un poco con un baño. Ethan entró unos minutos más tarde, y lo dejé pasar porque no quería perder otro minuto con él.

—¿Por qué nunca antes habíamos hecho esto? —me preguntó.

Le di un besito en los labios y me rodeé el cuerpo tembloroso con la toalla. Bañarme con otra persona era una de las experiencias que menos me gustaban, pero jamás dejaría que se enterara. Habría sido capaz de hacer casi cualquier cosa para complacerle. Quería que se diera cuenta de que yo era más que suficiente.

—¿Qué planes tenemos para hoy?

Su humor parecía haber mejorado.

—Estaba pensando que podríamos dar un paseo por el SoHo y comer allí. Todavía no he estado en esa zona. Y después podemos volver aquí para cambiarnos antes del partido de los Yankees.

—¿Qué?

—He conseguido entradas para el partido de beisbol de esta noche. Sé que no es uno de los importantes, pero he conseguido buenos asientos. Tengo un descuento gracias al trabajo.

—Sloane, eso es increíble. Muchísimas gracias.

Me tomó la cara y me la besó por todas partes. Me encantaba hacerle feliz.

Tardamos más de una hora en llegar al Bronx. El trayecto en metro fue movidito, pero nos habíamos llevado una botella de agua rellena con vodka, así que al menos eso hizo que fuera soportable.

Cuando llegó nuestro turno en la fila y entramos en el Yankee Stadium, esperamos en otra fila para pedir unas cervezas antes de dirigirnos hacia la sección 103.

—¡Estos asientos son geniales! —dijo Ethan cuando nos acomodamos.

—Puedes darle las gracias a *The Gist*. Puede que mi sueldo sea el propio de un puesto básico y que mi trabajo no sea el que quería, pero al menos tiene algunas ventajas.

—¿No necesitan algún empleado nuevo? —bromeó él.

—Muy gracioso. Antes de que empiece el partido, ¿qué tal si nos sacamos una foto para subir una historia?

Abrí la aplicación, nos enmarqué con la cámara delantera y acerqué mi cabeza a la suya. Los dos sonreímos mientras sacaba la foto. A continuación, Ethan me dijo:

—No la subas.

Me quité los lentes de sol y le miré.

—¿Lo dices en serio?

—Puedes guardarla. Pero mejor no la subas.

—¿Por qué?

Estaba empezando a enojarme.

—No lo sé. Es que no entiendo por qué cada vez que las mujeres hacen algo tienen que subir una foto.

—Ya ves tú, vienes a verme a Nueva York, te llevo a un partido de los Yankees y quiero subir una foto. No me parece para tanto. Antes siempre subía fotos nuestras.

—Ok, pues haz lo que quieras.

Guardé la foto y no la subí. En ese momento, ya no quería hacerlo. ¿Por qué tenía que ser así? ¿Estaba tratando de ocultar que había venido a verme? ¿Estaba tratando de ocultarme a mí? Eso fue lo único en lo que pude pensar durante todo el partido.

Cuando terminó la quinta entrada, Ethan se fue a buscar comida y más bebidas. Yo me quedé en nuestros asientos y le escribí a Lauren para quejarme, porque sabía que ella me entendería.

—Aquí tienes —dijo Ethan pasándome un hot dog y una cerveza Blue Moon—. Espero que te parezca bien.

—¿Cuánto te ha costado todo esto?

—No te preocupes por eso.

Me comí mi hot dog de forma pasivo-agresiva y esperé a que el partido terminara. Quería estar en cualquier otro sitio, pero los asientos no habían sido baratos, incluso a pesar del descuento, de modo que me quedé sentada en silencio hasta que ganaron. Al menos, había pasado algo bueno. Después del partido, fuimos a un bar que había al final de la calle, donde bebí demasiado, así que Ethan pidió un Uber para volver a la ciudad. Mi último recuerdo de la noche fue quedarme dormida en el asiento trasero.

Cuando llegó la mañana, me sentía triste por haber dejado que una pequeña discusión nos fastidiara la última noche de Ethan en la ciudad. Se iría unas pocas horas más tarde, y deseé rebobinar el tiempo para volver a comenzar el fin de semana de nuevo.

—Ojalá pudieras quedarte.

Me di la vuelta para acercar mi cuerpo al suyo. Él me acarició el pelo.

—Pues sí.

—Este fin de semana ha sido diferente.

Las palabras se me escaparon de la boca antes de que pudiera detenerlas.

—Sí, un poco sí.

Para evitar seguir con el tema, me situé encima de él y empecé a besarlo. Quería que le quedara claro cuánto significaba para mí, y sabía lo mucho que le gustaba el sexo por la mañana, así que eso fue lo que hice.

Le quité la camiseta, seguida de sus bóxers, y en cuestión de segundos estuvo dentro de mí.

—Justo así —dijo con un gruñido—. Me encantas.

—Bésame —murmuré.

Ethan hizo más que eso. Me dio la vuelta para situarse encima de mí. Me besó, y yo disfruté de cada segundo. Su velocidad se incrementó mientras mi respiración se entrecortaba, y me di cuenta de que ya solo nos quedaban unos pocos segundos.

No estaba preparada.

No estaba preparada para que se fuera.

—Estoy a punto —dijo pegando la boca a mi oreja. Yo no lo estaba, pero no podía concentrarme en nada además del pensamiento de que no iba a estar en mi cama esa noche. Solté unos cuantos gemidos bajos, y eso fue lo único que necesitó—. Oh, Sloane. —Se dio la vuelta para acostarse sobre la almohada que había junto a mí y soltó un profundo suspiro—. A lo mejor podríamos hacer otra ronda —me ofreció, pero los dos sabíamos que no teníamos tiempo para eso.

Una hora más tarde Ethan estaba en la sala de estar recién bañado, con la maleta hecha, y ya había pedido un Uber. Bajé la escalera con él para esperar a que llegara el coche. Ninguno de los dos hablaba porque no sabíamos qué decir. Siempre he odiado las despedidas, y aquella estaba resultando ser peor de lo que había esperado.

Creo que Ethan se dio cuenta de que estaba al borde de las lágrimas, porque me atrajo hacia él y me rodeó con los brazos. La calidez de su cuerpo me dio consuelo hasta que llegó el coche. Esperó un momento más antes de separarse de mí.

—Nos vemos pronto, Hart.

Observé el coche mientras se alejaba y una lágrima cayó por mi mejilla. ¿Por qué tenía que ser tan difícil? Nuestra relación siempre había sido complicada, y ya era hora de que empezara a ser fácil. ¿No nos merecíamos eso al menos?

Fuera ya estaba oscureciendo, pero todavía no había tenido noticias de Ethan. Supuse que había llegado a casa sin problemas, pero le mandé un mensaje para asegurarme. Él no tenía costumbre de viajar en avión, así que a lo mejor no se había dado cuenta de que lo apropiado era mandar mensajes antes de despegar y después de aterrizar.

El tiempo fue pasando, y dos horas y tres mensajes sin leer más tarde, mi celular vibró al fin. Me preparé para lo que iba a leer al ver la longitud de su respuesta, la más larga que me había enviado jamás, y sentí que un agujero se abría de repente en mi estómago.

22:18
Ethan Brady: Siento hacer esto por un mensaje, pero antes no he conseguido encontrar las palabras adecuadas. No creo que pueda seguir con esto. Me siento muy mal diciéndolo, pero te mereces a alguien que esté preparado para darlo todo por ti. Y yo todavía no estoy en ese punto. No sé si llegaré a estarlo alguna vez. Nunca me

había imaginado en una relación ni casándome, pero, cuando tú apareciste, me sentí confundido. Todavía me siento así. Quiero lo mejor para ti, y no soy yo. Tengo problemas en los que no te va a gustar meterte, y, por mucho que esto me mate, sé que tengo que renunciar a ti. Te mereces algo mucho mejor que yo

Las palabras de Ethan parecían frías y definitivas en mi pantalla, pero tampoco eran nada nuevo.

«Siento hacer esto por un mensaje»... Sus palabras resonaban en mi cabeza mientras las leía otra vez, con la incredulidad y la furia borboteando dentro de mí. Mientras mi corazón latía con fuerza contra mis costillas, toqué el botón de llamada y cada tono me provocó un escalofrío que bajaba por mi espalda.

En cuanto respondió, se lo solté todo.

—¿Es broma, Ethan? ¿Por mensaje?

—Sloane, es que...

—No, cállate —le interrumpí—. ¿Te pasaste aquí todo el fin de semana y ni siquiera pudiste decírmelo a la cara? ¿En serio decides terminar de esta forma?

—Lo sé. —Soltó un fuerte suspiro—. Quería hacerlo. Pero es que... no podía. Sabía que iba a ser muy emocional, y esta relación ya ha sido lo bastante difícil para los dos. No quería empeorar las cosas.

—Bueno, pues has conseguido empeorarlo todavía más. Te odio, Ethan. Te odio con todo mi ser por esto. Por todo este año. ¿Cómo has podido hacerme esto? Dejaste que me enamorara de ti. Me dejaste creer que llegarías a ese punto en algún momento. Me dejaste creer que la cosa iba bien todo el fin de semana. Has tenido todas las oportunidades del mundo para terminar con esto, ¿y así es como has decidido hacerlo? Tendría que habérmelo imaginado...

Mi voz era afilada. Puede que sonara dura, pero al otro lado de la línea me estaba derrumbando.

Él volvió a hablar en voz baja.

—Lo siento, Sloane. Lo siento mucho, muchísimo.

Terminé la llamada con un clic y lancé mi celular contra la pared, donde dejó una marca. ¿Cómo era posible que alguien a quien no había hecho nada más que querer no hiciera nada más que hacerme daño a cambio? Las arterias alrededor de mi corazón se tensaron y se me hizo difícil respirar. Nunca había conocido un sentimiento como aquel, uno que me provocara dolor físico.

Me di la vuelta y me encontré con Lauren en el umbral de la puerta, con los ojos muy abiertos. Estaba segura de que lo había oído todo. Caminó hacia mí y me rodeó con los brazos, cosa que me hizo llorar todavía más. Para ser una chica que, por fin, estaba empezando a tener el control sobre su propia vida, la verdad es que me sentía bastante impotente.

—Lo siento mucho. —Se separó de mí para tomar mi celular y asegurarse de que no estuviera roto. Por desgracia, no lo estaba—. ¿Necesitas algo de espacio? ¿O un poco de vino?

—Vino, desde luego que vino —respondí.

—Claro que sí.

Nos quedamos sentadas en el sillón con un estúpido programa de telerrealidad sonando de fondo hasta que me sentí preparada para contarle a Lauren la serie de catastróficas desdichas del fin de semana.

—De verdad pensaba que las cosas eran diferentes esta vez —le dije—. Me siento muy estúpida, ilusa incluso, por pensar que podíamos conseguir que saliera bien una relación a distancia cuando ni siquiera podíamos tener una relación funcional siendo vecinos.

—Sloane, no eres estúpida. Pero es que el amor ciega a la gente. Estabas ciega y llena de esperanza, pero no has sido estúpida.

—Realmente pensaba que esta vez estaba preparado. O, al menos, tenía la esperanza de que lo estuviera.

—Algunas personas nunca están preparadas, da igual cuánto tiempo les des. Y no va a cambiar nada hasta que decidan que están preparadas —me explicó Lauren—. Pero no puedes quedarte esperando.

—Pero le quiero. —Comencé a llorar otra vez—. Nunca antes había querido así a nadie.

—Vas a odiar que te diga esto, Sloane, pero somos muy jóvenes. Hay una persona para ti ahí fuera, y va a ser para ti durante el resto de tu vida. Y con él no vas a tener que preocuparte por tener que estar con un pie dentro y con el otro fuera. No tienes que estar con alguien que vuelva; tienes que estar con alguien que no se vaya nunca.

—Pero es que quería que esa persona fuera Ethan.

—Sé que lo querías.

Me metí en la cama, me escondí bajo las sábanas y traté de dormir. Incluso entonces, cuando cerraba los ojos, lo único que veía era a Ethan. ¿No es gracioso cómo pasan estas cosas? Un día no sabes que alguien existe y al siguiente ya no puedes imaginar la vida sin él.

18
Ethan

Junio de 2017

Sloane me había colgado el teléfono. Aunque no la culpaba, supongo. ¿Por qué tenía que ser el mayor idiota del planeta y hacer eso con un mensaje? ¿Por qué no podía, por una vez en mi vida, limitarme a ser vulnerable y honesto? Le debía eso, y lo sabía. Pero simplemente no era capaz de dárselo.

Graham dijo que quería ir a la fiesta en la casa de un hermano en Wrightsville, así que decidí apuntarme para olvidarme un poco de todo. En ese momento, no había nada que deseara más que emborracharme o drogarme. Después de darme un baño, me puse una camiseta de Pike, unos pantalones color caqui y las Nike, y encontré a Graham abriendo una cerveza.

—¿Estás listo? —le pregunté.

—Échate una cerveza primero. —Señaló el refrigerador. Me abrí una Miller Lite y me senté junto a él en el sillón—. A ver, ¿qué ha pasado con Sloane?

—¿Te llamó? —le pregunté.

—Amigo, te he oído hablando por teléfono. No estabas siendo muy silencioso precisamente.

—He terminado con ella. —Sabía que Graham no se rendiría hasta que se lo contara—. Es que me parecía que era injusto para ella.

—¿El qué?

—Darle esperanzas cuando no puedo salir con ella. Por no mencionar el hecho de que teníamos una relación a distancia cuando ni siquiera andábamoso.

—¿No hemos pasado ya por esto? ¿Por qué no querías salir con ella? Entiendo lo de la relación a distancia, pero me parece que es más que eso.

—No lo sé. Pero la verdad es que no quiero hablar ni pensar más en eso esta noche.

Graham no me presionó más. Nos terminamos las cervezas, y cuando Jake llegó a casa del trabajo, nos fuimos a la fiesta. Como la mayoría de las fiestas en casas de Wrightsville, era en un sitio de mala muerte hecho un asco, pero estaba inusualmente abarrotado para ser un domingo de verano por la noche.

Había habido otras chicas antes de Sloane. Por supuesto que había habido otras chicas. Un montón, para ser sincero. Siempre estaba rodeado de chicas atractivas; en las clases, en las previas, en las fiestas; siempre había al menos cinco chicas en la sala con las que habría estado dispuesto a acostarme. Pero eso era todo. Siempre era algo que solo ocurría una vez. Sexo de una noche. Íbamos a su departamento, nos acostábamos y después me inventaba alguna excusa para irme y dormir en mi propia cama. Hasta que la conocí a ella.

Sloane era diferente. No sabía cómo explicarlo, pero con ella sentí una conexión instantánea que no había tenido antes con nadie. Era graciosa e inteligente, y se preocupaba por todos los que estaban a su alrededor. Por no mencionar que también estaba buena. Me gustaba pasar el tiempo con ella, hasta tal punto que le había permitido que se acercara más de lo que jamás se lo había permitido a nadie. Sabía casi tanto sobre mí como Graham, a excepción de la razón por la que era como era. Cualquiera podría pensar que eso era algo bueno —abrirme, ser vulnerable, dejar que alguien se acercara—, y sí, tal vez para algunas personas lo fuera, pero no para mí. Había permitido que Sloane se acercara demasiado, y sabía que yo jamás podría ser la clase de persona que ella quería, la clase de persona que se merecía.

Traté de huir de mi cabeza y me bebí dos vasos llenos de cerveza de barril antes de unirme a Graham en la mesa de pimpón que había en el patio de atrás.

—¿Creen que podemos con ustedes? —dijo alguien. Eran dos chicas, más o menos atractivas, que se acercaron agitando el pelo, como si eso fuera a suponer alguna diferencia. Sabían que las íbamos a dejar jugar.

—¿Qué tal si nos mezclamos para que tengan alguna oportunidad de ganar? ¿Uno de nosotros con cada una de ustedes —sugirió Graham—. ¿Cómo se llaman?

—Yo soy Jamie —dijo la más alta.

—Y yo soy Marissa.

—Jamie, tú vas conmigo —dije abruptamente, tratando de canalizar una especie de aura de macho alfa. A las chicas les encantaban los hombres que tomaban el control.

—Hola, Marissa. Yo soy Graham.

Él habló de forma mucha más tranquila.

—¿Y tú cómo te llamas? —me preguntó Jamie alzando una ceja.

—Ethan.

Solo Ethan; no había necesidad de decir mi apellido en una fiesta, y menos a una chica a la que no tenía ninguna intención de volver a ver después de esa noche.

Jugamos, ganamos y después nos acomodamos en el sillón, donde nos fuimos pasando una huka. Cuando Jamie y

Marissa se fueron al baño, Graham y yo le dimos al *whisky* con ganas. No era lo que solía hacer, pero esa noche no quería sentir absolutamente nada.

—Hola. —Jamie se sentó junto a mí más tarde y me habló en voz baja—. Estoy un poco cansada de esta fiesta.

—Yo también. ¿Nos vamos a tu casa? —le dije, como si nada.

Sus ojos se iluminaron.

—Pensaba que no me lo ibas a pedir nunca. Vamos caminando; está cerca.

Había sido más fácil de lo que pensaba.

Entre la neblina de la embriaguez y el resplandor de las farolas, traté de fijarme en Jamie mientras caminábamos por la calle en dirección a su casa. Era mucho más alta que Sloane, tenía el pelo rubio, de longitud media, con una especie de rizos encrespados, e iba vestida como si hubiera acudido a la fiesta pidiendo que se la cogieran. Unos pantalones cortos de los que prácticamente se le salían las nalgas y un *crop top* blanco que dejaba ver sus pezones. No es que me quejara, pero sabía exactamente de qué clase de chica se trataba.

—Aquí vivo yo —dijo, señalando una casita blanca. Entramos tropezando, y una bolita de pelo comenzó a ladrar—. ¿Quieres tomar una copa o algo?

Jamie ya estaba a mitad de camino hacia otra habitación.

—No te preocupes. Me quedo aquí.

Me desplomé en su sillón y me saqué el celular del bolsillo. Comprobé mis mensajes, preguntándome si alguno sería de Sloane. Ninguno. Aunque suponía que eso era de esperar.

Jamie no se entretuvo con jueguitos. Volvió, me tomó de la mano y me condujo directamente hacia su habitación. Traté de no pensar demasiado mientras empezábamos a besarnos. Me resultaba extraño besar a alguien que no fuera Sloane, pero estaba tratando de sacármela de la cabeza a la fuerza, cerveza a cerveza, caballito a caballito y beso a beso.

La acosté sobre la cama y le quité la ropa de forma rápida y eficiente. Quería terminar con aquello cuanto antes. Pensaba que eso era lo que necesitaba, y tal vez fuera así, pero había algo que no me encajaba del todo. Era todo demasiado mecánico. Nada me encajaba del todo desde que ese Uber me había alejado del departamento de Sloane. Pero pasaría con el tiempo. Todo tendría sentido algún día.

19
Sloane

Junio de 2017

Nadie habla lo suficiente de la mañana después de una ruptura. Los ojos hinchados. Despertarte, si es que has sido lo bastante afortunada como para dormir, preguntándote si no habrá sido todo una pesadilla. Darte cuenta de que no ha sido así. El dolor de tu corazón volviendo a aparecer. Ningún mensaje de «Buenos días». Ningún mensaje en el buzón de voz que diga: «Siento haberla cagado». Nada. Esa es tu nueva realidad. Una cama fría, un estómago vacío y un dolor en el pecho que temes que no vaya a desaparecer jamás.

Me miré por la cámara delantera del celular, porque no sabía si iba a ser capaz de salir de la cama. Mis ojos eran del tamaño de pelotas de golf; me sorprendía que pudiera abrirlos siquiera. Iba a ser imposible mantener la compostura durante un día entero en la oficina, y aunque pudiera hacerlo, mi apariencia espantaría a todos mis nuevos compañeros de trabajo.

—¿No puedes decir que estás enferma? —me preguntó Lauren, que se encontraba a los pies de mi cama.

Odiaba mentir, pero sabía que era mi única opción. Le tendí mi celular para que le mandara un mensaje a Annie por mí. La observé mientras tecleaba, pulsaba el botón de enviar y volvía a dejar el celular sobre mi cama.

—¿Quieres que me quede en casa? —se ofreció.

—No podemos perder el trabajo las dos —dije, y solté una leve risita.

—Ya sabes que me quedaría contigo si pudiera. Llámame si necesitas algo... Y no empieces a beber al menos hasta las cuatro, ¿está bien?

El silencio después de que la puerta de entrada se cerrara me resultaba denso, cargado con el peso de lo irreversible. Me temblaron ligeramente los dedos mientras tomaba el celular para buscar el número de la única persona que siempre parecía tener las respuestas. Al menos, con respecto a Ethan.

—¿Hola? —respondió, adormilado.

—Hola, Graham —le dije.

—¿Va todo bien? Nunca llamas tan temprano.

Su voz sonaba pastosa, y me di cuenta de que estaba de resaca. Quería preguntarle lo que había hecho la noche anterior, pero lo más probable era que Ethan estuviera involucrado y, por desgracia, él ya no era asunto mío.

Me presioné la frente con la mano libre, tratando de contener las lágrimas.

—Eh... ¿Cómo estás?

—Sloane, déjate de tonterías. ¿Qué está pasando?

Ya estaba más despierto. Respiré hondo, aunque no sirvió de mucho para tranquilizarme, y confesé.

—Ethan me ha dejado. Por un mensaje. Y es que no lo entiendo. ¿No era suficiente para él?

Comencé a sorber por la nariz.

Hubo una pausa, y casi pude oír los engranajes del cerebro de Graham girando, tratando de encontrar las palabras adecuadas.

—Mira, Sloane, no es una cuestión de que seas suficiente o no. Ethan tiene problemas, para dejar acercarse a la gente. Para ser sincero, me sorprende bastante que te dejara acercarte tanto como lo hiciste.

—Wow, muchas gracias, Graham.

No pude evitar la risa ligeramente sarcástica que se me escapó.

—No, no, a ver... —Se aclaró la garganta—. Lo siento, es que todavía no estoy funcionando del todo. Lo que estoy tratando de decir es que Ethan nunca se había abierto con nadie como lo ha hecho contigo. A lo mejor tan solo necesita un poco de espacio... Puede que cambie de opinión.

—No debería buscar a alguien que vuelva. Debería buscar a alguien que no se vaya nunca. ¿Verdad? O sea, eso es lo que me ha estado diciendo Lauren todo este tiempo. Debería estar con alguien que esté seguro de mí.

Hubo un fuerte suspiro al otro lado de la línea, de esos que me indicaban que estaba eligiendo sus siguientes palabras con mucho cuidado.

—Está bien, te voy a contar una cosa, y Brady se va a poner hecho una auténtica furia como se entere de que te lo he dicho...

—¿Qué es?

Me había intrigado.

—Esto se queda entre nosotros. ¿Entendido? Ni siquiera puedes contárselo a Lauren. —Tragué saliva y mi ansiedad aumentó. Graham sabe que soy muy mala guardando secretos—. ¿Entendido? —volvió a preguntarme.

—No voy a decir nada —le prometí.

—La verdad es que todavía no sé todos los detalles, tan solo lo que me he enterado a través de él, mis padres y algunos artículos de periódico —comenzó—. Cuando Ethan tenía trece años, arrestaron a sus padres. Conducían borrachos y mataron a una persona que iba en bicicleta.

Me quedé sin palabras, así que él continuó.

—Ya habían arrestado varias veces al padre de Brady por conducir bajo la influencia del alcohol. Era dueño de un bar de mala muerte en Carolina Beach, así que creo que bebía mucho cuando estaba allí. Al parecer, hubo una fiesta en el bar la noche del accidente, y por eso la madre de Ethan también estaba en el coche. La sentenciaron a un año en la cárcel, principalmente por ocultar información sobre el caso, y a su padre lo condenaron a diez años. Cuando soltaron a su madre, todos esperábamos que fuera a buscar a su hijo. Según Brady, ese era el plan. Pero nunca apareció, y eso lo destrozó. Jamás dijo nada, pero todos lo sabíamos. Podíamos verlo en todo lo que hacía. Mi madre trató de contactar con la suya unas cuantas veces, pero ella actuaba como si esa parte de su vida no hubiera existido jamás. Por lo que sabe mi familia, su madre se mudó a algún sitio en plan Oklahoma o Texas, no recuerdo cuál de los dos, pero se volvió a casar y tiene otro hijo. Su padre saldrá de la cárcel el año que viene, pero me parece que no están en contacto.

—Increíble...

Ni siquiera sabía cómo continuar mi frase. Realmente no sabía qué decir. ¿Qué podía contestar a eso?

—Sí, pero en fin, creo que eso es todo. Brady es un buen chico, pero tiene muchos traumas, y por eso quería contarte esto. No es que no pueda estar contigo, es que no puede estar con nadie. No sabe cómo hacerlo. ¿Te ayuda en algo todo esto? ¿O he empeorado las cosas?

—Me ayuda muchísimo. Pero me siento mal por no haberlo visto. ¿Cómo he podido no darme cuenta?

—Tú no tienes la culpa. Y recuerda, no sabes nada de todo esto. No es que tengas que hacer nada al respecto, pero esperaba que te ayudara a ponerte en su lugar. Tiene que trabajar mucho en sí mismo, pero me gustas para él.

—Gracias, Graham. —Me sequé una lágrima de la mejilla—. Te extraño.

—Y yo a ti, Sloane.

Mis pensamientos iban a mil por hora mientras trataba de buscarle algún sentido a la situación. Me sentía mal, fatal, en realidad, y quería entenderlo, pero no podía.

Si querías a alguien, o sea, si lo querías en serio, ¿de verdad estarías dispuesto a renunciar a esa persona? ¿Sobre todo por algo de tu pasado que no puedes controlar? A mí me había afectado mucho el divorcio de mis padres. Durante un tiempo me pregunté si alguna vez sería capaz de querer de verdad a alguien, y en el caso de que pudiera hacerlo, ¿viviría con un miedo constante, preguntándome si algún día me abandonaría sin más? Pero entonces conocí a Ethan, y esos pensamientos no se me pasaron por la mente ni una vez.

Así que no, no quería renunciar a él. Pero sabía que cuando remitieran el aturdimiento y el dolor inicial, tendría que hacerlo, porque eso era lo que había hecho él. Había renunciado a mí sin pensárselo dos veces, y creo que eso era lo que más me dolía: creer que significaba algo para él, solo para que después me demostrara que no era así.

A la mañana siguiente, me sentía lo bastante recuperada como para volver al trabajo. Caminé por el largo pasillo desde el elevador hasta mi cubículo y me pregunté si sería capaz de concentrarme en algo que no fuera Ethan. Me detuve en la entrada de mi puesto de trabajo y admiré el ramo de flores que se encontraba frente a mi monitor. Dejé la bolsa de tela sobre el escritorio y tomé la nota que había entre las peonías.

Sloane, sé que una tarjeta y unas flores no pueden arreglar nada, pero quería dártelas de todos modos. Besos, Annie

¿Cómo sabía Annie lo de la ruptura? Rebusqué en mi bolso hasta encontrar el celular y abrí de inmediato el mensaje que le había enviado Lauren por mí el día anterior.

7:08

Yo: Hola, Annie, soy la *roomie* de Sloane. Para ser totalmente sincera, su novio rompió con ella anoche y ahora mismo no está muy bien. Realmente necesita tomarse el día libre. Espero que lo entiendas, y por favor no la despidas por esto!

—¿Tienes un segundo?

Annie había aparecido junto a mi escritorio.

—Siento muchísimo esto. —Sostuve en alto mi celular con el mensaje de Lauren en la pantalla—. No tenía ni idea.

—No lo sientas. Agradezco la honestidad. Tienes una *roomie* estupenda. —Se inclinó sobre el borde de mi escritorio—. La veintena es complicada, y las rupturas no son ninguna broma. ¿Por qué no pruebas a escribir sobre eso? ¿Tal vez podrías presentarme algo la semana que viene? O cuando estés preparada, ¡no hay prisa! Pero no tengas miedo de mostrarte vulnerable y expresar esos sentimientos con palabras. Te sorprendería lo catártico que puede ser. Además, esto podría ayudarte a encontrar esa profundidad que estabas buscando.

Annie tenía razón. Conecté mi laptop al monitor y le envié a Mila una invitación de reunión para esa tarde.

—¿Una tormenta de ideas sobre las rupturas? —Asomó la cabeza por encima de la media pared que nos separaba—. ¿Qué ha pasado? Pensaba que estabas muy emocionada por pasar el fin de semana juntos.

—En resumen, él no está preparado. Demasiadas cosas y demasiado pronto. ¿Crees que te sobrará algo de tiempo esta semana para ayudarme con una propuesta para Annie? Parece que está interesada en lo que tenga que decir... Tan solo necesito averiguar de qué se trata exactamente.

—¡Pues claro! Aunque lo siento mucho, lo de la ruptura, digo. Es una porquería. Bueno, en realidad nadie me ha dejado nunca, pero me imagino que tiene que ser una porquería.

—¿Nunca te han dejado?

La envidiaba.

—No, siempre termino yo antes de que ellos tengan oportunidad de hacerlo. Me ahorra un montón de sufrimiento.

—Guarda eso para la tormenta de ideas.

Me reí y le hice un gesto para que volviera a su sitio.

—Vamos a empezar con algunos temas —dijo Mila frente a una pizarra blanca.

—Si queremos que los lectores sigan el viaje de la ruptura, estaba pensando que podríamos empezar con algo pequeño para ir avanzando hacia cosas más profundas —le explico—. ¿A lo mejor algo en plan: «Hemos hecho una lista de reproducción posruptura para que tú no tengas que hacerlo»?

—Genial —asegura—. ¿Y después qué?

—«Nuestro mejor consejo para las rupturas es que antes de meterte en una "casi relación", leas esto: una carta abierta al chico que no quería salir conmigo».

Nos quedamos sentadas en esa sala de reuniones hasta mucho después de las cinco, soltando consejos, historias de relaciones pasadas y cosas que habíamos leído o visto en películas y que no habíamos olvidado.

Me pasé todo el trayecto en metro de vuelta a casa escribiendo artículos uno por uno en la aplicación de notas de mi celular. Juré que si alguien alguna vez tenía acceso a esas notas, tendría que cavar mi propia tumba y enterrarme a mí misma. Pensamientos de noches en vela, diatribas de borrachera, cosas que jamás le había contado a nadie. Menos mal que la aplicación estaba protegida con contraseña. Con suerte, a Annie le gustaría al menos uno de los artículos. Podría ser, al fin, mi gran oportunidad.

20
Sloane

Septiembre de 2017

En los meses que siguieron a nuestra ruptura no oficial, me volqué de lleno en mi trabajo. Me quedaba hasta tarde en la oficina, escribía un artículo tras otro, y a Annie le encantaban. *The Gist* publicó tres de mis textos, uno de los cuales parecía estar conectando con cientos de miles de personas: «Carta abierta al chico que no quería salir conmigo». Annie me había dado una oportunidad, había permitido que mi voz se elevara desde mi aplicación de notas hasta el foco de atención de un artículo, y había valido la pena.

Comencé a darme cuenta de lo frecuentes que eran las «casi relaciones». Mucha gente había tenido a una persona a la que quería pero con la que nunca había llegado a salir de verdad, aunque casi nadie hablaba nunca de ello. Poco a poco, comencé a hacer las paces con el hecho de que Ethan y yo estuviéramos destinados a estar juntos, pero no estuviéramos destinados a durar. Me dolía pensar en nosotros de esa forma, pero era cierto.

—¡Sloane! ¡Tu artículo de la semana pasada ha llegado al millón de lecturas! —gritó Annie desde su despacho, a lo que siguieron vítores y gritos de enhorabuena provenientes de todos los cubículos de mi alrededor.

No pude evitar ponerme a llorar. Mila me dio unos cuantos pañuelos y me abrazó.

—Estoy muy orgullosa de ti —me dijo.

—Gracias por la oportunidad, Annie —conseguí decir.

—¿Puedes venir a mi despacho?

Su tono era tranquilo, aunque había un brillo en sus ojos que dejaba entrever algo más. Asentí con la cabeza, me sequé los ojos y fui hacia allí.

En el despacho de Annie, el ajetreo de las oficinas era un zumbido distante. Señaló la silla que había frente a su escritorio con una sonrisa.

—Voy a ir directa al grano —comenzó, con las manos unidas como si estuviera conteniendo el entusiasmo—. Un millón de lecturas no es cualquier cosa. Es algo excepcional. Y me ha quedado claro, y a los lectores también, que tienes muchas más cosas que decir. —Me quedé allí sentada esperando a que continuara mientras los restos de las lágrimas se secaban en mis mejillas—. En fin, ¿qué te parecería un ascenso a redactora en plantilla?

La pregunta de Annie se quedó flotando en el aire. No me podía creer que por fin estuviera a mi alcance. Pestañeé; sentía el peso de su oferta asentándose sobre mis hombros.

—Eh... Eso sería increíble, pero es que...

—Todavía tendrías que ocuparte de tus tareas actuales por el momento. Tenemos intención de contratar a alguien para finales de año. Pero Sloane, tus textos... —hizo una pausa, con la mirada firme y segura— son sinceros, son reales y son justo lo que necesitamos.

De pronto, el despacho parecía demasiado pequeño para la enormidad del momento. Redactora en plantilla. Por fin estaba ocurriendo. Puede que no tuviera a Ethan, pero tenía todo lo demás que quería. Mis emociones eran un cóctel de miedo y entusiasmo. ¿Sería capaz de estar a la altura de estas nuevas expectativas?

—Gracias, Annie. No te voy a decepcionar.

Las palabras salieron por mi boca antes de que pudiera detenerlas. La sonrisa de Annie se ensanchó.

—Sé que no lo harás. Y ahora vete a celebrarlo. Te lo has ganado.

Mientras salía de su despacho, comencé a asimilar realmente sus palabras. Mi nuevo puesto era como una insignia, la prueba de que había sobrevivido a una ruptura y la había convertido en algo que había conmovido a un millón de almas. Y tal vez, solo tal vez, ese fuera el primer paso para pasar página de una vez.

—¿Nos puedes poner una botella de *prosecco*? —le pidió Lauren al mesero, y después se giró hacia mí—. Y bueno, ¿qué se siente?

—¿Qué se siente con qué? —pregunté, arqueando una ceja.

—Con lo de convertir este sufrimiento en algo bueno.

—Es difícil de explicar. —Me recliné en mi asiento—. Leo esas palabras y a veces me las creo, pero otras veces ni siquiera soy capaz de creer que las he escrito yo. Tan solo han pasado tres meses, así que sé que todavía no he olvidado del todo a Ethan, aunque estoy llegando a ese punto. Esos comentarios y publicaciones de chicas que están leyendo mi artículo y se sienten identificadas con él me están ayudando a acelerar el proceso. Me están dando la oportunidad de tener un cierre, cosa que él no me dio.

—Estoy muy orgullosa de ti.

Levantamos nuestras copas para brindar. Después de terminarnos la botella, acabamos en un piano-bar del

Upper East Side, justo a la vuelta de la esquina de nuestro departamento.

—La verdad es que necesitamos más amigos en la ciudad —dijo Lauren con un suspiro cuando nos sentábamos a una mesa para dos cerca de la ventana—. Esta sería la noche perfecta para salir de fiesta, ¡pero de fiesta de verdad! Y no ir solo a un bar cerca de nuestro departamento.

—¿A quién más conocemos aquí? —pregunté, mientras revisaba mi lista de contactos.

—Ni idea.

Lauren puso los ojos en blanco y le dio un sorbo a su vodka con refresco.

Me vibró el celular y, aunque por lo general trataba de ser respetuosa y no mirarlo, lo tomé de inmediato con la esperanza de que fuera alguien que había estado esperando. Por muy confuso que me resultara admitirlo, creo que una parte de mí había escrito ese artículo con la esperanza de que Ethan lo leyera. O sea, al fin y al cabo, era una carta abierta para él. La romántica que había en mí esperaba que tal vez digiriera las palabras, sintiera lo mismo que yo, se subiera a un avión y me confesara sus sentimientos, sus traumas y todos los pensamientos que se le pasaran por la cabeza. Pero sabía que eso solo ocurría en las películas.

En lugar de encontrarme con un mensaje de Ethan, se trataba de la última persona de la que había esperado tener noticias.

20:37

Reese Thompson: Hey, hola. Me enteré de que te habías mudado a la ciudad, y además antes me encontré con tu artículo. Enhorabuena por todo! Estás libre para tomar algo o ir a cenar esta semana?

—¡Increíble!

—¿Qué pasa? —preguntó Lauren—. ¿Es Ethan?

—No... Reese Thompson.

Volví a dejar el celular sobre la mesa.

—¡Espera! Vas a responder, ¿verdad? Espera, seguro que tiene compañeros de departamento. ¡Diles que se vengan esta noche! —me suplicó Lauren.

Le seguí el juego.

—Está bien.

¿Acaso tenía algo que perder?

Una hora y media y dos vodkas con refresco más tarde, Lauren y yo estábamos esperando en la fila de The Gem Saloon. Como tan solo hacía unos meses que vivíamos en la ciudad, todavía no habíamos explorado muchos sitios fuera de nuestro barrio. Según Reese, el Gem era uno de los mejores lugares para ir entre semana.

—Estoy nerviosa —le confesé a Lauren mientras la fila avanzaba muy poco a poco.

—¡No lo estés! —respondió—. Reese es genial. Además, estaba como obsesionado contigo, y eso es un plus.

—Así que obsesionado, ¿eh? —dijo una voz detrás de nosotras. Me di la vuelta y ahí estaba Reese Thompson en carne y hueso.

—¡Era broma! ¡Hola, Reese!

Lauren le dio un abrazo y procedió a presentarse a sus amigos.

—Hola —me dijo él, y me dio un abrazo de lado.

—Perdón por lo que ha dicho —respondí ruborizada.

—No te preocupes; ha sido halagador. Y ahora seguidme; conozco a los cadeneros.

Reese me tomó de la mano y nos guio confiadamente junto a la multitud que estaba esperando. El portero, un hombre de hombros anchos y sonrisa fácil, se rio entre dientes cuando Reese le pasó un billete a escondidas. Asintió con la cabeza con actitud amistosa y nos hizo pasar.

The Gem Saloon era como cualquier otro bar, salvo porque tenía un tamaño decente y un montón de ventanas, cosa que parecía extraña para estar en Nueva York. Seguimos a Reese por una sala llena de plática animada y sonido de vasos hasta la barra de la parte de atrás, bien abastecida y con una fila mucho más corta. Pidió con una familiaridad que indicaba que había pasado muchas noches allí. El mesero nos sirvió nuestras bebidas, y después de distribuirlas entre el grupo, Reese me tomó de la mano. Antes de que pudiera darme cuenta, empecé a desear que no me la soltara.

El DJ puso un remix de Calvin Harris, una de las canciones favoritas de Lauren. Los ojos de Reese se cruzaron con los míos, y una pregunta silenciosa flotó en el aire entre nosotros. Asentí con la cabeza y, sin decir palabra, me condujo hasta la pista de baile. Sus amigos lo siguieron.

Mientras sonaba la música, el espacio entre Reese y yo pareció disolverse. El corazón se me aceleró, no solo por el movimiento, sino porque me había sentido atraída por él aunque hubiera tratado de negarlo. Reese era un buen chico y sabía que me habría tratado bien si le hubiera dado una oportunidad. En lugar de eso, me dediqué a perseguir a alguien que apenas me daba la hora siquiera. Y, de algún modo, varios meses más tarde, estaba a cientos de kilómetros de Wilmington bailando con Reese en vez de con Ethan. Era gracioso cómo funcionaba la vida.

Mientras la canción terminaba, nuestros movimientos se ralentizaron y acabamos en un rincón tranquilo del bar. La mirada de Reese era intensa, más íntima de lo que permitía la tenue iluminación del bar. Se inclinó hacia mí y habló en voz baja por encima de la música que se desvanecía.

—¿Sabes? Siempre pensé que había algo entre nosotros —confesó.

—A lo mejor todavía sigue habiendo algo —respondí con un susurro.

Y entonces, en un momento que parecía al mismo tiempo el fin de un viaje y el comienzo de otro, sus labios se encontraron con los míos. Su beso fue suave, dudoso al principio, como una pregunta. Pero yo se lo devolví, confirmando lo que los dos sentíamos.

Esa noche me di cuenta de que perder a alguien no tiene por qué significar perder. Cada vez que alguien se va de tu vida, alguien nuevo acaba entrando en ella. Perder a alguien significa que acabarás ganando a otra persona todavía mejor.

Carta abierta al chico que no quería salir conmigo, de Sloane Hart

Querido ex «algo»:

Te escribo esta carta con la esperanza de que me proporcione el cierre que tú nunca fuiste capaz de darme.

Esta semana será 1 de septiembre, lo que significa que se cumplirá el tercer mes sin ti. Tres meses sin tenerte en mi cama, en mi bandeja de entrada y en mi corazón antes de que me lo rompieras. Me resulta extraño ver que las estaciones comienzan a cambiar. Es como si el tiempo se moviera muy deprisa y al mismo tiempo muy despacio. Recuerdo esa noche de junio, la noche que terminaste conmigo. A veces me parece que haya ocurrido hace un año; y otras es como si hubiera sido ayer. Los días son fáciles; sin embargo, las noches son difíciles: es entonces cuando más te extraño.

Aunque lo que no extraño es el sufrimiento. Es decir, todavía me duele, pero no de la misma forma que cuando estábamos juntos. Todas esas preguntas constantes: «¿No soy suficiente para él?»; «¿Por qué no me quiere como yo le quiero?»; «¿Me querrá alguna vez?». El simple hecho de escribirlas hace que me duela el corazón con creces.

En algún lugar del camino de quererte y después odiarte para luego extrañarte y más tarde odiarte otra vez, me di cuenta de que hiciste todo lo que pudiste. No estábamos hechos el uno para el otro, por mucho que tratara de convencerme a mí misma. Aunque tampoco es que te esté excusando. Me merecía muchísimo más de lo que jamás estuviste dispuesto a darme. Pero, entonces, ¿por qué siempre pensaba que no me merecía nada de aquello? Pensaba que no era digna del amor, y siento mucha lástima por la versión de mí que creía eso. Me merecía un título. Me merecía una etiqueta. Me merecía honestidad. Me merecía claridad. Pero ahora ya lo sé.

No quería que esto fuera una lección; quería que fuera amor. Aunque si no estábamos destinados a durar, entonces lo mejor que puedo esperar es que utilices nuestro tiempo juntos como una experiencia de aprendizaje, una fuente de sabiduría, una razón para cambiar. Nunca te he pedido demasiado, pero necesito pedirte solo esto: por favor, no trates a nadie más como me trataste a mí. Odio tener que decir esto —se me revuelve el estómago al pensar en ti con otra persona—, pero sé que en algún momento acabarás teniendo otra relación, y espero que sea diferente a la nuestra. Espero que algún día conozcas a una chica que cambie el mundo para ti. Espero que la quieras lo suficiente como para despojarte de tu armadura y que te des por vencido. Espero que por fin te des cuenta de que mereces ser amado como nunca lo has sido, del modo en que no pudiste corresponderme a mí.

Gracias por darme una historia que contarle a mi futura hija algún día, cuando esté pasando por su primer desengaño amoroso.

Besos,

La chica que te habría amado a pesar de todo

SEGUNDA PARTE
AHORA

21
Sloane

Enero de 2018

Me doy la vuelta para ponerme de lado y observo el perfil de Reese. Prácticamente siempre duerme boca arriba, cosa que no hace más que contribuir a sus ronquidos. Observo cómo duerme y rememoro estos últimos meses que hemos pasado juntos.

Reese fue un soplo de aire fresco cuando más lo necesitaba. Recuerdo que, ya desde nuestra primera cita, pensé: «Así es como me debería sentir». Y por consiguiente me aferré a ello; entrelacé mi mano con la suya y ya jamás la solté.

—¿Adónde me vas a llevar? —le había preguntado después de que insistiera en recogerme antes de nuestra primera cita «oficial».

Digo «oficial» porque me acosté con él la noche que volvimos a encontrarnos en el Gem. No pensaba que aquello fuera a llegar a ninguna parte, y quería quitarme ya de encima mi primer lío después de Ethan. Desde luego, no esperaba que me pidiera que fuera su novia dos semanas más tarde. Todo aquello parecía un poco alocado y repentino. Hasta

Lauren lo pensaba también; pero al mismo tiempo yo sentía que era lo correcto.

—No puedo decírtelo —replicó él—. Lo único que te puedo decir es que sé que te va a encantar.

—No quiero ser una de esas chicas, pero ¿cómo lo sabes? Solo hace dos semanas que me conoces —argumenté.

—Bueno, si quieres que nos pongamos técnicos... en realidad, hace como seis meses que te conozco. Tú confía en mí.

Insistió en que fuéramos caminando al lugar de la cena, y nos detuvimos en un bar de cócteles que había de camino. Se trataba de uno de esos sitios modernos sin menú en los que te preguntan qué clase de alcohol te gusta y te preparan una bebida basándose en tu respuesta.

—¿Me dices al menos qué clase de comida vamos a cenar?

—Italiana.

Su boca se curvó en una sonrisa.

Como si pudiera leerle la mente, comprendí de inmediato el razonamiento que había detrás de esa elección. Después del Gem fuimos a su casa, nos tomamos una copa de vino y pasamos más de una hora hablando de todo y de cualquier cosa, incluida la familia. Era un tema del que apenas hablaba en mis conversaciones con Ethan. Compartí con él que una de las cosas que más me gustaban de mi padre era su receta de macarrones con salsa de vodka. Justo antes del divorcio, unos cuantos meses antes de que me fuera a la universidad, me había enseñado a prepararla. La receta está guardada a buen recaudo en mi aplicación de notas, y la preparo cuando lo extraño. Reese no solo quería probarla, sino que también había insistido en que le enseñara a prepararla algún día. Cuando comía en restaurantes italianos siempre pedía pollo a la parmesana, con un extra de salsa de vodka.

—Si tienen las dos cosas en el menú, la mayoría de los sitios te lo preparan —me dijo—. Sobre todo si coqueteo un poco con la mesera.

Me encanta que me escuche, que me escuche de verdad, y que dedique pensamientos y esfuerzo a cada interacción, sin importar lo grande o pequeña que sea.

En nuestra tercera cita me llevó a un partido de los Yankees, porque sabía que era el equipo favorito de mi padre. Reese no sabía que era el segundo partido que veía allí. No tuve el valor de decirle que ya había estado ahí antes; estaba dispuesta a crear nuevos recuerdos en ese sitio que no estuvieran relacionados con Ethan.

—Nuestros asientos están justo delante de la línea de la primera base —dijo Reese mientras esperábamos en la fila de los perritos calientes, que según él eran los mejores de la ciudad—. Estos perritos son lo máximo.

Al principio me daba miedo ir al partido. Me preocupaba pasarme todo el tiempo pensando en Ethan, extrañarlo demasiado. Tal vez hasta llegara a mandarle un mensaje del que me arrepentiría al día siguiente. Pero Reese me demostró que me equivocaba. Tan solo pensé en él una vez, cuando pasé junto a la sección en la que nos habíamos sentado, y los vívidos recuerdos de la furia, la confusión y la vergüenza me invadieron. Ethan me mantenía a cierta distancia, como si me estuviera ocultando, mientras que Reese me subía a sus hombros como si estuviera haciéndome desfilar por la ciudad. Ambos sentimientos no podían ser más diferentes.

Reese se da la vuelta como si supiera que estoy pensando en él y me atrae hacia su cuerpo. Me quedo con la cara pegada a su pecho desnudo y respiro, inhalo todo su aroma, con unas sutiles notas de pino a causa de la colonia que le regalé. Sus suaves manos se deslizan por mi espalda, de arriba abajo; su cariño siempre consigue tranquilizarme. Memorizo cada parte de él porque no quiero olvidarlo jamás.

—Querida —susurra—. ¿Por qué estás despierta?

—No puedo dormir.

Nunca le diré que lo que me despierta la mayoría de las noches son sus ronquidos.

—¿Qué puedo hacer? —me pregunta a la vez que abre los ojos.

—¿Cómo puedes ser real?

Él se ríe entre dientes.

—¿De qué estás hablando?

—No podía dormir y tú estabas aquí acostado y lleno de paz, y me he puesto a pensar en estos últimos meses juntos —digo, pegada a su pecho—. A veces no me parecen reales. Me he pasado toda la vida esperando a un chico como tú.

—Pues más te vale que te acostumbres, porque no me voy a ir a ningún sitio.

Lleva los labios a mi frente, y después a los míos.

Tardé un tiempo en acostumbrarme al sexo con Reese en comparación con el sexo con Ethan; era como si ambas relaciones fueran experiencias totalmente opuestas. Ethan y yo teníamos una química inexplicable, como si nuestros cuerpos fueran imanes que se atrajeran hasta en la habitación más abarrotada. Con Reese tardé un poco en acostumbrarme. Tuve que enseñarle lo que me gustaba: «más despacio», «más deprisa», «sigue», «no pares».

Reese es dulce en todo lo que hace. Me besa durante horas hasta que yo le digo lo que quiero hacer a continuación, de forma muy similar a lo que está haciendo en este momento.

—Quítame la ropa —le susurro.

—Si te la quito, ya no voy a poder volver a dormir.

—Pues no duermas. De todos modos, dormir está sobrevalorado.

Sigue mis indicaciones y me quita la camiseta holgada. Recorro su cuello de arriba abajo con las manos y después las llevo a su pelo, mientras las suyas desaparecen en el mío. Sus dedos acaban descendiendo hasta mi ropa interior y se las arreglan para entrar en mí, y gimo contra su boca.

—Sloane, eres tan...

Ni siquiera tiene que terminar esa frase.

—Te deseo, Reese.

—Y yo deseo que no dejes de decir eso jamás. Dímelo otra vez, querida.

Se abre paso en mi interior, y siento que se me quedan los ojos en blanco. Cuando al fin los abro, el sol está empezando a salir, la luz atraviesa la persiana y se derrama sobre su edredón. Sus gruñidos se intensifican hasta que se derrumba junto a mí.

—Quiero despertarme así todas las mañanas.

—Yo también —respondo, y le planto un beso suave en los labios.

22
Sloane

Enero de 2018

El metro está casi vacío mientras vuelvo a casa del trabajo. Nuestra oficina ha estado abierta desde el día después de Año Nuevo, pero todo el mundo sabe que la gente con hijos no vuelve al trabajo hasta la segunda semana de enero, cuando se reanudan las clases.

Annie me ha enviado un mensaje pidiéndome que cubra un evento esta noche, porque no iba a llegar de Nueva Jersey a tiempo. Ahora que han contratado a una ayudante para sustituirme, me ha acogido bajo su ala. El evento es una fiesta de lanzamiento para una nueva empresa de cuidado de la piel, así que tengo la seguridad de que va a haber un montón de muestras gratis. Acepto y comienzo a escribir los detalles en mi calendario antes de detenerme frente a un paso de cebra. Me guardo el celular en el bolso y espero a que el semáforo se ponga en verde, y entonces es cuando lo veo.

A través de la multitud de personas que se encuentran frente a mí, me fijo en una gorra azul marino de los New York Yankees que sobresale entre la gente. Hace tiempo que no pienso en él, semanas, o hasta puede que meses. Pero ver esa gorra, idéntica a la que él tiene, igual que las que tienen varios miles de personas en la ciudad, hace que me invada una oleada de recuerdos que creía haber enterrado. Al parecer, no lo había hecho lo suficientemente bien.

Y ahora que lo recuerdo, parece que no soy capaz de olvidarlo. Las caricias, los besos, las risas, las lágrimas, el tiempo, las emociones, la energía. Lo recuerdo todo. ¿Cómo puedes obligarte a olvidar algo? Quiero olvidarlo. Quiero olvidarme de él y de todos los temidos recuerdos que vienen con él. ¿Alguna vez llegas a olvidar de verdad a tu primer amor?

El resto de mi camino de vuelta a casa es silencioso. Mis pensamientos están eclipsados por él, y todo por una estúpida gorra de beisbol. Pero ¿y si lo hubiera visto a él? A diferencia de lo que pasaba a principios del verano, doy gracias por todos los kilómetros que hay entre nosotros.

Entro en nuestro departamento y veo que Lauren ya está en casa, arrebujada en el sillón mientras ve algún programa de telerrealidad, como suele hacer.

Nuestro nuevo departamento es más o menos del mismo tamaño que el anterior, pero tiene una sala de estar un poco más espaciosa, lo que significa que podemos pasar más tiempo juntas. Después de vivir en un edificio sin elevador, sabíamos que queríamos un edificio más moderno, a poder ser con portero y ascensor. Muchos de mis compañeros de trabajo nos animaron a buscar en Murray Hill y Kips Bay, barrios populares para gente recién graduada, y el *roomie* de Reese, Blake (que también estuvo en Pike en Wilmington) nos habló de un buen edificio. Y ahí es donde acabamos.

La verdad es que no podría ser más perfecto. Se puede llegar caminando a cualquier bar de Murray Hill, tenemos lavandería en el edificio y hasta un aire acondicionado que funciona de verdad. Por fin estamos viviendo la vida que habíamos soñado para cuando termináramos la universidad.

—¡Bienvenida a casa! —me recibe Lauren—. ¿Qué tal el trabajo?

—Tranquilo. No me puedo creer que sea una de las pocas oficinas que abren esta semana. ¿Qué tal con los niños?

Lauren había aceptado un trabajo como profesora de primaria en el Bronx cuando nos mudamos a la ciudad. Sabía que iba a ser difícil; iba a ganar solo un poco más del salario mínimo y el tiempo en transporte público para llegar a la escuela no era lo ideal. Pero estaba claro que no había estudiado Pedagogía por dinero; lo había hecho para causar un impacto en los niños menos privilegiados. Para pasar el rato hasta que comenzara el ciclo escolar, había encontrado un trabajo como niñera a tiempo completo con la familia Bauer. Se pasó todo el verano con sus dos gemelos de cinco años y, al llegar septiembre, renunció al trabajo como profesora para seguir trabajando como niñera. Para ella son como su hogar lejos de su hogar, o al menos es así la mayoría de los días.

—Fatal. Y todavía me quedan varios días enteros con ellos hasta que vuelvan a empezar las clases. ¿Qué quieres hacer para cenar?

—¿Quieres acompañarme a un evento del trabajo esta noche? —le propongo—. Es una fiesta de lanzamiento para una nueva marca de cuidado para la piel, y tengo que ir a cubrirla. Van a poner cosas para picar y seguro que las bolsas de muestras estarán bien.

—Ya me habías convencido con la comida y las bebidas gratis, pero ¿encima habrá muestras? Ahora estoy dentro al mil por cien. Voy a prepararme.

En mi pequeña habitación he conseguido meter un tocador, lo cual es una necesidad, porque compartimos un cuarto de baño con un lavabo sin mueble. Tomo asiento en el taburete y me miro en el espejo. Recuerdo cuando me preparaba para ir a clase en la universidad; mi cara estaba un poco más llena y mis ojos un poco más brillantes. Después de la mudanza y la ruptura, perdí un poquito de peso. Se me nota sobre todo en la cara; ahora tengo las mejillas y la mandíbula más definidas, lo que creo que me hace parecer más madura. Pongo una lista de reproducción mientras vuelvo a aplicarme rímel, rubor y una ligera capa de labial. Cuando la primera canción lleva tan solo unos pocos segundos sonando, mi celular comienza a vibrar.

Llamada entrante: Reese Thompson

—Hola —respondo de forma un poco fría.

—¡Hola! ¿Haces algo esta noche? He salido un poco antes de lo que esperaba y estaba pensando que podíamos ir a probar ese nuevo sitio de cócteles que hay a la vuelta de la esquina de mi casa.

Podía oír de fondo el barullo y el ajetreo de la ciudad, lo que me decía que probablemente acabara de salir del edificio.

—Esta noche tengo que ir a un evento del trabajo —digo de forma escueta—. Lauren también viene.

—Oh, lo siento, querida.

«Querida». Dios, cómo odio esos apelativos cursis.

—No pasa nada, lo superaré.

—¿En algún otro momento entonces? ¿Tal vez el viernes?

Hago una pausa que dura un instante más de la cuenta.

—Lo vamos viendo.

—¿Todo bien? —me pregunta—. Te noto rara.

—Sí, lo siento. —Suelto un suspiro; sé que mis sentimientos por él no se deben a él mismo—. Ha sido un día largo y no tengo ganas de alargarlo todavía más. Quedamos para el viernes.

—Bueno, pues espero que la cosa mejore. Tómate una copa para animarte un poco. Luego te escribo —me dice antes de colgar.

No me siento nada bien tratando a Reese como si hubiera hecho algo malo, porque no lo ha hecho. Llevaba un tiempo sin pensar en Ethan hasta hoy, y ahora que ha sucedido es difícil no seguir haciéndolo. Es difícil no comparar mi relación con Reese con la que tenía con Ethan. Las dos son muy diferentes. Ellos son muy diferentes.

Reese no se parece a nadie que haya conocido jamás. Es atento, siempre prepara planes para hacer juntos y se le da genial la comunicación. Casi se le da demasiado bien. Es todo lo contrario a Ethan. Las cosas con él son sencillas y divertidas, y esa es la razón por la que me gusta. Creo que podría llegar a enamorarme de él algún día, pero todavía no he llegado a ese punto.

La fiesta es impresionante. Cuando llegamos, un mesero nos da a cada una copa de champán y una tarjeta con la agenda de la noche impresa en ella. El evento tiene lugar en un bar del Moxy Hotel, y la sala está llena de editores de estilo de vida, belleza y moda. Me doy cuenta al momento de que esto será lo único que veré en Instagram durante las próximas cuarenta y ocho horas.

—Mataría por tener tu trabajo —asegura Lauren mientras toma otra copa de champán del exhibidor—. Esta noche voy a hacer como si fuera una editora de moda de un sitio muy importante. Y mañana ya volveré a correr por Tribeca detrás de un par de gremlins.

—Vamos, para ya, no son unos gremlins.

—Ya lo sé, si son muy lindos. William ganó su partido de futbol ayer y estaba muy orgulloso. Estoy segura de que mañana no dejará de hablar del tema.

Pone los ojos en blanco rápidamente antes de esbozar una sonrisa. A pesar de que algunos días son duros, sé que en el fondo le encanta su trabajo; es muy propio de Lauren.

—Esa frase me ha hecho sentir como si fuéramos madres de cuarenta años en mitad de nuestra noche de chicas mensual —digo entre risas.

—Pues sí. Vamos por unos martinis y a socializar. ¿Con quién deberíamos hablar primero?

Nos acercamos a la barra y pedimos dos martinis extrasucios; el mío con aceitunas y el de Lauren sin ellas. A continuación, escudriño la estancia para ver si encuentro algún rostro familiar.

—Acabo de ver a la jefa de *marketing* por ahí, en un rincón. Voy a pedirle algunas fotos y una declaración para nuestro Instagram. ¡Búscanos amigos nuevos!

Me alejo de Lauren y camino con nerviosismo hacia el grupo de personas que solo conozco por asociación. Después de una hora de charla insustancial, encuentro a mi amiga sentada frente a la barra, sumida en una conversación.

—Oye, ¿te parece si nos vamos ya a casa? —le pregunto mientras le doy unos golpecitos en el hombro.

—Creo que voy a quedarme aquí, mañana por la mañana empiezo más tarde. —Se gira hacia mí y señala ligeramente con la cabeza al chico que hay sentado junto a ella—. ¡Escríbeme cuando llegues al departamento!

Le entrego el resto de mi bebida, sabiendo que de lo contrario la van a tirar, y saco mi celular para pedir un Uber. Ni de broma tomo el metro tan tarde yo sola; todavía no soy tan neoyorquina. El coche se detiene frente a nuestro edificio y me doy cuenta de que el portero está plantado justo detrás de las puertas dobles. Los guardias son una de mis cosas favoritas de la ciudad; me hacen sentir segura, como si volviera a casa de una cita y mi padre me estuviera esperando en el sillón.

—¡Gracias, Phillip! —lo saludo mientras atravieso la puerta abierta y entro en el vestíbulo.

—Es un placer, Sloane. ¿Quieres que te traiga el correo, ya que estás aquí? —me pregunta—. Unidad 405, ¿correcto?

—Sí, estaría genial.

Saco el celular para mandarle un mensaje a Lauren diciéndole que ya he llegado a casa, y de pronto oigo el zumbido que señala que alguien está entrando en el edificio. Levanto la mirada por instinto y el corazón se me cae a los pies de inmediato.

¿Me están engañando mis ojos? ¿Alguien me ha echado droga en la bebida? ¿Me estoy volviendo loca?

—Hola, Hart.

Algo en el hecho de oírle hablar lo convierte en real. Reconocería esa voz en cualquier parte. No es solo un producto de mi imaginación. Ethan Brady se encuentra justo delante de mí, en Manhattan, en mi mismo edificio. Quiero echarme a correr. Darme la vuelta y atravesar la puerta de entrada a toda velocidad, o escapar por el elevador y quedarme bajo las sábanas durante cinco días laborables por lo menos. Ahora mismo quiero estar en cualquier otro lugar.

—Supongo que es un buen momento para contarte que me mudé a Nueva York y que, por lo que parece, estamos viviendo en el mismo edificio —me dice, apenas capaz de mirarme.

—¿También vives aquí? —tartamudeo.

Phillip regresa y se da cuenta de que ha interrumpido algo. Deja mi correo en la mesa de la recepción y vuelve a entrar en la portería.

—Pensaba que vivías en el Upper East Side. Pero sí, Sloane, vivo aquí.

Odio cómo pronuncia mi nombre, como si lo estuviera utilizando en mi contra.

—Eso solo fue una renta de seis meses hasta que averiguamos en qué zona queríamos vivir de verdad —respondo—. ¿Cómo has acabado aquí?

Tengo demasiadas preguntas, pero eso es lo único que soy capaz de decir.

—¿Conoces a Blake King? Estaba en Pike, pero era de los mayores, puede que se graduara antes de que tú empezaras a ir por allí. —Por supuesto que conozco a Blake; es el *roomie* de mi novio. Asiento con la cabeza mientras Ethan continúa—: Me lo sugirió él; me dijo que estuvo viviendo aquí el año pasado antes de mudarse al West Village. Conocí a unos chicos en el trabajo que se morían por salir de Brooklyn, y tuvimos suerte. Conseguimos el último departamento de tres habitaciones que tenían disponible hasta el verano. La verdad es que no tenía ni idea de que vivías aquí.

Una furia hierve dentro de mí, pero también hay algo más. ¿Tristeza? ¿Dolor? ¿Nostalgia? ¿Todas las anteriores? No estoy del todo segura.

—¿No se te ocurrió decirme algo cuando aceptaste una oferta de trabajo aquí? —le pregunto—. ¿Un mensaje? ¿O una llamada incluso? ¿No me merecía eso al menos?

—Iba a hacerlo. —Suena sincero—. Quería hacerlo. Pero no sabía qué decir.

—«Hola, Sloane, solo quería avisarte de que voy a mudarme a Nueva York» —le sugiero.

—Lo siento, tienes razón. Tendría que haber dicho algo. No quería volver a abrir este tema y complicar las cosas.

Mira al suelo.

—Bueno, pues ahora sí que has complicado las cosas.

Esta vez me mira. Por fin me mira de verdad. Es gracioso que la gente no cambie. Al menos, no de verdad. Todavía tiene esos ojos café penetrantes que, de algún modo, me reconfortan y me rompen el corazón al mismo tiempo. Cuando los miro, veo los cielos de algodón de azúcar que inundaban las ventanas de la casa de la montaña. Veo los faroles de la calle reluciendo a través del parabrisas en nuestros trayectos por encima del puente. Sus ojos me hacen sentir como si volviera a estar en esos lugares, en esos momentos exactos. Echo de menos esos momentos. Lo echo de menos a él. Incluso cuando sé que hay un millón de razones por las que no debería hacerlo. ¿Cómo hemos acabado aquí?

Le doy la espalda y me dirijo a toda prisa hacia el elevador. Siento un nudo de emociones formándose en la parte posterior de mi garganta, y unas lágrimas aparecen en mis ojos. Cuando por fin llego al cuarto piso, ya no puedo seguir conteniéndolas y comienzo a sollozar. Me siento en el sillón a oscuras hasta que Lauren llega a casa, reproduciendo todo el encuentro una y otra vez en mi cabeza. Me planteo servirme una copa de vino, pero sé que tomar más alcohol solo empeorará la situación.

—Ay, Sloane —me dice cuando entra por la puerta—. Lo siento mucho.

—¿Por qué no puedo olvidarme de él de una vez y ya está? —sollozo—. ¿Por qué tiene que seguir apareciendo en sitios como nuestro puto edificio? No puedo ser vecina de él otra vez, Lauren; no puedo hacerlo. Apenas soy capaz de verle la cara sin que me entren ganas de llorar. ¿Cómo se supone que va a funcionar esto?

—Escúchame. —Lauren se sienta junto a mí—. Voy a ser totalmente sincera. Ethan es tu primer amor, así que nunca vas a olvidarte de él, al menos no del todo. Una parte de ti siempre le querrá, pero no de la misma forma que antes. De la misma forma que sigues queriendo a un viejo amigo con el que ya no hablas, de la misma forma que adoras un restaurante al que ya no puedes volver porque lo han cerrado; es una especie de amor vacío. Te sientes feliz por haberlo experimentado, y puede que de vez en cuando te pongas triste porque se ha terminado, pero sabes que no estaba destinado a durar para siempre.

—Gracias, Lau. —Me seco una lágrima de la mejilla—. ¿Crees que Graham lo sabía? Debería haberme avisado.

—Al final Graham solo se preocupa de sí mismo. Lo más probable es que esté demasiado ocupado con su nueva novia para pensar en ti y en Ethan. Pero si me lo preguntas, estoy segura de que lo sabía. Son mejores amigos.

Se pone de pie.

—Tienes razón. —Extiendo el brazo para que me ayude a levantarme también—. Los odio muchísimo a los dos.

—Así me gusta —dice bromeando solo a medias.

23
Ethan

Enero de 2018

Carajo.

¿Cómo puede ser que vivamos en el mismo edificio? ¿No se supone que esta es la ciudad más poblada de Estados Unidos? Si antes no lo hacía, está claro que ahora me odia.

Dejo mi comida para llevar sobre la encimera. Ya ni siquiera tengo ganas de comer, cosa que es muy poco propia de mí, porque jamás me salto una comida. Mis *roomies*, Noah y Alex, no han llegado todavía, así que me quito la ropa en el pasillo hasta quedarme en bóxers y me dirijo al cuarto de baño. El agua, tan caliente que hierve, cae sobre mi espalda mientras estoy de pie bajo la regadera, pensando en todo lo que Sloane y yo hemos pasado durante el último año y medio.

Cuando termino de rememorar el año y medio más extraño de mi vida, recaliento el cuenco de chipotle y me siento en el sillón para comérmelo. Reviso Netflix y me doy cuenta de que no hay nada nuevo que no haya visto, así que decido llamar por FaceTime a Graham.

—Pero ¡mira quién es! —responde.

—¿Es Ethan? —Emily aparece por detrás de él con una enorme sonrisa—. ¿Qué tal por la ciudad?

—Hola, Em —la saludo—. Hace un frío terrible.

—Es enero. Además de eso, ¿todo bien? —me pregunta Graham—. ¿Qué tal el trabajo? ¿Y tus compañeros de departamento?

—El trabajo es genial, y mis compañeros molan. —Hago una pausa—. Pero hay una cosa...

Graham recoloca el celular como si ahora estuviera totalmente centrado en la conversación.

—¿Qué?

—Pues, eh..., es que Sloane vive en mi edificio.

El nombre es como un peso sobre mi lengua. Mi amigo se queda boquiabierto.

—Estás bromeando, ¿verdad?

—Amigo, ojalá. King me sugirió que me viniera a este sitio; debe de ser bastante popular.

—Espera, ¿Blake King? —me pregunta Graham, todavía incrédulo.

—Sí, hablé con él antes de mudarme aquí para pedirle que me recomendara departamentos.

—No puede ser... King es el *roomie* del novio de Sloane, idiota.

—¿Blake King y Reese Thompson son compañeros de departamento? —Me siento confundido—. Sabía que Sloane y Reese estaban juntos, pero no me había dado cuenta de que ellos siguieran en contacto.

Graham se ríe y niega con la cabeza.

—En serio, tienes que empezar a utilizar más las redes sociales. Ni siquiera te habrías enterado de que Sloane tenía novio si yo no te lo hubiera contado. Pero, en fin, ¿van a hablar del tema?

—Seguramente no —respondo encogiéndome de hombros.

—No te entiendo, amigo.

Le lanzo una sonrisa.

—Yo tampoco.

Colgamos y me quedo mirando la pantalla del televisor apagada. Me pregunto dónde estarán Noah y Alex. Envío un mensaje al chat grupal, esperando que se queden un rato más donde estén. Me vendría bien beber algo.

—¡Ahí está! —dice Noah a la vez que me saluda con la mano—. Toma una cerveza del cubo; tenemos un ganador.

Los dardos son algo muy típico de Nueva York. Creo que no los tienen en ningún bar de Wilmington, al menos, no en ninguno donde yo haya estado.

—Bueno, ¿y qué tal tu primera semana oficial en la ciudad? —me pregunta Alex—. ¿Mucho aburrimiento con el trabajo?

—Ahí vamos —respondo—. Por suerte, todavía no.

—Púdrete, Alex —dice Noah mientras quita los dardos del tablero—. Brady, te toca.

—¿Alguien te ha dicho alguna vez que eres muy mal perdedor? —pregunta Alex burlándose de él.

—Cada puto día.

A pesar de que llevo exactamente ocho días viviendo aquí, ya me he dado cuenta de que me va a gustar. Nunca me había imaginado como un chico de ciudad, pero tampoco había pensado nunca que conseguiría un trabajo así. Estaba agradecido a los Clark por proporcionarme una familia y una vida que no creía que me mereciera. Siempre había temido los cambios, pero creo que me estoy empezando a dar cuenta de que son algo bueno. Algo muy bueno.

24
Sloane

Febrero de 2018

Reese me sonríe desde el otro lado de la mesa y después le da un sorbo a su copa de vino. Muevo la lechuga por mi plato mientras él habla sin parar sobre sus nuevos clientes. Me sorprende que no se haya dado cuenta de lo ausente que he estado toda la noche.

Es San Valentín. Nunca antes había celebrado este día con nadie, a excepción de Lauren, claro. Reese había hecho la reservación para cenar con tres meses de antelación, me había enviado una docena de rosas a la oficina y me estaba esperando fuera del edificio cuando salí del trabajo. No podía evitar sentirme como si le estuviera traicionando.

Desde que descubrí que Ethan es mi vecino, me he estado replanteando mi relación con Reese. Él no tiene ni idea de nada de esto, porque quería darme tiempo para procesarlo todo. Ha transcurrido poco más de un mes y todavía no he sido capaz de decírselo. Las cosas con Reese son fáciles, algo que nunca me había pasado con Ethan. Nuestra relación es segura y predecible. Pero, entonces, ¿por qué no parece que sea suficiente?

—Cuando cierre este acuerdo, quiero llevarte a pasar un fin de semana fuera de la ciudad —me dice—. Todavía no hemos hecho ningún viaje juntos.

—Eso estaría bien —respondo, mientras dejo la servilleta sobre la ensalada que apenas he probado.

—¿Adónde quieres ir? ¿Algún lugar cálido?

—¡Sí! Algún sitio que tenga playa. Echo de menos la playa.

—¿No te gusta la comida? Pide otra cosa si quieres —me ofrece.

—No tengo mucha hambre; es que he comido tarde.

Odio tener que mentirle.

Reese se ha convertido en algo familiar. Me he acostumbrado a quedarme dormida junto a él por las noches. Me gusta cómo huele cuando está recién salido de darse un baño y cómo me siento cuando me rodea con los brazos. Nos pasamos las noches de entre semana pidiendo comida a domicilio, y los fines de semana explorando la ciudad. Me ofrece la clase de relación que durante mucho tiempo me convencí de que no me merecía.

—Había pensado que podíamos volver a Wilmington. Mis padres suelen pasar la primavera en la casa de Kure Beach que alquilan durante el verano, y me gustaría mucho que los conocieras.

El vino, mezclado con mi abrumadora sensación de aturdimiento, me hace tragar mal y comienzo a toser. No puedo volver a Wilmington con él. Ni siquiera he vuelto por allí desde la graduación. Esa ciudad tiene a Ethan escrito por todas partes. Es allí donde me enamoré por primera y última vez.

—Lo siento, creo que se me ha ido por otro lado. —Me llevo la servilleta a la boca—. Podría ser divertido.

—Tú piénsatelo. Iré contigo a donde quieras. —Sonríe y le hace un gesto al mesero para que nos traiga la cuenta—. ¿Quieres que nos quedemos en tu casa esta noche? Me siento mal por tenerte siempre viniendo a la mía. El ritmo de trabajo debería empezar a bajar pronto.

—Podemos ir a la tuya otra vez; todavía tengo las sábanas en la secadora.

Y aquí estoy, mintiendo otra vez. No soporto la idea de dormir en el mismo edificio que Ethan con Reese en mi cama. Hay algo en ello que me parece... inapropiado.

En las escasas noches que he dormido en mi propio departamento, me he quedado acostada en la cama preguntándome si él estaría mirando el mismo ventilador del techo que yo. Es como mirar las estrellas sabiendo que la persona que echas de menos comparte el mismo cielo que tú, preguntándote si tú también acudirás a su mente cuando mire hacia arriba.

Soy incapaz de comprender cómo ha ocurrido esto. En esta puta ciudad viven más de ocho millones de personas, y acabo viviendo en el mismo edificio que el único hombre que me ha roto el corazón. ¿Cómo es posible? Al principio pensé que tal vez se tratara de una señal. Que tal vez estábamos destinados a estar juntos. Pero enseguida me di cuenta de que no todas las coincidencias o los encuentros en el supermercado deben significar algo. A veces acabas en el mismo lugar y en el mismo momento que alguien a quien no quieres ver por pura casualidad. Y hay dos formas de lidiar con ello.

Opción número uno: convencerte a ti misma de que hay un propósito para esto y tratar de averiguar cuál es.

Opción número dos: darte cuenta de que ha sido una coincidencia y continuar con tu vida.

Duermo en casa de Reese durante el resto de la semana para evitar pensar en Ethan. Cuando estoy dentro de esta burbuja, a solas con Reese, las cosas van genial. Cuando estoy yo sola es cuando comienzo a caer al pozo.

—Te he traído un café, querida. —Abro los ojos y me encuentro a Reese sentado en el borde de su cama, acariciándome el brazo para despertarme—. Tengo que irme a eso de las bicis con los chicos, pero avísame de lo que vas a hacer esta noche. Podemos salir todos.

Deja una llave sobre la mesita de noche para mí, y yo me doy la vuelta en su cama. A veces me parece inapropiado estar aquí. Saber que yo le gusto más de lo que él me gusta a mí. Llevo la mano a la mesita de noche para tomar mi celular, y entonces comienza a vibrarme en la mano.

—¿Hola? —respondo sin mirar quién es.

—¡No te he visto en toda la semana! —dice Lauren—. Es como si estuviera viviendo sola. ¿Tienes ganas de un *brunch*? Unas cuantas chicas de mi grupo de niñeras van a quedar en Midtown y nos han añadido a la reservación. ¿Puedes estar preparada en casa dentro de una hora?

—Sí, nos vemos en un rato.

Cuelgo el teléfono y me apresuro a salir de la cama. Me lavo los dientes con el cepillo de dientes eléctrico rosa que me compró Reese, a juego con el suyo de color azul. Llevo puesta una de sus camisetas, y todavía tengo restos del rímel que me dio demasiada pereza quitarme anoche. Suelto un suspiro mientras miro a la chica confundida que me devuelve la mirada en el espejo.

¿Por qué no puedo contentarme con él y ya está? ¿El amor es contentarse con alguien? Sé que el amor no es conformarse solo porque la persona con la que estás te quiere del mismo modo que tú has querido a otras personas. Creo firmemente que para que una relación dure toda la vida, ambos deben estar prendados del otro. Y por mucho que lo intente, a veces me preocupa no llegar a sentir eso por Reese.

Lauren y yo llegamos al *brunch* con menos de cinco minutos de retraso, lo cual es un récord para ella. Por lo general, cuando mi amiga dice que vamos a salir a una hora determinada, al final acabamos saliendo, al menos, veinte minutos más tarde. Ese periodo consiste en cuatro cambios de vestuario como mínimo, no encontrar su celular o su identificación oficial y retocarse el maquillaje. Yo no me considero una persona paciente, pero con Lauren tengo que serlo. No me importa tener que esperarla, en fin, al menos la mayoría de los días.

—¡Ahí están! —dice una de las chicas anunciando nuestra entrada—. Ya puede comenzar oficialmente el *brunch.*

En la ciudad, el *brunch* de comida y bebida sin límites tiene un tiempo establecido. Por lo general, tienes alrededor de una hora y media o dos por mesa, para que no te quedes ahí sentada todo el día con una cuenta de cincuenta dólares. Los meseros tienen que ganar dinero de alguna forma, y los *brunchs* de comida y bebida sin límites y las propinas de los clientes borrachos son su forma de conseguirlo.

Cuando apenas han pasado unos minutos desde que hemos empezado, recibo un mensaje de Annie, lo cual no es nada propio de ella un sábado por la tarde.

13:07

Annie Walker: Odio tener que pedírtelo, pero ¿crees que podrías ir a Boston la semana que viene para hablar por mí en una presentación? Tengo a los niños enfermos. Avísame

Una oleada de alivio recorre mi cuerpo. Estoy deseando pasar unos días fuera de la ciudad; no se me ocurre una forma mejor de despejarme. Nunca he estado en Boston, y me encantaría explorar la ciudad por mi cuenta.

—¿Quién es? ¿Reese? —me pregunta Lauren con entusiasmo.

—No, es del trabajo. Tengo que ir a Boston la semana que viene para sustituir a Annie en una conferencia.

—Qué flojera.

Hace un gesto con la boca y arruga las cejas, pero una de las chicas nos interrumpe.

—¡Podríamos ir al Lower East Side después! Seguro que podemos encontrar buena música en directo por allí.

Cuando se termina nuestro tiempo en el *brunch*, nos dirigimos hacia el metro. Ya he bebido bastante, pero supongo que una o dos copas más no me harán daño. Además de Lauren y de Mila, no tengo ninguna amiga en la ciudad. Cuando nos mudamos aquí, dediqué todo mi esfuerzo al trabajo y a la relación a distancia con Ethan. Cuando esta terminó, me concentré en mi trabajo y en superar a Ethan. Ojalá me hubiera dado cuenta de la importancia de hacer amigos en una ciudad tan grande.

Encontramos un bar y nos pasamos las siguientes horas jugando a los dardos y escuchando grupos de música que hacían versiones. Tras unas cuantas bebidas más, siento que me vibra el celular en el bolsillo trasero. Dejo que la llamada vaya al buzón de voz y después veo que tengo tres mensajes sin leer de él.

19:39

Reese Thompson: Vamos a ir de precopeo al Gem dentro de un rato

21:17

Reese Thompson: Estoy en la parte de atrás, junto a la pista de baile

21:45

Reese Thompson: Te extraño, querida

Esos mensajes hacen que me entren ganas de tomarme otra copa. La cantidad de alcohol que estoy bebiendo hace que quiera pensar en Ethan y olvidarme de Reese. Está fatal, lo sé. Pero no puedo evitarlo. Antes de volver a guardar el celular, compruebo las redes sociales para ver si Ethan ha subido alguna historia hoy. Nada. ¿A lo mejor debería decirle algo y ya está? Estoy librando una batalla interna que sé que no puedo contarle a Lauren, porque me diría que no le escribiera. Y eso es exactamente lo que debería hacer.

Pero no lo hago.

Menos de una hora más tarde, estoy en el departamento de Ethan, que se encuentra solo un par de plantas por encima del mío. Entrar en él es como cruzar la puerta a una vida pasada; es como estar en Ascent otra vez. Me siento en el sillón, con su piel gastada fría contra la piel desnuda de mis piernas. Aunque estamos en pleno invierno, mi combinación de ropa favorita para salir es una falda, mallas, un *body* y botas altas. Doy gracias al cielo por los guardarropas para dejar los abrigos que hay en Nueva York. Examino su departamento: muebles dispares que probablemente habrá tomado de la calle, dos televisores colocados como el sueño de un fanático del futbol y paredes vacías que estoy segura de que jamás se llenarán.

—¿Quieres tomar algo? —me pregunta la voz tranquila y familiar de Ethan desde la cocina.

—Claro —respondo, y mi voz suena más firme de lo que me siento. Ya sobrepasé mi límite hace varias copas.

—Lo único que tengo es *whisky* —me dice.

Acepto el vaso y me concedo un momento para observarlo. Él elige un lugar en el extremo opuesto del sillón modular, lo que hace que parezcamos estar a mundos de distancia en el pequeño universo de su sala de estar. Es como si él estuviera respetando las barreras que han crecido entre nosotros, pero todo mi ser estuviera deseando borrarlas. Tomo un sorbo de *whisky* y me arde mientras me lo trago.

—Quiero pedirte perdón otra vez por esto —dice rompiendo el silencio que se ha asentado cómodamente a nuestro alrededor.

—No pasa nada; no lo sabías —le tranquilizo, como siempre hago.

—A ver, sabía que vivías en la ciudad. Lo mínimo que podría haber hecho era mandarte un mensaje.

—No te equivocas —respondo, a la vez que asiento con la cabeza.

—Y bueno, ¿por qué me has escrito tú? —me pregunta—. ¿Eso era todo lo que querías? ¿Una disculpa y una bebida gratis?

Titubeo; la verdad se arremolina en mi vaso.

—No puedo responder a eso.

—¿Por qué no?

Levanta una ceja.

—Esta no es mi primera bebida de la noche, Ethan.

Me río y agito un poco el vaso, juguetona, hasta que unas gotas de *whisky* acaban sobre mi regazo.

—Ok, ok. Dame eso.

Se acerca a mí y lleva la mano al vaso. Por un momento, todo desaparece salvo nosotros.

—¡No me digas! —protesto.

Inclino el cuerpo para alejarlo del suyo, sosteniendo el vaso tan alto y tan lejos de su alcance como puedo. Ethan lo toma y lo deja sobre la mesita del café mientras coloca su cuerpo encima del mío. Ahora está más cerca y su presencia es como una fuerza de gravedad de la que no estoy segura de querer escapar.

—Entonces, ¿puedo preguntarte otra cosa? —inquiere tras alejarse un poco.

—Claro —respondo, aunque es más una afirmación que una pregunta.

Él titubea antes de continuar.

—Pues... es por el artículo. —Un nudo comienza a formarse en mi garganta—. Suponías que lo iba a leer. A ver, que por eso lo escribiste —continúa—, ¿verdad?

—No lo sé. —Me reclino en el sillón, con la esperanza de hundirme entre los cojines y escapar de esa conversación—. Empezó como una forma de impedirme contactar contigo. No dejaba de escribirte a todas horas. En mi cuaderno, en la aplicación de notas, en mensajes que borraba y ya está. Era como una terapia. No tenía intención de publicarlo, pero un día simplemente decidí proponérselo a Annie, y, en fin, me alegra haberlo hecho. Pero no pensaba que lo leería tanta gente, y tampoco tú.

—Ya... —dice, y su voz se apaga.

—Lo siento.

—Sloane —susurra—, no tienes nada que sentir. Yo soy el que lo siente. Me he odiado durante mucho tiempo por lo que te hice. Jamás quise hacerte daño.

—Lo sé. Lo triste es que, por mucho que lo intentara, no podía odiarte. Creo que jamás seré capaz de odiarte.

En un instante, su mano me toma el muslo y su rostro se encuentra a unos centímetros del mío. Se me ruborizan las mejillas y se acelera mi frecuencia cardiaca. Esto es lo que Ethan provoca en mí siempre.

—Hola —digo con nerviosismo.

—Hola —contesta él contra mi pelo—. ¿Te parece bien esto?

Recuerdo cuando era suya y no tenía que preguntarme si lo que hacía me parecía bien; podía hacerlo sin más porque sabía que yo quería que lo hiciera. También recuerdo que ahora soy de otra persona. Alguien que es amable. Alguien que es cariñoso. Alguien que jamás me haría lo que me hizo Ethan. Alguien que me quiere.

—No. —Encuentro las fuerzas para decirlo y me alejo de él—. Lo siento. No sé qué estoy haciendo aquí. No tendría que haber venido.

El espacio entre nosotros crece, no solo de forma física, sino porque somos conscientes de que algunas distancias no se pueden medir. El *whisky* se queda sobre la mesa mientras me pongo de pie para irme, con el sabor del pesar y las posibles consecuencias en mi lengua. Tomo el bolso y camino hacia la puerta esperando que me diga que pare. No lo hace. Por supuesto que no lo hace. Llevo la mano a la perilla y sigue sin hacer nada. Mientras cierro la puerta detrás de mí, una lágrima cae por mi mejilla. ¿Cómo he podido volver a este punto? Después de varios meses pasando página, vuelvo a sentirme exactamente igual que la mañana en que se fue camino del aeropuerto.

Bajo la escalera que lleva hasta mi departamento y saco el celular para llamar a Reese.

—¡Hola! —grita por encima de la fuerte música.

—¿Puedes venir a mi casa?

—Pensaba que no me lo ibas a pedir jamás. Deja la llave sin seguro, voy de camino.

Cuelga el teléfono.

Me pongo mi pants favorito y me lavo la cara para que no se dé cuenta de que he estado llorando. Mientras me limpio el rímel de debajo de los ojos, observo fijamente mi reflejo de la misma forma que lo hice esta mañana y me pregunto en quién me he convertido. Estoy enamorada de una persona que no puede corresponderme y que me lo ha dicho más veces de las que puedo contar. Reese está seguro de lo que siente. Jamás ha dudado de sus sentimientos hacia mí, y eso es todo lo que siempre he querido. Me recuerdo eso hasta que se me queda grabado.

—¿Sloane? —me llama Reese.

—¡Estoy aquí!

Se sienta en mi cama y extiende los brazos, haciéndome un gesto para que me acerque a él. Me pongo de pie entre sus piernas y coloco ambas manos sobre sus hombros. Él deja las manos sobre mi cintura y después levanta la mirada hacia mí, esperando a que lo bese. Besar a Reese es distinto a besar a Ethan. Es más suave y menos apasionado.

Lo beso con más fuerza y espero a que su boca me siga. Reese lo hace y desliza la mano por debajo de la parte delantera de mi sudadera. Después, siento que su otra mano sube por mi espalda y me desabrocha el brasier antes de quitármelo con la sudadera. Finalmente, toma el control. Me bajo de su regazo y me acuesto sobre la cama, me quito los pantalones y la ropa interior mientras él se inclina para tomar un condón de mi mesita de noche. Con Ethan nunca utilizaba condones, pero Reese insiste casi siempre.

El sexo con Reese está bien. Solo eso, bien. A veces pienso en Ethan mientras me acuesto con Reese. Está mal, lo sé, pero no puedo evitarlo. Esta noche es una de esas veces.

A menudo me pregunto si alguna vez volveré a sentir las cosas que sentía con Ethan. ¿Es de esa clase de amor que solo encuentras una vez en la vida? Regreso al presente justo cuando Reese está a punto de terminar, y casi desearía no haberlo hecho.

—Te quiero, querida —susurra, con la respiración entrecortada.

Esta es la segunda vez que me lo dice sin esperar que se lo diga yo también. Me agarro a su cuerpo con más fuerza y clavo los dientes en su hombro ligeramente para evitar responder de inmediato. Necesito retrasar la respuesta el máximo tiempo posible.

Él se aleja de mí y me besa antes de desplomar su cuerpo junto al mío. Nos quedamos acostados durante unos minutos, hasta que me levanto para ir al baño.

—Espera, todavía no.

Me toma del brazo y trata de atraerme de nuevo hacia él.

—Tengo que orinar.

Le doy un beso en el antebrazo como gesto de disculpa y busco una camiseta que ponerme antes de dirigirme hacia el cuarto de baño. Abro la llave para que Reese no pueda oír que no estoy usando el escusado mientras me miro fijamente en el espejo. Me siento parcialmente avergonzada, pero sobre todo confundida.

—¿Estás bien? —me pregunta Reese dando unos golpecitos a la puerta. Tiro de la cisterna y giro la perilla para dejarlo pasar.

—Tenía que lavarme la cara —respondo mientras espero que el agua haya borrado algo más que los restos físicos de una noche de la que no me siento demasiado orgullosa.

—Vente a la cama —dice él; no es una orden, sino una súplica en cuatro palabras.

Me toma las dos manos y me jala para pegar mi cuerpo al suyo. A continuación, sus manos se deslizan hasta mis caderas y después hasta mis nalgas. Me toma en brazos y me carga durante los veinte pasos que nos separan de mi habitación. Creo que podría enamorarme de él. Pero, mientras nos cobijamos entre la calidez de mis sábanas, es como si los centímetros que hay entre nuestros cuerpos fueran kilómetros.

—¿Te pasa algo? —me pregunta.

—No, ¿qué me va a pasar?

He respondido un poco más rápido de la cuenta; me pregunto si tendrá alguna idea de dónde me encontraba hace tan solo una hora.

La cama se mueve mientras Reese se da la vuelta. El alumbrado de fuera proyectan franjas de luz sobre la habitación, y veo un atisbo de preocupación en su rostro.

—No quería sacar el tema, pero ya te he dicho que te quiero dos veces, y tú no me lo has dicho a mí. Te estaba dando un poco de tiempo, pero me parece que igual deberíamos hablar del tema.

Me doy la vuelta para colocarme frente a él. A pesar de que la habitación está a oscuras, la luz del alumbrado entra por la persiana y nos permite vernos un poco las caras. No sé cómo responder a su pregunta, de modo que recurro a otra mentira más.

—Las dos veces han sido durante el sexo. Quiero decirlo cuando lo sienta en un momento diferente.

—Lo siento, querida. Te quiero todo el tiempo, no solo durante el sexo.

Me pone las manos sobre la cara, y sus pulgares acarician la línea de mi mandíbula mientras me acerca para darme un beso lleno de las palabras que no estoy preparada para decir.

Reese me despierta acariciándome la mejilla con los dedos.

—¿Adónde quieres ir a desayunar? —me pregunta.

—No tengo mucha hambre.

Es cierto. Desde que Ethan ha regresado, no he tenido demasiado apetito. Mi ansiedad me lo ha robado.

—¿Y si te dijera que he conseguido una reservación en La Mercerie para dentro de una hora? —me dice.

—¿En serio?

Las palabras se me escapan como algo a medio camino entre un susurro y un grito ahogado mientras me incorporo sobre los codos.

Hay un brillo juguetón en sus ojos mientras responde, y las comisuras de su boca se elevan en una sonrisa.

—Ve a prepararte —dice entre risas.

Hemos estado tratando de conseguir una reservación en ese sitio desde hace semanas. Cuando estábamos en la universidad, Reese estudió en el extranjero, y me ha dicho que La Mercerie es lo más cercano que hay en la costa Este a las pastelerías francesas. Así que, por supuesto, necesito asegurarme de que no esté exagerando.

Cuando las puertas del elevador se abren, un momento que jamás habría querido experimentar se desarrolla a lo que parece cámara lenta. La mano de Reese es cálida entre la mía, hasta que levanto la mirada y ahí, como una estatua, está Ethan. El aire se vuelve más cargado, y experimento un retortijón en el estómago. No se me dan demasiado bien las situaciones incómodas, y menos aquellas en las que estoy mintiendo a alguien que me importa. No había llegado a encontrar el momento apropiado para contarle lo de mi nuevo vecino.

Nuestros pasos están sincronizados mientras pasamos en silencio junto a Ethan. Estoy conteniendo el aliento y sigo aferrándome a la mano de Reese, esperando que este episodio de silencio no termine jamás. Pero el silencio, al igual que la verdad, es algo muy frágil.

La mano de Reese se tensa de forma imperceptible y los bordes de sus dedos me aprietan ligeramente la piel, un indicador silencioso de la furia que claramente está sintiendo. Salimos a la fresca mañana y los sonidos de la ciudad se apresuran a llenar el vacío entre nosotros. Solo cuando Reese me suelta la mano y su voz corta el aire, me doy cuenta de lo afectado que está en realidad.

—¿En serio, Sloane? Es broma, ¿verdad?

Va subiendo la voz mientras me abre la puerta del Uber que hemos pedido.

—Te lo puedo expli...

La interrupción llega con rapidez, y sus palabras cortan las mías.

—No voy a aguantar esto. Es tremendamente patético. ¿Por qué está aquí?

Me acribilla a preguntas en el espacio confinado del coche.

—Para.

Hago un gesto sutil con la cabeza hacia el conductor, cuya incomodidad es palpable.

—Deja de tratar de distraerme del hecho de que acabamos de encontrarnos con tu ex en el edificio donde vives. —Ahora está gritando—. ¿Por qué estaba allí, Sloane?

—Parece que tu querido amiguito Blake no te lo ha dicho. —Mi tono iguala el suyo, porque ahora yo también estoy enojada. De no ser por Blake, no estaríamos metidos en este lío—. Él ayudó a Ethan a encontrar casa.

—Carajo. —Baja la cabeza, derrotado—. Me parece que Blake no sabe que ustedes dos habían tenido algo. ¿Cuánto tiempo hace que lo sabes? ¿Por qué no me lo has contado?

—Me he enterado hace nada —le miento—. Me encontré con él en el vestíbulo hace un par de días.

Días, semanas, ¿qué diferencia hay? Miro el retrovisor y capto un vistazo cauteloso del conductor, y me pregunto qué estará pensando.

El silencio cae sobre nosotros y concentro la mirada en la ciudad, que pasa junto al coche. Cafeterías y restaurantes que nos encantan, esquinas donde nos hemos besado, pasos de cebra en los que nos hemos tomado de la mano. ¿Será esto el fin de lo nuestro? Si es así, supongo que me lo merezco.

—Lo siento. —Suelta aire—. Supongo que estoy exagerando. Es que me ha sentado como un puñetazo en el estómago que supieras que vivía allí y no me lo dijeras. Odio haberme enterado de esta forma.

—Lo sé —respondo en voz baja. Coloco la mano sobre su muslo con suavidad a modo de ofrenda de paz—. Yo también lo siento. Sinceramente, estaba tratando de evitar pensar en él por completo. No valoré cómo te haría sentir, y tendría que haberlo hecho.

—No pasa nada. No tendría que haberme enojado tanto. —Toma mi mano y entrelaza sus dedos con los míos—. Te quiero. Lo sabes, ¿verdad?

—Yo también te quiero.

Por fin se lo he dicho, y no creo que sea mentira. La idea de perderlo me hace darme cuenta de que tal vez sí que me estoy enamorando de él. Le aprieto la mano, y entonces me da un beso en la frente.

Dos palabras pueden cambiar demasiadas cosas. Dos palabras pueden hacerte perdonar por completo a alguien y olvidar por qué te habías enojado siquiera con él. Dos palabras pueden hacerte sentir como si fueras la persona más importante del mundo, y para Reese, yo lo era. Eso lo sabía.

25
Sloane

Febrero de 2018

Siempre he sentido mucha paz viajando sola. Me encanta llegar al aeropuerto con un poco de antelación, a pesar de que paso los controles enseguida gracias al sistema PreCheck. Mi rutina consiste en encontrar un bar y pedir una copa de *sauvignon blanc* y una ración de papas mientras observo a la gente y me pongo al día con el trabajo. Me siento inspirada al ver los aviones despegar y aterrizar, me pregunto quién irá dentro, adónde irán o dónde preferirían estar.

Pago la cuenta y recorro la terminal para buscar mi puerta. De algún modo, consigo hacerme con un asiento libre entre el mar de personas que aguardan para ir a Boston. Estoy mirando el celular, esperando a que comience el embarque, cuando veo la publicación: Graham le ha propuesto matrimonio a Emily.

La historia de esos dos es bonita. Se conocieron en una fiesta de la empresa de la familia Clark, donde la madre de Emily es la jefa de *marketing*. A la mañana siguiente, Graham me envió un mensaje contándome que había conocido a su futura esposa. En ese momento me reí del tema, pero ahora sé que lo decía en serio. No puedo creer que algunas personas lo sepan sin más, con tanta facilidad. Me pregunto si ese era el sentimiento que atravesó mi cuerpo en el momento en que conocí a Ethan, o si tan solo era la forma que tenía mi cuerpo de decirme que me alejara de él. Estoy muy contenta por ellos, pero no puedo evitar sentirme un poco nostálgica y triste. En su día me había imaginado que la boda de Graham sería muy diferente.

Ethan y yo compartiríamos una habitación del hotel. Yo me estaría vistiendo mientras él se metía en la regadera. Él pondría a Frank Sinatra a todo trapo y cantaría a un volumen irracional, porque eso siempre me hacía reír. Trataría de bailar conmigo y yo lo empujaría con ademán juguetón, cuidadosa de que no me estropeara el pelo o el maquillaje. Aunque le dejaría besarme de todos modos. Siempre había estado dispuesta a besarlo. Bueno, al menos, hasta el fin de semana pasado.

La voz del encargado de la puerta resuena por el altavoz.

—Comienza el embarque del grupo cinco.

Vuelvo de golpe a la realidad, tomo mi maleta y me dirijo hacia la fila. Escaneo mi tarjeta de embarque y avanzo hasta mi asiento, el 13A. Siempre elijo un asiento junto a la ventanilla, y solía preguntarme si eso tendría que cambiar si alguna vez viajaba con Ethan. ¿Estaría cómoda sentándome en el asiento de en medio? ¿O seríamos una de esas parejas que se sientan cada uno a un lado del pasillo? Ahora jamás lo sabré. ¿Cómo es que sigue siendo una parte tan prominente de unos recuerdos que ni siquiera estoy creando con él?

A mitad del vuelo, me siento lo suficientemente aburrida como para ponerme a limpiar las fotos del celular, así que voy a la parte de arriba del álbum. Me encuentro con las primeras fotos que subí a iCloud, que resultan ser del día de la mudanza del último año en la universidad. Por lo general, trato de evitar ver mis fotos con Ethan, pero, a veces, cuando es tarde por la noche y me he tomado unas cuantas copas de vino, el dolor de mi corazón me convence para revisar las fotos que no soy capaz de obligarme a borrar. Hoy decide atacarme en mitad de la tarde.

Repasando los recuerdos almacenados en mi celular, veo cómo se desarrolla nuestra historia. Una foto borrosa de los chicos sentados en nuestro sillón la primera noche que jugamos a las cartas. Una selfie de Lauren y Graham mientras Ethan aparecía por detrás para fastidiar. La primera foto que nos sacamos los dos solos, en mi vigésimo segundo cumpleaños. Aquí está todo. Es muy fácil mirar atrás e idealizar las partes buenas. Las risas, los besos, las citas, los viajes por carretera. Pero ¿qué hay de las peleas? Los gritos, los llantos, las noches que salía como una exhalación de mi dormitorio y se iba a su propia cama. Eran momentos que jamás documentábamos y de los que apenas hablábamos. Es como si nunca hubieran existido. Es fácil recordar los momentos buenos cuando son lo único que queremos ver.

En este avión, entre la maleza de fotos que desearía que no hubieran existido jamás, algo se rompe al fin dentro de mí. Así no es como se suponía que iban a ser las cosas. Se suponía que iba a estar volando a casa, hacia él, mientras averiguábamos cómo lidiar con la relación a distancia. Pero, en lugar de eso, estoy consumiendo a Ethan mediante viejos recuerdos. Odio tener que molestar a mis vecinos de asiento mientras me disculpo para ir al baño, y trato de no agarrarme a los reposacabezas de los asientos de otras personas mientras me dirijo hacia la parte delantera del avión. Me encierro en el baño y apoyo la cabeza entre las manos. Menos mal que es un vuelo corto.

Mi alarma suena antes de lo habitual, y me quedo ahí acostada durante unos minutos antes de que comience el día. Miro a mi alrededor, a la fría y moderna habitación del hotel, y trato de recordar la época en la que soñaba con tener un trabajo como el que ahora tengo y viajar por mi cuenta. Ese pensamiento y el antojo de un *latte* con vainilla me hacen salir de la cama y tomarme un baño. Todavía me sorprende que Annie me escogiera para hacer la presentación en su nombre en el Taller de Escritores de Boston, pero estoy segura de que ha sido porque mi carta abierta sigue teniendo el título del artículo más leído de *The Gist* de este año.

Hay un Starbucks en el vestíbulo del hotel, así que me detengo ahí antes de dirigirme a la conferencia. Si no fuera con el tiempo justo, buscaría alguna cafetería local, pero voy a tener que conformarme con esto. Boston en febrero es todavía peor que Nueva York, lo que creía imposible. Apenas soy capaz de sentir las manos, incluso con los guantes puestos mientras sujeto el café caliente. Por suerte, el centro de conferencias se encuentra a solo una manzana de distancia, no tengo que ir demasiado lejos. Oigo que el celular suena en el bolsillo de mi gabardina, así que llevo la mano hacia él.

—¿Hola? —respondo.

—Buenos días, querida —me saluda Reese al otro lado de la línea—. No sabía si te iba a encontrar. ¿Cómo estás hoy?

—Estoy bien. Bastante nerviosa, pero estoy emocionada. Lo he estado recitando todo básicamente desde que salí de Nueva York. Pero voy mal de tiempo y justo estoy llegando ya, así que voy a tener que colgarte —le explico soltando las palabras a tropezones en un torrente frenético.

—Lo sé —dice, y su voz calmada contrasta con la mía.

—¿Cómo que lo sabes?

Me reajusto el bolso sobre el hombro y miro hacia arriba para asegurarme de que estoy a punto de entrar en el edificio correcto.

—Estoy aquí —revela Reese a través del celular. Y cuando levanto la mirada para verificar su afirmación, ahí está él, plantado en el vestíbulo justo delante de mí.

—¿Qué estás haciendo aquí?

La pregunta se me escapa con un susurro sobresaltado mientras sus brazos me rodean para darme un abrazo tranquilizador.

—Me he subido en el primer avión de esta mañana. Le dije a mi jefe que mañana trabajaría desde nuestra oficina en Boston y me reuniría con algunos clientes en su nombre si me daba la mañana para viajar. Tengo que hacer algunas llamadas, pero he bloqueado mi agenda durante tu sesión para poder asistir. Tómatelo como un regalo de cumpleaños adelantado.

—No hacía falta que hicieras eso —digo, conmovida por su consideración y sintiéndome todavía más culpable por no admitir toda la verdad sobre Ethan.

—Quería hacerlo. Me siento mal por cómo hice las cosas el fin de semana y sé cuánto significa esto para ti, así que quería venir para animarte. Además, imaginarte haciendo una presentación en el escenario me ponía un poco.

Sus palabras suenan juguetonas.

—Anda, para ya. —Me ruborizo—. Tengo que ir a registrarme y prepararme. ¿Estarás bien tú solo hasta que termine?

—Sí, voy a trabajar desde la cafetería que hay al otro lado de la calle, y volveré aquí a eso de las diez y media. Tu parte comienza a esa hora, ¿verdad? ¿Tienes que quedarte para las demás o tendrás tiempo para ir a comer después? Hace años que no vengo por Boston, pero hay unos cuantos sitios que quiero enseñarte.

—Soy tuya para la comida y para la cena —le prometo antes de darle un beso en la mejilla y dirigirme hacia la recepción.

A veces una anhela esos pequeños momentos en las relaciones, y aquel era uno de ellos. Siempre había querido que alguien me sorprendiera. Me daba igual que fuera llamar a mi puerta sin avisar, enviarme flores a la oficina porque sí o presentarse en un evento especial donde no esperaba que estuviera. Que Reese haya venido me hace sentir importante.

Unas horas más tarde, presento las diapositivas de Annie, que yo le ayudé a crear, sobre la importancia de contar una historia, y también me aseguro de transmitir mi propia personalidad con ellas. En la universidad nunca entendía muchas de las cosas que me enseñaban en clase, así que me aseguré de que la presentación fuera cercana y fácil de comprender. Utilicé mi artículo «Carta abierta al chico que no quería salir conmigo» a modo de ejemplo. La razón por la que había tenido tanto éxito casi de la noche a la mañana no era solo porque se trataba de un tema del que no se solía escribir ni hablar demasiado, sino porque me había mostrado vulnerable. Había contado mi historia y había dejado el resto en manos del destino.

Vuelvo al recibidor y me encuentro con Reese en un banco justo al otro lado de las puertas.

—Querida, lo has hecho genial. —Me toma la cara y me besa—. En serio, gran jefa.

Me sorprende que me demuestre tanto apoyo por un artículo que trata sobre alguien que detesta.

—Ok, ok, tranquilo —digo con tono risueño, a pesar de que no quiero que pare.

—Solo digo que estoy orgulloso de ti. Es genial ver la pasión que tienes por tu trabajo. —Me da un codazo—. Y ahora, vamos a explorar. Y a celebrar, por supuesto.

—¿Qué pasa con tus reuniones?

—Las he aplazado —responde con una sonrisa—. Estamos aquí, así que vamos a aprovecharlo.

No me considero a mí misma una persona espontánea. Soy de las que planifican, y me gusta prepararme para lo que sea que esté por venir, pero es como si algo me invadiera. Antes de buscar un sitio para comer, vamos a mi hotel para que Reese deje la maleta en mi habitación. Había decidido quedarme en el distrito de Seaport, porque allí era donde iba a tener lugar la conferencia, pero sabía que Reese querría enseñarme el centro y llevarme a sus lugares favoritos. Yo no soy tan entusiasta de la comida como él, así que por lo general simplemente le sigo y confío en que las reservas que haya hecho sean buenas.

Llegamos a la puerta de mi habitación y una oleada de espontaneidad me invade. Abro la puerta mientras Reese me sigue hacia el interior y deja sus cosas cerca del armario. Me acerco a él por detrás y le rodeo el estómago con los brazos.

—Alguien está de buen humor.

Se da la vuelta y yo lo miro desde abajo con una expresión en los ojos que espero que diga «bésame». Se alza sobre mí, y en este momento me doy cuenta de cuánto me gusta que sea tan alto. Sus labios bajan hacia los míos y pierdo por completo el hilo de mis pensamientos.

Reese me empuja con suavidad contra las puertas del clóset y continúa besándome, pero con más fuerza esta vez. Me pego a él y mi boca sigue sus movimientos hasta que se separa de mí y me conduce hasta la cama. Nos quitamos la ropa de forma simultánea, y le hago un gesto para que se tumbe sobre el colchón, para colocarme encima de él. En este momento, necesito sentir que tengo el control.

Cuando terminamos, lo beso. Después nos quedamos acostados el uno al lado del otro, respirando trabajosamente en silencio.

Tomo mis pantalones del suelo y los doblo mientras trato de recordar qué otra ropa me he traído para el viaje, preferiría no tener que llevar pantalones de vestir durante el resto del día. Reviso mi maleta y me pongo mis jeans favoritos y un suéter de cuello alto grueso de tono neutro; el atuendo perfecto para el frío.

—Tu celular ha estado vibrando —dice Reese, y me lo entrega mientras se pasa el cinturón por una de las trabillas de sus pantalones de vestir azul oscuro. Tomo el teléfono y veo que tengo cuatro llamadas perdidas de Lauren.

—¡Qué demonios! —grita cuando le devuelvo la llamada.

Reese me mira con una expresión de «¿Estás bien?», y yo asiento con la cabeza mientras me preparo para la conversación que sé que está a punto de tener lugar.

—¿Has visto la publicación? —adivino.

—¿Ya lo sabías? ¿Por qué no me has llamado? ¿O un mensaje al menos?

Lauren está ligeramente más enojada de lo que me habría esperado.

—Lo vi cuando estaba a punto de poner el celular en modo avión y después me tomé dos copas de vino durante el vuelo, así que para cuando aterricé creo que se me olvidó que lo había visto. Lo siento mucho, Lau.

—No pasa nada. A ver, no es que no pase nada, pero lo entiendo. ¡No me lo puedo creer! Llevan saliendo ¿cuánto?, ¿poco más de un mes? Solo tenemos veintitrés años, ¿a qué viene tanta prisa en comprometerse? —No deja de despotricar—. ¡Qué barbaridad!, ¿crees que la habrá dejado embarazada?

—Dudo que esté embarazada. Creo que se siente preparado para sentar cabeza, y ya está. Además, ya conoces a su familia. Son tan estrictos que si no pueden vivir juntos hasta el matrimonio, este era probablemente el siguiente paso.

—¿Tú sabías que iba a pasar?

—No, no tenía ni idea.

—Eso me hace sentir mejor. —La oigo suspirar. No me puedo ni imaginar cómo se siente, y espero no tener que hacerlo nunca—. ¿Cómo ha ido lo de hoy? ¿Cuándo vas a volver a casa? Te extraño.

—¡Ha ido genial! Acabo de volver a la habitación y estaba a punto de salir para comer algo, pero volveré mañana. ¿Quieres que salgamos? —le sugiero.

Me abstengo de mencionar que Reese me ha dado una sorpresa en Boston, porque no me parece que sea el momento apropiado para sacar el tema.

—¿Una salida de mejores amigas? Me apunto. Voy a hacer una reservación para cenar, y después podemos ir a algún bar. Te quiero. Espero que esta noche no sea demasiado horrible. ¡Prueba a ir a algún sitio que no sea el restaurante del hotel!

Lauren sabe que odio salir a comer por mi cuenta; me hace sentir demasiado sola. Miro al otro lado de la habitación en dirección a Reese, que está esperando pacientemente a que acabe, sin quejarse.

—Lo haré. Yo también te quiero.

Cuelgo el teléfono y suelto un suspiro que no me había dado cuenta de que estaba conteniendo.

—¿Nos vamos ya a comer? —me pregunta Reese, dirigiéndose hacia la puerta.

Mientras lo sigo por el pasillo, no puedo evitar preguntarme qué pensará Ethan sobre el compromiso de Graham. ¿Estará pensando en mí de la misma forma que yo estoy pensando en él?

Regreso a Nueva York al día siguiente sin saber todavía lo que es viajar con tu pareja, dado que Reese se ha quedado en

Boston por trabajo. En cierto modo, me alegro un poco. El conductor del Uber saca mi maleta de la cajuela y le doy las gracias por el trayecto antes de saludar a Phillip en la puerta del edificio.

—Ya me he enterado de que tendrán compañía de fuera de la ciudad esta semana —me dice.

—Ah, ¿sí?

Me pregunto si Lauren habrá invitado a las chicas de su grupo de niñeras a venir con nosotras. Supongo que lo averiguaré enseguida.

—Que pases buena noche, Sloane.

Asiente con la cabeza y deja mi pregunta flotando en el aire.

Termino de cruzar el vestíbulo y subo en el elevador. En cuanto las puertas se abren y salgo a la cuarta planta, oigo música fuerte y risas que vienen de nuestro lado del pasillo. Al menos Lauren parece estar de mejor humor que la última vez que hablé con ella. Abro la puerta de entrada y veo un par de zapatos delante de nuestra mesita de la entrada que no reconozco.

—¡Ya he vuelto! —saludo.

—¿Es Sloane? —dice una voz femenina familiar a la vuelta de la esquina. Tardo un segundo en reconocerla.

—¡Jordan! —Suelto la maleta y voy corriendo a la cocina—. ¿Qué estás haciendo aquí?

—Alguien tenía que venir a recoger sus pedazos, ¿no te parece? —Hace un gesto en dirección a Lauren, y todas nos reímos—. ¡Pero también he venido para celebrar tu cumpleaños por adelantado!

—¡Reencuentro de *roomies*! —añade Lauren sonriendo de oreja a oreja.

Me voy por el pasillo para prepararme y ponerme al día con su nivel de borrachera. Ya en mi habitación, abro la maleta y saco mis jeans favoritos, que probablemente debería lavar, pero decido que pueden aguantar una noche más. Miro fijamente el pequeño abismo que es mi armario y trato de decidirme por un top que ponerme antes de optar por un *body* de color negro. Otra prenda habitual. Termino el conjunto con unas botas bajas negras y me retoco el maquillaje antes de volver a la cocina para la previa.

Pasar un fin de semana con Lauren y Jordan me provoca un cóctel de emociones; especialmente ilusión y ansiedad. Me he estado esforzando mucho por dejar atrás la persona que era en la universidad. Quiero crear recuerdos nuevos, enamorarme y dejar de compararlo todo con Ethan. Con nuestra antigua compañera aquí, eso parece imposible.

—¿Te encuentras bien? —me susurra Jordan.

—Solo estoy agotada por el viaje —le miento—. ¡Pero estoy muy contenta de que hayas venido!

—Los extrañé mucho —responde ella—. Wilmington no es lo mismo sin ustedes.

—¡Pues múdate a la ciudad! —dice Lauren—. ¿No has visto a esa gente que mete como a cinco personas en un departamento de dos habitaciones utilizando paredes plegables? Podríamos hacer eso.

No sabría decir si está hablando en serio o no.

—A lo mejor me lo planteo para el año que viene. Pero preferiría no tener una habitación de paredes plegables y escucharlos a las dos teniendo sexo a todas horas. Y hablando del tema, Lauren me ha puesto un poco al día. —Jordan se gira hacia mí—. ¿Ethan? ¿Viviendo en este edificio? Es rarísimo.

Les cuento a las dos el incómodo encuentro en el elevador entre Ethan y Reese, lo mucho que se enojó este último y que luego me sorprendió en mi viaje de trabajo. Cuando lo digo en voz alta, la verdad es que mi vida no suena tan mal.

Tengo que admitir que no lo está. Mal, me refiero. Pero ojalá supieran lo que estoy sintiendo en realidad. En circunstancias normales se lo contaría, pero esta noche no me parece el momento apropiado. Esta noche es para Lauren.

—¡Segunda cita dice que él y unos amigos quieren quedar con nosotras! —anuncia Lauren. La expresión en el rostro de Jordan dice que se siente más que confundida—. ¿Quieres probar algún sitio en particular? Si no, puede elegir la futura cumpleañera.

—«Segunda cita» es su apodo —le explico a Jordan mientras niego con la cabeza ante la propuesta de Lauren—. Es el único chico de la ciudad que ha conseguido llegar a la segunda cita. ¿Cómo se llamaba en realidad?

—Miles, pero será mejor que no nos precipitemos.

Jordan y yo nos miramos con los ojos muy abiertos y una sonrisa. Tengo la sensación de que esto es más que una segunda cita para Lauren, y me parece que Jordan también lo piensa.

La fila del Flying Cock no es demasiado larga, de modo que entramos enseguida. Miles pide una ronda de shots de tequila con rodajas de naranja, y me doy cuenta de por qué le gusta tanto a Lauren. No solo es alto, guapo y con buen cuerpo, sino que cuida de ella y sus amigas. Para Lauren, eso es innegociable.

—Vamos por otro shot —dice Jordan entrelazando su brazo con el mío y conduciéndome hacia la barra—. ¿Qué sabes del amigo de Miles?

—¿Cuál de ellos? —le pregunto—. En realidad no conozco a ninguno de ellos, pero puedo tratar de averiguar algo.

—El más bajo —responde—. ¿No los conoces? ¿No han salido todos juntos?

Ahora me siento mal. ¿He sido una muy mala amiga con Lauren? No conozco a Miles, no estaba allí para ella cuando Graham anunció su compromiso, y ni siquiera sé cómo se llama ninguna de las personas con las que ha estado pasando el rato estas últimas semanas. He estado tan absorta en la telenovela de Ethan y Reese que he dejado en un segundo plano a todos los demás. Me había dicho a mí misma que eso era algo que no haría jamás cuando tuviera una relación.

Pero aquí estoy, haciendo justo eso.

—Sinceramente, no he pasado mucho tiempo con ellos. ¡Vamos a socializar! Podemos presentarnos, y estoy segura de que Lauren puede ayudarte.

Jordan me sigue mientras camino a través de la multitud.

Tres horas, dos copas y un shot más tarde, me encuentro en la fila del lavabo comprobando el celular para ver si tengo mensajes nuevos. Ninguno. Regreso a la esquina donde hemos estado toda la noche y me doy cuenta de que el grupo ha menguado.

—Vamos a ir a casa de Miles —me susurra Lauren—. Creo que Jordan está haciendo buenas migas con el amigo de Miles, así que vamos a ofrecerles que se vengan con nosotros. ¿Te quieres venir?

—Creo que mejor no. Estoy un poco cansada, así que voy a volver a casa y me reservaré para mañana. *¿Brunch*?

—Por supuestísimo que sí.

Enseguida soy la única persona de nuestro grupo que queda en el bar. Me dirijo al servicio una última vez antes de volver caminando a casa. Saco el par de guantes que siempre guardo en el bolsillo del abrigo y me los pongo. Mientras bajo por la Tercera Avenida, no puedo evitar pensar en esa vez que Ethan vino de visita. Se sentía tan abrumado por la ciudad que pensé que la odiaba. Y ahora vive aquí.

¿Cómo es posible? Sé que no debería hacerlo, pero marco su número.

Responde más rápido de lo que esperaba.

—¿Sí, Hart?

—¿Puedes venir a buscarme? Estoy tratando de volver a casa caminando desde el Flying Cock y creo que voy por el camino equivocado. Nunca sé seguir las indicaciones para ir caminando que da Apple Maps.

Me tiembla la voz, y me pregunto si debería colgar el teléfono.

—¿Dónde estás? ¿Qué estás viendo? —me pregunta con rapidez.

—Estoy cerca de una lavandería y una farmacia.

Agarro el celular un poco más fuerte.

—Eso no me ayuda mucho. ¿Me mandas tu ubicación?

Su tono suena práctico y solícito.

—Está bien. —Desbloqueo el celular y sigo sus indicaciones—. Ya está.

—Quédate ahí, iré por ti —me asegura.

En cuestión de minutos, vuelvo a estar cara a cara con Ethan Brady, insegura de lo que debería sentir y de cómo debería actuar. Mi cuerpo entero se enciende cuando lo veo. ¿Cómo se supone que podría competir alguien con esta sensación? Es imposible.

—No deberías volver a casa caminando sola. ¿Dónde está Lauren? —me pregunta.

—Se fueron todos antes que yo.

Continúo caminando y él me sigue. Rezo para que no saque el tema de Reese porque ya sé que lo que estoy haciendo está mal. No quiero pensar en hacerle daño. En este momento, lo único en lo que puedo pensar es en Ethan. Quiero fingir que volvemos a estar donde nos encontrábamos la noche antes de que tomara ese vuelo de vuelta a Wilmington. Quiero continuar por donde nos quedamos como si jamás hubiéramos terminado, porque, en mi mente, nunca llegamos a hacerlo de verdad.

—Y bueno, ¿dónde está Reese?

Y ya estamos...

—Está fuera por trabajo.

Me muerdo la lengua y deseo que hablemos de cualquier otra cosa o persona.

—¿Y cómo es que volvió a encenderse la chispa entre ustedes?

Su pregunta es amable, pero al mismo tiempo desentierra un sentimiento al que no quiero enfrentarme.

—¿De verdad tenemos que hacer esto? —le suplico, no solo para cambiar de tema, sino para darme un descanso de mi propia conciencia.

Hace una pausa.

—No, supongo que no.

Mientras nos acercamos a nuestro edificio, un nudo de ansiedad se forma en mi estómago. No puedo dejar de pensar en el juicio silencioso de Phillip, a pesar de que no lo veo por ninguna parte. El sentimiento de ansiedad desaparece cuando llamamos al ascensor y las puertas se abren de inmediato. Salvados por la campana.

Ethan y yo entramos en un espacio que parece demasiado íntimo para resultar cómodo. Mi frecuencia cardiaca se incrementa mientras las puertas se cierran, sellándonos en el interior del elevador. Levanto la mano para presionar el botón de la cuarta planta y él hace lo mismo con la sexta. En un momento que casi parece coreografiado, nuestras manos se tocan.

Entonces, sin advertencia, la mano de Ethan se mueve del botón hasta mi muñeca; su agarre es firme, pero me resulta cómodo. Con un movimiento rápido, se acerca más a mí y me empuja con suavidad contra la fría pared de metal del ascensor. Nuestras caras se encuentran a unos centímetros de distancia, nuestra respiración se entremezcla, sus ojos escudriñan los míos en busca de una señal, cualquier señal que le diga que puede hacer esto. ¿Puede hacerlo? No soy capaz de respirar, ni mucho menos de pensar, con él tan cerca de mí.

—¿En tu casa o en la mía, Hart?

De pronto, volvemos a tener veintiún años en el estacionamiento de Ascent, y Ethan me está haciendo esa misma pregunta justo antes de subir juntos a casa por primera vez. Daría cualquier cosa por volver atrás para contarnos cómo iba a salir todo. Aunque tampoco es que esté demasiado segura de que eso hubiera cambiado nada.

El elevador suena, anunciando la llegada a mi planta, y reúno el valor para decir exactamente lo que estoy pensando.

—En la mía.

Es un movimiento atrevido, alimentado por una mezcla de miedo y deseo. Tiro de él, con mis dedos entrelazados con los suyos, y lo conduzco fuera del ascensor y a lo largo del pasillo hasta mi departamento.

Me invade el nerviosismo mientras juego con las llaves; mis manos traicionan el comportamiento calmado que estoy tratando de mantener. Me recuerdo a mí misma que esto es cosa mía, que estamos haciendo las cosas según mi voluntad y que yo tengo el control de este momento, más o menos. Ethan Brady todavía me tiene comiendo de su mano, y sé que él también lo sabe.

—La distribución es diferente al nuestro —comenta en cuanto entramos en el departamento—. Ustedes tienen mucho más espacio.

—Seguro que los dos departamento son del mismo tamaño. Probablemente tengan poco de espacio común porque tienen una tercera habitación —señalo—. ¿Quieres tomar algo?

—La verdad es que no —responde.

—Vamos a mi habitación —sugiero.

Los dos sabemos que esto está mal, pero aun así me sigue, se queda plantado en el umbral de la puerta e inspecciona el dormitorio.

—¿Te vas a algún sitio? —me pregunta señalando la maleta que descansa en el suelo y tiene pinta de que la hayan registrado.

—No. He vuelto hoy —le digo sin darle importancia a la pregunta. De algún modo, sentarnos en la cama me parece demasiado íntimo y muy poco íntimo al mismo tiempo. Lo invito a unirse a mí dándole una palmadita a la colcha—. ¿Puedo preguntarte una cosa?

—¿Por eso me has invitado a venir? ¿Para interrogarme? —Se ríe—. Vamos, pregúntame.

—¿Por qué nunca pudiste llegar a ese punto conmigo?

La pregunta flota en el aire, a la espera de una respuesta.

Él suelta un suspiro.

Estoy segura de que esto no es lo que esperaba cuando mi nombre apareció en su pantalla después de medianoche. Probablemente pensara que lo estaba llamando para tener sexo casual. Pero aunque no se había equivocado del todo, esta cogida tiene algunas estipulaciones. Necesito un cierre antes si quiero pasar página alguna vez.

—No lo sé, Sloane. —Que utilice mi nombre de pila en lugar de Hart me dice que ya no estamos vadeando por aguas superficiales—. No sé expresarlo con palabras. No es por ti, es por mí. Es que simplemente no soy capaz de llegar a ese punto con nadie. Si pudiera hacerlo, sería contigo —admite, y, en esa confesión, hay una honestidad pura que me consuela.

Eso es todo lo que necesito escuchar. Me giro hacia él y extiendo la mano para apoyarla sobre su pierna, diciéndole en silencio lo que quiero. Él entiende el lenguaje de nuestros cuerpos mejor que nuestras palabras y me besa al fin.

—Extrañaba esto —murmura contra mi boca, y siento como si el corazón me fuera a explotar dentro del pecho.

—Yo también —le digo.

Solía preguntarme si alguna vez volvería a besar a Ethan. No me puedo creer que lo esté besando ahora.

Lo siguiente que sé es que los dos nos hemos quedado en ropa interior. Se me pone la piel de gallina mientras sus dedos se mueven de arriba abajo por mi estómago.

—¿Quieres que te toque?

Tengo un breve destello de honestidad; sé que lo que le estoy haciendo a Reese está mal, pero este momento con Ethan me hace sentir demasiado bien. ¿Estaría mal si dijera que no siento el más mínimo atisbo de culpa? Esto es lo que provoca Ethan en mí: me hace tirar mi moral a un lado como si fuera un sujetador que hubiera estado deseando quitarme todo el día.

La tensión crece en mi interior, y, en lugar de responder con palabras, tomo su mano y la coloco exactamente donde quiero que esté. Él lleva la boca a mi oreja; sabe que es mi debilidad. Se me arquea la espalda y me tiembla el cuerpo.

Me pierdo en él.

—Te deseo —digo suplicante.

—Esperaba que dijeras eso —responde con voz pastosa.

Mi mano encuentra el camino hasta su ropa interior y puedo sentir lo mucho que ha crecido. Se la quito y después me estiro para tomar un condón.

Entra en mí con una sensación de familiaridad y alivio que me invade por completo. Estos últimos meses en su ausencia he sentido añoranza por mi hogar; en este momento con él, vuelvo a estar en casa.

Cuando terminamos, nos quedamos muy quietos. Su respiración es trabajosa, y la mía está entrecortada. Giro la espalda hacia él y me cubro el cuerpo desnudo con las sábanas.

—¿Ethan?

Su nombre es un susurro en mis labios.

—¿Sí? —responde en voz baja.

—Creo que a lo mejor siempre te habría dejado volver —confieso—. No es que me hubiera quedado sentada a esperarte, pero si me hubieras dicho que estabas preparado y que querías recuperarme, no estoy segura de que exista algo que no hubiera dejado por ti.

Él no dice nada, pero me acerca a él y pega su cuerpo al mío, con mi espalda curvada contra su pecho. Extrañaba que me abrazara. Extrañaba su olor. Extrañaba lo que siento con él. Lo extrañaba a él.

Nos quedamos dormidos así, y es como un sueño del que no quiero despertar jamás.

A la mañana siguiente, abro los ojos y me encuentro con la mejilla pegada al pecho desnudo de Ethan, y levanto la cabeza para asegurarme de que no lo he babeado encima. Sus ligeros ronquidos me tranquilizan durante un segundo hasta que recuerdo dónde estamos y que él no debería estar aquí. Me levanto a toda prisa de la cama para vestirme y le lanzo su ropa a la cama en el proceso.

—Buenos días a ti también —gruñe.

—A ver, mejor cállate. Los dos sabemos que tienes que irte —le recuerdo—. Bueno, primero tengo que asegurarme de que todavía no haya nadie en casa. Puede que Jordan haya dormido aquí. Enseguida vuelvo.

—¿Jordan está aquí? —pregunta con un bostezo.

Me pongo una camiseta antes de salir de mi cuarto para evaluar la situación. No veo ningún bolso en la mesa ni zapatos tirados frente a la puerta de entrada a excepción de los de Ethan. Eso nos habría delatado por completo si las chicas hubieran vuelto anoche.

—Está bien, ya puedes salir —le grito.

—¿Apenas son las ocho de la mañana y pensabas que esas dos habrían vuelto ya a casa? —Toma los zapatos, pero no se molesta en ponérselos—. ¿Es que no recuerdas cómo eran en la universidad?

—Es que no sabía si Jordan había dormido aquí o no; por eso estaba preocupada —le explico.

—No te preocupes tanto. —Me acerca a él para abrazarme y me da un beso en la frente—. Adiós, Hart.

—Adiós —respondo, y cierro la puerta tras él.

Siento que una sonrisa se extiende por toda mi cara. No puedo evitar sentirme emocionada y esperanzada ante otro futuro con Ethan, incluso a pesar de lo que acabo de hacerle a Reese.

Dios, Reese.

Encuentro mi celular y, para mi sorpresa, no tengo llamadas perdidas ni mensajes suyos. Decido darme un baño y pensar en cómo voy a lidiar con esto. Abro la llave del agua y espero a que se caliente antes de entrar. Me quedo ahí plantada durante un minuto y dejo que el agua hirviendo caiga sobre mi piel antes de bajar un poco la temperatura. Por lo general, un baño caliente siempre me ayuda a arreglarlo todo. Pero esta vez no.

No sé qué tiene Ethan que me hace olvidarme de todo y de todos. Siempre hemos tenido este vínculo que no tiene demasiado sentido. Creo que siempre hemos sabido, en lo más hondo, que lo más probable era que lo nuestro no acabara funcionando. Pero, aun así, no puedo evitar desear que lo haga.

26
Ethan

Febrero de 2018

Es duro decirlo, pero sé qué es lo que le estoy haciendo a Sloane exactamente. Sé que no debería estar aquí, en Nueva York, en su departamento, en su vida. Debería dejarla en paz, pero no puedo. Bueno, sí que puedo, pero no sé si quiero.

La observo moverse por la cocina mientras se sirve un vaso de agua y me pregunta si quiero tomar algo, pero le digo que no. Ha perdido peso desde el verano pasado, aunque tampoco es que tuviera mucho que perder, pero ahora tiene la cara más delgada y las piernas más huesudas. Me pregunto si yo tengo algo que ver con eso.

Por como entra en la sala de estar a tropiezos, me doy cuenta de que ha bebido más de lo que me ha dado entender. No sé cómo me siento exactamente con esto de estar con ella mientras está borracha y vulnerable, pero cedo a la tentación y decido seguirla por el pasillo hacia su habitación de todos modos.

No se detiene demasiado antes de empezar a bombardearme con preguntas. Esto es lo que pasa siempre cuando bebe.

—¿Por qué nunca pudiste llegar a ese punto conmigo?

Sus ojos color avellana están tristes.

Me quedo sentado en silencio durante un segundo y pienso qué responderle. Quiero ser sincero, pero no sé cómo hacerlo. ¿Cuál es el lugar o el momento apropiados para contarle que arrestaron a mis padres cuando yo era más joven y que no me quedó más remedio que crecer con la familia de Graham? ¿Cómo se supone que voy a decirle que mi familia no me quería lo suficiente como para quedarse conmigo? ¿Cómo se supone que voy a decirle que me preocupa abandonarla algún día, al igual que mis padres me abandonaron a mí?

Me pregunto cómo será el amor para otras personas. ¿Será fácil? Sé que se supone que no debería ser tan difícil. Pero todo esto me parece demasiado personal como para decirlo en voz alta. En su lugar, le cuento toda la mierda que sé que quiere oír.

—No es por ti, es por mí. Es que simplemente no soy capaz de llegar a ese punto con nadie. Si pudiera hacerlo, sería contigo —le digo, endulzando la verdad.

Y así, como si nada, vuelve a ser mía.

27
Sloane

Abril de 2018

Ya ha pasado más de un mes desde que me acosté con Ethan, y todavía no he sido capaz de sacarme esa noche de la cabeza. No se lo he contado a Reese ni a Lauren. No es que no haya querido hacerlo, hasta lo he intentado unas cuantas veces, pero es que es mucho más difícil de lo que esperaba.

La idea de decepcionar a cualquiera de los dos me resulta abrumadora. Tampoco he tenido noticias de Ethan, a excepción del mensaje de dos palabras que me envió el día de mi cumpleaños. ¿Hago mal en esperar más?

—¿Sloane? —me llama Lauren—. ¿Pueden venir Reese y tú a cenar esta noche?

—¿Contigo y con Miles? —le pregunto mientras salgo de mi habitación.

—Claro. Miles nos ha conseguido una reservación en Dante a las nueve. ¿Les queda? He pensado que ya va siendo hora de hacer una cita doble con nuestros novios.

—Así que novio, ¿eh?

Levanto una ceja.

—¿Verdad? ¡Por fin! Me daba miedo tener que seguir la regla de los tres meses, pero me lo pidió antes. ¡Menos mal!

—¿La regla de los tres meses?

—¿No te suena? Unos cuantos pódcast que escucho han hablado de ella —me explica—. Técnicamente, hay dos reglas de los tres meses. Una es que si alguien lleva tres meses detrás de ti, eso suele significar que quiere salir contigo. La otra regla de los tres meses es que cuando estás viéndote de forma exclusiva con alguien, le das tres meses como máximo para hacerlo oficial. Si no lo hace, tienes que salir corriendo.

—Interesante. Me gusta.

Los engranajes de mi mente comienzan a girar.

—Lo siento, no lo decía por eso. En fin, ya sabes.

Sé que se refiere a Ethan.

—No te preocupes, ya sé que no. Me gusta la regla de los tres meses. Creo que el problema que tiene es que a veces, cuando llevas tres meses con alguien, lo miras en plan: «Bueno, pero ya llevamos tres meses», ¿sabes? Eso es lo que habría pensado yo si alguien me hubiera dicho eso cuando estábamos en la universidad. Habría esperado, y ahí es donde la cagué. Esperé a que cambiara de idea. Esperé para ver si mejoraban las cosas. Esperé muchísimo. Antes de que pudiera darme cuenta, ya había pasado casi un año, y todavía seguía esperando.

—Lo sé, y por eso esta regla es genial. Con suerte, servirá para evitar que personas como tú pierdan más tiempo con alguien que no está destinado a estar en su vida durante más de tres meses.

—Sí, con suerte —respondo, aunque sé que, si alguien le hubiera dicho a la yo de veintiún años cómo iban a salir las cosas con Ethan, habría hecho exactamente lo mismo.

Jamás me arrepentiré de él.

Llegamos al restaurante y es exactamente como me lo había imaginado. Baldosas cuadradas en el suelo y detalles verde salvia por todo el espacio. Las mesas llenas de amigos y parejas se ríen por encima de los cócteles y los entrantes. Podría ser el único restaurante de la ciudad que captura el aura de Nueva York y su forma de vivir de una forma tan perfecta.

La mesera nos conduce hasta una mesa cerca de la ventana, y optamos por sentarnos cada uno al lado de nuestra pareja en lugar de enfrente. Mientras reviso el menú de los cócteles, Reese me pone la mano sobre la pierna y me da un beso en la mejilla.

Levanto la mirada para ver si Lauren y Miles nos están prestando atención, pero se encuentran demasiado embelesados con su compañía mutua, señalando el menú de las bebidas entre risitas mientras deciden qué van a probar primero. Reese ha estado viajando mucho por trabajo este mes, así que no hemos pasado demasiado tiempo juntos. Sinceramente, me ha servido como excusa para pensar en cómo contarle lo que ocurrió con Ethan. Sé que tengo que decírselo; tan solo necesitamos superar esta cena primero.

Después de terminarnos nuestros platos, Reese deja su tarjeta sobre la mesa para pagar la cuenta, y me gustaría impedírselo sin hacer una escenita. No solo me siento culpable por haberme acostado con Ethan, sino que ahora le estoy mintiendo a la cara y dejando que pague una cuenta bastante cara. Nunca me había sentido peor. Nos separamos de Lauren y Miles en la acera y Reese y yo caminamos hacia su casa, ya que no se encuentra demasiado lejos del restaurante.

—¿Estás bien? —me pregunta tocándome la mano y entrelazando sus dedos con los míos—. Has estado muy callada en la cena.

—Sí, estoy bien. Un poco cansada, nada más —respondo, y consigo esbozar una sonrisa poco entusiasta.

—Miles es genial y parece que Lauren está contenta. ¿Qué piensas de él? —me pregunta.

Hago una pausa, planteándomelo.

—Creo que es majo, y parece que le gusta mucho Lauren. Lo único que me preocupa es que estén yendo demasiado rápido.

Las palabras se me escapan y son un reflejo de mis propias dudas sobre haber ido demasiado deprisa con Reese.

—¿Demasiado rápido? —Me lanza una mirada interrogativa y su ceño se frunce con cierta sorpresa—. ¿No llevan ya unos cuantos meses viéndose?

—Sí, no lo sé, es que me parece rápido.

Me encojo de hombros con la intención de dejar el tema.

—Pero recuerdas que nosotros empezamos a salir después de dos semanas, ¿verdad? —dice entre risas.

No le respondo.

Caminamos unas cuantas manzanas de la mano hasta que llegamos a casa de Reese. No quiero poner un pie siquiera dentro del edificio, ni mucho menos pasar la noche aquí. Pero, además, tampoco quiero tener esta conversación con él. No sé qué es peor.

—¿Quieres tomar un vino o algo? Podemos terminarnos ese episodio de *The Walking Dead* que estábamos viendo —sugiere mientras nos acercamos a la puerta de su casa.

—¿Podemos irnos a la cama y ya está? —le pido—. Estoy agotada.

—Sí, claro. ¿Seguro que estás bien?

Sus ojos escudriñan los míos, y yo asiento con la cabeza. Me sigue hasta su habitación y me tiende una de sus camisetas para que me la ponga para dormir. Me quito los jeans, el suéter de cuello alto y el brasier para quedarme solo con su camiseta y mi ropa interior. Me meto en su cama y me pregunto si será la última vez que estaré en ella. Me siento mal porque vaya a terminar así, pero, por mucho que he intentado enamorarme de Reese, sé que jamás podrá estar a la altura de lo que siento por Ethan.

Reese se mete en la cama después de mí y trata de tocarme; no nos hemos acostado desde Boston. No puedo soportar la idea de estar con él después de lo que hice con Ethan. Sé que tengo que contárselo.

—Ha pasado algo. Por favor, cuéntame lo que te pasa —me suplica.

—Me he acostado con Ethan.

Las palabras salen de mi boca antes de darme cuenta siquiera de lo que estoy diciendo. Estoy de espaldas a él, y de algún modo encuentro el valor para sentarme y establecer contacto visual. Se levanta y se queda a los pies de la cama con el rostro inexpresivo.

—¡Sí! Lo sabía. —Puedo oír la decepción en su tono de voz—. No soy ciego, Sloane. Sabía que esto iba a pasar; pero tenía la esperanza de que no fuera así. Tenía la esperanza de significar más para ti que eso.

—No es que no signifiques nada para mí...

—Pero no soy él. Nadie puede competir contra un fantasma, Sloane. No dejas de perseguir a un hombre que nunca está seguro de ti, mientras que yo estoy aquí viéndote, queriéndote y eligiéndote, y a ti ni siquiera te importa.

Sus palabras me duelen.

—Es que tú no lo entiendes —susurro.

—¿Qué es lo que no entiendo, Sloane? ¿Que serías capaz de hacer cualquier cosa por alguien a quien no le importas una mierda? —Su pregunta es retórica—. ¿A qué ha venido todo esto conmigo entonces? ¿Acaso me querías siquiera? ¿O es que yo solo era algo para tenerte entretenida hasta que encontraras la forma de volver con él?

Siento que una lágrima cae por mi mejilla, y por primera vez Reese ni se inmuta.

—No es así. Yo te quería, de verdad que sí. Pero ahora que él está aquí, es que es... diferente. No puedo estar en una relación con todos estos sentimientos sin resolver. No es justo para ninguno de nosotros —le digo mientras me esfuerzo en mantener la compostura.

Me pongo de pie y me llevo mi ropa al cuarto de baño para volver a cambiarme; la idea de volver a estar desnuda cerca de él me provoca escalofríos. Doblo la camiseta, la coloco encima de su cómoda y siento a Reese observando todos y cada uno de mis movimientos.

—Espero que te des cuenta algún día —me dice—. No va a cambiar nunca. Sé que piensas que lo hará, pero no lo va a hacer. Va a volver a hacerte daño. —Se me cierra la garganta mientras él continúa—. Volverá a hacerte daño, y la próxima vez yo no voy a estar ahí para ayudarte a levantarte.

Lo siguiente que sé es que estoy sentada en los escalones delanteros de su edificio sin elevador en mitad del West Village, preguntándome qué hacer ahora. Pido un Uber, porque tomar el metro sola tan tarde era algo que les prometí a mis padres que no haría jamás. Cargo el trayecto en la tarjeta de crédito de mi madre y espero a que llegue el coche.

Mientras miro por la ventana del Toyota Camry negro que huele a cigarrillos, me pregunto si estoy tomando la decisión correcta. En teoría, Reese sería el marido perfecto. Es amable, atento, fiable y me escucha; me presta atención y entiende lo que quiero y necesito. Esa parece una cualidad difícil de encontrar en un chico hoy en día. Pero es que no creo que pueda quitarme de encima la sensación de que él no es la persona indicada.

Tal vez Ethan tampoco lo sea, pero estoy totalmente segura de que tengo que darme otra oportunidad para averiguarlo.

Titubeo antes de salir del coche cuando se detiene frente a mi edificio. Estoy sola. ¿Esto es algo bueno? ¿O acabo de renunciar a la clase de persona con la que la mayoría de las mujeres desearían pasar su vida? ¿Qué es lo que acabo de hacer?

El vestíbulo está completamente vacío; ni siquiera Phillip está por aquí. Espero a que llegue el elevador y presiono el botón que me lleva hasta la planta de Ethan. Me detengo frente a la puerta de su departamento. ¿Por qué habré pensado que esto era buena idea? Lo más probable es que ni siquiera esté en casa.

Me planteo bajar la escalera, pero llamo a la puerta de todos modos. Unos segundos más tarde, él la abre.

—Qué sorpresa —me saluda Ethan—. ¿Va todo bien?

Voy directa al grano.

—He roto con Reese. ¿Puedo dormir aquí esta noche?

—¿Por qué has hecho eso? —me pregunta, a la vez que abre la puerta para que pase.

—¿Cómo que por qué hecho eso? Nos hemos acostado, Ethan. Le he puesto los cuernos a mi novio. ¿Cómo se supone que voy a estar en una relación con alguien al que le he mentido?

—No lo sé. Lo siento, Hart.

—¿Por qué no me escribiste después de que nos acostamos? —le pregunto.

—Bueno, pues porque hasta ahora pensaba que tenías novio. Ya me sentía como una mierda por lo que había pasado, y la verdad es que no quería empeorar las cosas. —No digo nada, y él me pregunta—: ¿Has roto con él por mi culpa?

—No —digo sin titubear—. Es que sabía que no era para mí. Pero para ser sincera, no sé si mis sentimientos por cualquier otra persona podrán competir alguna vez con lo que siento por ti.

—No digas eso. No me pongas en una especie de pedestal. No me lo merezco.

—No puedo evitarlo. Incluso antes de volver a encontrarme contigo, no dejaba de pensar en lo mucho que te extrañaba. Estoy unida a ti de una forma extraña, como si nuestros caminos estuvieran destinados a cruzarse, y ahora van a continuar adelante el uno junto al otro hasta que sea el momento de que vuelvan a cruzarse.

—Lo entiendo —dice en voz baja, como si no quisiera admitir que él siente lo mismo.

Ninguno de los dos dice nada durante unos cuantos minutos, hasta que Ethan se va a la cocina para traerme un vaso de agua. Cuando regresa al sillón, se sienta tan cerca de mí que nuestras piernas casi se tocan.

Aunque ya ha pasado más de un año y medio desde que le conozco, su cuerpo cerca del mío me hace sentir extremadamente nerviosa. Levanto las piernas para dejarlas sobre sus muslos y él coloca una mano sobre mi rodilla. Hablamos sobre cómo nos ha ido el trabajo y la vida últimamente. Por un momento, me siento como si hubiéramos continuado justo donde lo dejamos. Me conduce hasta su habitación. Me meto bajo las sábanas azul marino, y él me acerca a su cuerpo.

No tenemos sexo. En lugar de eso, nos quedamos dormidos con las piernas entrelazadas, mi cabeza sobre su pecho y sus brazos a mi alrededor. Ojalá pudiera quedarme dormida así todas y cada una de las noches.

A la mañana siguiente, me cuelo a hurtadillas en nuestro departamento sin despertar a Lauren y a Miles. Me pongo unos pants y una camiseta y me meto en la cama. En lugar de tratar de volver a dormir, reviso mis redes sociales. Graham y Emily han estado trabajando en los preparativos de su boda, Jordan ha ido a comer *sushi* con algunos de sus compañeros de trabajo y Reese no ha subido nada; aunque tampoco es que eso sea extraño, sobre todo teniendo en cuenta la cadena de acontecimientos de anoche. Escribo su nombre en la barra de búsqueda de todos modos.

Usuario no encontrado.

Me bloqueó. Lanzo mi teléfono a un lado y me tapo con la colcha. A lo mejor sí que necesito unas cuantas horas más de sueño antes de enfrentarme al día. Después de todo, sé que Lauren no va a estar muy emocionada cuando le cuente lo que ha pasado.

—¿Que has hecho qué? —Abre mucho los ojos, incrédula—. ¿Por qué rompiste con él?

Miles hace una pausa, y un atisbo de incomodidad cruza su rostro antes de darle un beso en la mejilla a Lauren.

—Voy a... irme. Luego te escribo.

Y con eso, da media vuelta y se dirige directamente hacia la puerta para irse como si el departamento se estuviera desmoronando.

—Empieza desde el principio —me exige ella.

Respiro hondo.

—El fin de semana que Jordan vino de visita y se fueron del bar, llamé a Ethan. Estaba borracha. Nos acostamos, pero después de eso ya no volví a hablar con él.

—Y una mierda.

Una expresión escéptica cruza su rostro.

—Te lo juro. Quería contárselo a Reese justo después de que ocurriera, pero él estuvo viajando todas las semanas por trabajo, y cuanto más tiempo esperaba, más difícil se me hacía. Y anoche, después de cenar, ya no podía seguir guardándomelo. Así que se lo conté.

Lauren le da un sorbo a su café. Intenta procesar mis palabras mientras el humo se eleva desde la taza.

—¿Cómo ha reaccionado? —me pregunta.

—Me dijo que sabía que iba a pasar. O sea, se enojó de todos modos, pero no estaba sorprendido. No sé si eso le fue de mucha ayuda, pero creo que el hecho de que no le resultara del todo inesperado hizo que no fuera un trago tan amargo.

El recuerdo me duele mientras se lo cuento. Hay una pausa entre nosotras.

—Parecía que estaban tan... bien. Al menos, antes de que supieras que Ethan estaba aquí.

—A lo mejor te di la impresión de que era así, pero mi relación con Reese era bastante desigual. Sabía que me quería y seguía con él porque me sentía bien siendo el todo de alguien —le explico—. Pero él nunca fue mi todo.

Lauren asimila mis palabras antes de preguntar:

—Y bueno, ¿qué está pasando ahora con Ethan?

—No lo sé. Esta vez he sido más abierta con él. Todavía no lo he espantado, así que creo que eso es buena señal —confieso.

—¿Ha cambiado en algo? ¿Por qué iba a ser diferente esta vez?

Se inclina hacia delante; su frustración es evidente.

—Todavía no lo sé —respondo. El peso de su pregunta es inusualmente grande—. No han pasado ni veinticuatro horas desde que rompí con Reese. Necesito tiempo para procesar las cosas antes de pensar en el futuro.

—¿Por qué sigues haciendo esto después de tanto tiempo? —Niega con la cabeza—. ¿Qué tiene de especial Ethan? Es como si tuviera algún poder sobre ti o algo así.

Suelto un suspiro antes de tratar de racionalizar lo irracional.

—A veces yo también me siento así. Puede que parezca una locura, pero me siento como si algo me estuviera diciendo que tengo que esperar un poco más. Que algún día, pronto, va a pasar algo. Sé que todavía piensa en mí y que tiene sentimientos por mí; tan solo estoy esperando a que se sienta preparado para actuar con base en ellos.

—Esa es exactamente la cuestión. Lo más probable es que todavía tenga sentimientos por ti, pero eso no es lo que importa. Lo que importa es lo que está haciendo al respecto, que es nada. Y, si no está haciendo nada, está claro que tú deberías hacer lo mismo. Y no romper con tu puto novio casi perfecto por él. Te mereces a alguien que se esfuerce de verdad en dejarte claro que te quiere en su vida.

La verdad de sus palabras es innegable.

—Si no hubiera roto con Reese, le estaría haciendo lo mismo que Ethan me hizo a mí. No era justo.

Su mirada se suavizó.

—Tan solo espero que sepas lo que estás haciendo.

Recorro el pasillo, cierro la puerta de mi habitación y marco el número de Graham. Después de hablar con Lauren, necesito que alguien me asegure que no acabo de cometer un gran error, y creo que Graham es la única persona que entiende mi relación con Ethan. Probablemente porque él es la única persona del mundo que entiende a Ethan. Le envidio por eso.

—¡Hola! —me responde.

—Hola, siento llamar así por sorpresa. ¿Cómo van los planes de la boda?

Trato de no sacar el tema de sopetón.

—Ahí va. ¿Qué pasa? Normalmente, cuando me llamas es para algo —me pincha.

—Así dicho parezco una amiga horrible —le digo—. A ver, ¿recuerdas que llevaba desde el año pasado saliendo con Reese? Bueno, pues me lie con Ethan hace poco y anoche por fin se lo conté a Reese.

—Carajo, Sloane...

No dice nada más. Tratando de ignorar su clara decepción, continúo:

—He roto con él. A ver, es lo que quería hacer todo este tiempo, creo. Me gustaba la comodidad que me daba, pero él nunca me gustó como me gusta Ethan.

—¿Puedo decir una cosa? —me interrumpe—. Nunca te va a gustar nadie como te gusta Ethan. Sinceramente, sería muy poco sano que fuera así. Es tu primer amor, y tú eres el suyo. Nadie quiere experimentar eso dos veces, porque normalmente es algo muy tóxico.

No puedo evitar defender mis sentimientos, aunque una parte de mí se pregunta si tiene razón.

—No somos tóxicos —replico, más para mí misma que para él.

—No estás entendiendo la cuestión. ¿Has hablado con Ethan? ¿Él está preparado para una relación?

Su pregunta es muy directa.

—Pues no —admito.

—Exacto. De modo que vuelves a estar en la casilla de salida. No estoy diciendo que no debas haber roto con Reese, porque está claro que no querías estar con él. Pero no hace falta que vuelvas a Ethan. Puedes estar sola, o conocer a otras personas. Lo sabes, ¿verdad?

Suelto una bocanada de aire que no me había dado cuenta de estar conteniendo.

—Lo sé. Pero ¿crees que las cosas con él podrían llegar a funcionar algún día?

Escucho un fuerte suspiro al otro lado de la línea.

—No lo sé. Ethan es una persona difícil de querer. —Suaviza el tono—. Ha pasado por mucha mierda en la vida. No sé si alguna vez querrá sentar la cabeza o casarse. Y no puedes quedarte esperando eternamente para averiguarlo.

La verdad de sus palabras cala en mí. Tiene razón.

—Gracias, Graham.

—Para eso estoy aquí, ¿no? —Se ríe tratando de levantarme el ánimo—. Pronto les llegarán las invitaciones para la boda. Ah, y Emily y yo estamos pensando en hacer un viaje a Nueva York en los próximos meses. Nos encantaría quedar para cenar o algo.

—¡Suena genial! Avísame cuando vayan a venir y reservaré mesa en algún restaurante.

Después de decirnos adiós, cuelgo el teléfono y me siento más confundida de lo que estaba antes de hablar con cualquiera de los dos. Sé que ambos tienen razón. Si comienzo a quedar con Ethan otra vez, tengo que establecer unas normas básicas. Él tiene que ir por todas. Pero no sé si soy lo bastante fuerte como para darle un ultimátum.

28
Sloane

Junio de 2018

Extrañaba acostarme con Ethan.

La química entre nosotros no se parece a nada que haya experimentado jamás, y el sexo es todavía mejor. Tal vez me gusta tanto acostarme con él porque es el único momento en el que realmente baja la guardia. Es el único momento en el que siento de verdad que estamos en un campo de juego igualado.

—¿Me puedes traer una toalla? —le pido.

—Sí, voy —murmura Ethan.

Después de romper con Reese, Ethan y yo hemos seguido por donde lo dejamos hace prácticamente un año. No he encontrado el valor para hablar con él sobre lo que somos. Dejo que la cosa continúe igual que siempre porque significa que él vuelve a estar en mi vida, y ahora mismo eso es suficiente para mí. Me da una toalla y vuelve a meterse entre las sábanas antes de encender mi televisor.

Bzzz. Bzzz. Bzzz. Tiene el celular con la pantalla hacia abajo sobre su estómago, pero lo deja vibrar.

—¿No vas a ver quién es? —le pregunto.

Me muestra la pantalla y veo que se trata de un número desconocido con el prefijo de Wilmington. Vuelve a darle la vuelta al celular y sigue mirando Netflix para buscar algo que podamos ver.

—¿No quieres responder? —insisto.

—Seguro que es una llamada publicitaria —responde sin inmutarse.

Dejo pasar el asunto y apoyo la cabeza sobre su pecho. Ethan se decide por nuestra temporada favorita de *Breaking Bad* y apaga la lámpara que hay junto a él, de modo que lo único que ilumina la habitación es el resplandor de mi pantalla plana de treinta y dos pulgadas. Inclino la cabeza hacia arriba para mirarlo, porque a veces los pequeños momentos como este no parecen reales. Antes me acostaba en esta cama echándole de menos y ahora ha vuelto como si jamás se hubiera ido. Sonríe y me acaricia el pelo mientras me quedo dormida encima de él.

—Está bien, pues Graham va a llegar a la ciudad como a mediodía —dice Ethan con la boca llena de pasta de dientes—. Voy a quedar con ellos en su hotel después de comer con los chicos del trabajo.

—¿Ha dicho qué hotel es? Me parece que tendríamos que reservar restaurante. Es viernes —sugiero mientras me apresuro a preparar la bolsa para el trabajo y buscar un par de zapatos que me vayan a servir para el día y para la noche.

—No estoy seguro. Por eso van a tratar de llegar a las tres. ¿A qué hora suelen empezar tus viernes veraniegos?

—Sobre las dos. Quería volver aquí para cambiarme, pero a lo mejor meto otra ropa en el bolso y ya está.

—¿Cambiarte por qué? Estás genial.

Su cumplido hace que un escalofrío baje por mi espalda.

Ethan se acerca a mí por detrás mientras me miro en los espejos de las puertas de mi armario. He elegido un minivestido azul claro con pequeñas flores bordadas y un *blazer* blanco extragrande porque en la oficina siempre hace un frío que pela. Tan solo me queda decidirme entre unas botas bajas de color blanco o unas deportivas.

—Ponte las deportivas —me susurra al oído, y procede a tomarme de la cintura y besarme el cuello.

—Bueno, está bien, de todos modos son más prácticas para caminar. —Me doy la vuelta y le devuelvo el beso—. Como sigamos así, voy a llegar tarde.

—Valdrá la pena.

Lo siento mientras se pega a mí.

—En serio, Ethan —le pido—. Hoy no es el día para esto.

Hay algo en ver a Ethan con camisa de botones y pantalones de vestir que me enciende. Le doy un beso de despedida y le dejo para que termine de prepararse en mi departamento. Le saqué una copia de la llave hace cosa de un mes, después de que comenzáramos a vernos con frecuencia otra vez. A Lauren no le hacía mucha gracia la idea, pero tampoco me dijo que no. Ha estado pasando tanto tiempo en casa de Miles que es como si ahora viviera allí.

Llego temprano al trabajo con la esperanza de irme antes. La oficina está desierta; el ajetreo habitual del día todavía no ha comenzado. Mi cubículo se ha convertido en un *collage* de notas adhesivas, un mosaico de fechas de entrega y recordatorios. Hoy me parece un buen día para poner un poco de orden, así que empiezo quitando unas cuantas notas desfasadas y comienzo a preparar artículos nuevos.

—¿Quieres ir esta noche al Gem?

La voz de Mila rompe el silencio cuando se acomoda en su cubículo, enfrente del mío.

—Unos amigos de la universidad van a venir hoy a la ciudad y querían buscar alguna azotea, pero, no te preocupes, trataré de convencerles para ir al Gem después —le respondo sin dejar de teclear.

—¿Sloane? ¿Tienes un segundo? —me llama Annie, y un familiar nudo de nerviosismo se instala en mi estómago. Por lo general, solo nos vemos en su despacho para nuestras reuniones semanales, así que me siento un poco nerviosa por no saber a qué se debe esta conversación. Entro en su despacho, con su laptop como si fuera una especie de escudo, y me quedo en el umbral de la puerta.

—Siéntate. —Su expresión es inescrutable—. Bueno —comienza, y une las manos sobre el escritorio—, tú sola has conseguido elevar el tráfico de nuestra página web hasta las quince millones de visitas en menos de un año. Todo el equipo está muy impresionado, así que he hablado con Recursos Humanos... Vamos a subirte el sueldo.

—¡¿Subirme el sueldo?! —repito, completamente sorprendida.

—Sí —confirma ella a la vez que asiente con la cabeza—. Es un reconocimiento por tu trabajo y por el impacto que has tenido en *The Gist*. Tu sueldo tiene que reflejar la importancia creciente de tus contribuciones.

—No sé qué decir —logro responder—. ¡Muchísimas gracias!

—Te lo has ganado todo. —Su sonrisa es cálida y genuina—. Y ahora, vete. Puedes empezar el fin de semana pronto y celebrarlo.

Vuelvo a mi escritorio, con el corazón más tranquilo, y me apresuro a terminar el resto de mis tareas. Le echo un vistazo al reloj y decido que es hora de irme. Mientras camino hacia el metro, le mando un mensaje a Ethan al mismo tiempo que me pregunto si debería llamar a mis padres para contarles la buena noticia. Justo cuando estoy a punto de marcar, mi celular vibra con un mensaje nuevo.

12:45
Ethan Brady: Estamos terminando ya con la comida. Graham y Emily están empeñados en ir al Mr. Purple. Nos vemos allí cuando acabes?

12:45
Yo: 🙄 Ya sabes lo que pienso del Mr. Purple...

12:46
Yo: Es broma (más o menos). Salí antes, así que nos vemos enseguida!

Envío el mensaje mientras bajo los escalones hasta el metro para tomar el próximo tren hacia el Lower East Side. Según todos los neoyorquinos que he conocido en la vida, el Mr. Purple solo era decente los primeros meses después de abrir. Ahora ya nadie va allí, sobre todo por la gran cantidad de turistas. Pero, como antigua turista, entiendo que Emily quiera ir.

—¡Sloane! —me saluda Emily desde el otro lado de la azotea cuando me ve aparecer.

—¡Hola, chicos! —los saludo al llegar a la mesa.

—¡Qué bien conocerte por fin!

Me da un abrazo de inmediato.

Emily es un soplo de aire fresco, mucho más del estilo de Graham de lo que era Lauren. No te ofendas, Lau. Tiene el pelo castaño, largo y precioso, y una sonrisa que no parece desparecer nunca de su cara. Por lo que le he oído a Graham, es cariñosa, auténtica y siempre le hace reír. A pesar de que solo hace unos minutos que la conozco, me doy cuenta de inmediato de que están hechos el uno para el otro.

—¿Qué quieres para beber? —me pregunta Ethan.

—¡Prueba el mojito de mora! —sugiere Emily—. ¡Está buenísimo!

—Probaré eso. —Sonrío y lo observo mientras se dirige a la barra—. Bueno, ¿y cómo les va?

—No te imaginas lo agobiante que es planificar una boda. Hay que hacer una cosa tras otra. Y eso por no mencionar lo caras que son las flores. ¿Quién se lo iba a imaginar?

Emily se ríe.

—¿Y tú qué? —interrumpe Graham antes de que nos metamos tanto en el tema de la boda que no podamos salir.

—Pues resulta que... —hago una pausa hasta que Ethan llega a la mesa con mi bebida— ¡hoy me han subido el sueldo! No me lo esperaba, pero mi jefa dice que es un reconocimiento a mis méritos, así que diría que va todo genial.

—Estoy muy orgulloso de ti —susurra Ethan, y después me da un beso en la mejilla.

El éxito me hace sentir genial, pero su elogio me hace sentir todavía mejor. Ethan me rodea con el brazo mientras los demás me felicitan también y Graham pide una ronda de caballitos de celebración.

—Me está llamando Lauren —murmuro bajando la mirada hasta mi celular. Me excuso y me retiro a un rincón más tranquilo antes de responder—. ¡Hola!

—Hola, ¿dónde estás? —me pregunta. Carajo. Siento una punzada de culpa. No he tenido oportunidad de contarle que Graham iba a venir a Nueva York este fin de semana—. ¿Vas a quedarte trabajando hasta tarde? ¡Quiero salir! —añade.

—No me odies... —comienzo—. Se me había olvidado por completo mencionar que Graham iba a venir este fin de semana. Estoy fuera con él y con Ethan.

—¿Está Emily también? ¿Sería raro que me apuntara? No quiero quedarme en casa esta noche.

Suena deseosa de venir con nosotros.

—Ella también está, pero no creo que haya problema. ¿Está Miles por ahí? No sé si eso haría que las cosas fueran más incómodas o menos —sugiero, tratando de pensar cómo manejar la situación.

—Seguro que puedo convencerlo. ¿Dónde están?

Ahora su voz suena animada.

—En el Mr. Purple —reconozco entre risas.

—¿Me estás tomando el pelo? —responde—. Está bien, podemos estar ahí dentro de media hora.

Mientras camino hacia la mesa, me planteo la mejor forma de contarles que Lauren y su novio van a venir. Después de que nos mudáramos a la ciudad, Graham dejó de mencionarla, al igual que ella, al menos, hasta que él se comprometió con Emily. Ahora que tiene a Miles, creo que se siente menos celosa.

Levanto la mirada de mi celular y titubeo mientras le cuento la noticia al grupo.

—Lauren va a venir con su novio, ¿les parece bien?

—Sí, no hay problema —dice Graham—. Me alegro por ella. ¿Es un buen chico?

Asiento con la cabeza y una sonrisa aparece en mis labios.

—Sí, lo es.

—Eso es lo único que necesito oír.

Cuando llegan, después de unas cuantas presentaciones incómodas y otra ronda de bebidas, decidimos buscar un sitio para cenar antes de ir al Gem. A dos manzanas de distancia se encuentra uno de los mejores restaurantes mexicanos de Nueva York según Miles, que se considera un entusiasta de la comida. Pedimos una ronda de margaritas, caballitos de tequila, queso y guacamole antes de elegir los platos principales. Para cuando estamos listos para irnos, me siento más que ebria, pero la noche es joven, así que trato de recomponerme.

—Qué basura de fila —se queja Lauren.

—No está tan mal —replica Graham tratando de mantener la calma.

Ethan y yo intercambiamos una mirada significativa, y una conversación entera tiene lugar con ese único gesto. Miro por la ventana y veo que todo el mundo está bailando y socializando dentro. De pronto se me acelera el pulso cuando mis ojos se fijan en Reese.

—¿Qué tal si probamos en el Flying Cock? —pregunto con desesperación; necesito encontrar cualquier excusa para no entrar.

—Es demasiado tranquilo —dice Ethan—. Podemos ir allí después de esto.

—¿Estás seguro? Casi nunca tienen fila, y esta está tardando una eternidad —señalo mientras rezo para que alguien esté de acuerdo conmigo.

—Ya llevamos mucho rato esperando —replica Graham, rechazando la idea.

Entonces me giro hacia Ethan antes de susurrar:

—Reese está dentro.

—No pasa nada —me tranquiliza él—, seguro que ni siquiera lo veremos.

Dentro del bar, la multitud nos engulle. La mano de Ethan alrededor de la mía es un ancla en el mar de gente. Nos conduce hasta la barra y pide una ronda de bebidas con una confianza que me hace olvidar lo intranquila que me siento. Pero, mientras cruzamos la multitud para volver, el hombro de Ethan choca contra alguien. Me quedo paralizada: es Reese.

—Bueno, ¿y qué pasa? —dice este con la voz áspera y llena de furia—. ¿Ahora están saliendo o siguen cogiendo y ya está?

La respuesta de Ethan es inmediata y ligeramente sorprendente.

—No hables así, Reese —le advierte.

—¿O qué, Brady? ¿Te la vas a coger a mis espaldas otra vez? —farfulla, claramente más embriagado que el resto de nosotros.

—En serio, súperalo. —El tono de Ethan suena firme y seguro—. Estás pedo.

Con un movimiento rápido, la mano de Reese hace volar por los aires la bebida de Ethan y el cristal se hace añicos contra el suelo. El corazón me late con fuerza en el pecho mientras me interpongo entre ellos.

—¡Paren los dos! —exijo.

En cuestión de segundos, nuestros amigos se congregan a nuestro alrededor. Graham anima a Reese para que se vaya a buscar a su grupo, mientras que los demás decidimos que ha llegado la hora de terminarnos las bebidas y volver a casa.

Me meto bajo la colcha y siento el contraste de las sábanas frescas contra mi piel, todavía cálida por haber pasado la noche fuera. Ethan ya está en la cama, mirando fijamente el techo y perdido en sus pensamientos.

—Siento lo de Reese —digo antes de cambiar de tema—. Graham y Emily parecían muy felices.

—Sí, la verdad. No me creo que Graham vaya a casarse.

Ethan se gira hacia mí. El nudo que siento en el pecho se tensa y reúno valor.

—Oye, ¿crees que iremos juntos a la boda de Graham?

—No lo sé, Sloane; todavía queda como un año.

—¿Y qué? ¿Qué estamos haciendo entonces? No podemos seguir tratando de evitar lo inevitable. Es como si estuviéramos en la universidad otra vez.

—Hace un mes que rompiste con Reese, y esta noche ha quedado claro que todo sigue estando muy reciente. Por no mencionar que apenas llevo seis meses viviendo en Nueva York. Las cosas están funcionando ahora mismo, Sloane. ¿No te puedes centrar en lo bueno en vez de en lo malo y ya está?

Hay un atisbo de frustración en su voz, y suelta un suspiro al terminar.

—¿A qué te refieres?

—Es que esto me recuerda a la universidad —me dice—. Siempre buscabas pelea o encontrabas la forma de convertir una noche buena en una mala. Te respondo a una pregunta de una forma que no te esperas y es como si el resto de la noche se fuera a la basura.

Siento una ráfaga de furia y dolor.

—Me alegra mucho saber que piensas eso.

Ethan no responde; tan solo me da la espalda y trata de dormir. El dicho sobre nunca irte a la cama enojada se me pasa por la cabeza, pero no voy a dejar pasar esto. Cuando estoy segura de que se ha quedado dormido, tomo mi almohada y una manta y me voy al sillón. Lauren no está en casa, y quiero que Ethan se dé cuenta de mi ausencia cuando despierte.

La mañana llega con el aroma del café.

Abro los ojos, todavía en el sillón, y veo que Ethan se encuentra en la cocina con pinta de estar arrepentido.

Me ofrece una taza y sus ojos se encuentran con los míos.

—Siento lo de anoche. Por supuesto que vamos a ir juntos a la boda. Es solo que no estaba pensando en un futuro tan lejano.

Quiero creerle, confiar en sus palabras, pero una pequeña parte de las dudas todavía sigue ahí. Con un breve asentimiento de cabeza, acepto su disculpa y dejo que la calidez del café se filtre entre mis manos. Me pregunto en qué punto estará nuestra relación dentro de un año.

29
Ethan

Julio de 2018

Vivir en Nueva York es agotador. Las jornadas de diez horas en la oficina, seguidas de las horas felices y de las noches durmiendo con Sloane, no me dejan mucho tiempo para mí. Antes solía ir al gimnasio todos los días y ahora tengo suerte si puedo ir una vez a la semana. Puedo ver y sentir la diferencia, y, para ser sincero, no me gusta.

Desde nuestra última pelea, las cosas con Sloane han sido un poco extrañas por mi parte. No esperaba volver a lo que teníamos antes con tanta rapidez, pero supongo que eso es lo que ocurre cuando te acuestas con tu ex mientras ella tiene otra relación. Ha renunciado a otra persona por mí, así que me siento como si le debiera intentarlo. Sloane ha estado interrogándome sobre nuestra relación más que nunca. Cada vez que se toma más de dos copas de vino, comienza con las situaciones hipotéticas. Entiendo por qué actúa así, pero no sé si voy a poder aguantarlo mucho más tiempo.

El gimnasio está abarrotado y me pregunto por qué pago casi doscientos dólares al mes para no encontrar siquiera una máquina libre. Se supone que venir aquí me tendría que despejar, no hacer que me sienta más estresado. Después de una hora levantando pesas, me siento en el sauna y apoyo la cabeza contra las tablas de madera. Había olvidado cuánto extrañaba este tiempo sin interrupciones. Cierro los ojos y me quedo donde estoy hasta que me siento como si me fuera a desmayar, entonces tomo mi mochila de la taquilla y vuelvo a casa en metro.

—¡Hola! —me saluda Sloane desde la cocina antes de que pueda cerrar la puerta siquiera detrás de mí—. Noah me ha dejado pasar. Lauren y Miles están cocinando en mi casa, así que pensé en traerte comida para que no tuvieras que preocuparte por hacerla. Sé que ha sido un día largo.

No solo estoy un poco molesto porque haya venido sin que la invitara, sino también porque esté aquí en general. Acabo de terminar de sudar muchísimo en el gimnasio y en el metro sin aire acondicionado; tenía ganas de estar tranquilo en el departamento y darme un baño con agua fría. Me obligo a sonreír mientras entro en la cocina.

—Gracias, pero no hacía falta que lo hicieras —le digo—. Estoy todo sudado, así que voy a darme un baño antes de comer. Pero tú puedes empezar si quieres.

Continúo hacia el cuarto de baño sin darme la vuelta para mirarla porque sé que voy a ver la decepción en su rostro. Lo hace con buena intención, y le agradezco el esfuerzo, pero es que a veces es demasiado. Me doy un baño especialmente largo para tratar de recuperar el buen humor, pero sigo sintiéndome como una basura después. Me pongo unos bóxers y unos pantalones cortos de basquetbol antes de volver a la zona común, donde Sloane me está esperando.

—¿Quieres que me vaya? —me pregunta—. Lo siento. Tendría que haberte escrito antes de venir.

—No, no; no pasa nada. Lo siento, es solo que estoy cansado —le miento, tratando de tranquilizarla. Le doy un abrazo y apoyo la barbilla sobre su cabeza. A veces se me olvida lo bajita que es.

—Ok... Si tú lo tienes claro. ¿Quieres que te caliente la comida?

—Eso estaría genial. Voy a buscar algo que podamos ver.

Le doy un beso y me acomodo en el sillón. Me siento mal por ser tan despegado.

Unos minutos más tarde, Sloane me da un cuenco de *hibachi* de pollo y arroz calentado en el microondas, y después se sienta en el lado del sillón opuesto al mío. Sé que está molesta por mi actitud de antes, pero trato de no pensar demasiado en ello. Vemos una nueva película que está en el top diez de Netflix. Para cuando termina, me doy cuenta de que Sloane se ha bebido más de media botella de vino ella sola. Con el vino, normalmente, llega alguna pelea o el juego de las veinte preguntas, pero, antes de que tenga la oportunidad de comenzar con cualquiera de los dos, empiezo a besarla. La levanto del sillón para tomarla en brazos y la beso durante todo el camino hasta mi habitación, donde le quito la ropa y la miro bajo el resplandor de los postes de luz. Sloane se apoya sobre los codos, y, a pesar de que no puedo verlo, sé que se está ruborizando.

Está acostada boca arriba mientras yo estoy encima de ella, y entre suspiros y gemidos, lo dice: las palabras que estaba temiendo escuchar.

—Te quie... —Se detiene cuando se da cuenta de lo que está a punto de decir—. Te quiero coger.

Llevo su boca a la mía de inmediato para impedir que siga hablando hasta que hayamos terminado. Después nos quedamos quietos y en silencio durante unos segundos antes de que yo me levante para ir al baño.

Cuando vuelvo, está acostada con una de mis camisetas en el lado opuesto de la cama, de espaldas a mí. Me meto en la cama y acerco mi cuerpo al suyo. Me doy cuenta de que está molesta conmigo, pero, en lugar de preguntarle al respecto, me quedo acostado tras ella hasta que se queda dormida. Después me doy la vuelta y me pongo a mirar el celular un rato hasta que comienzan a pesarme los párpados.

¿Dónde me he metido?

30
Sloane

Septiembre de 2018

De pronto, las estaciones han cambiado.

El otoño en Nueva York es como una especie de subidón de serotonina distinto. El aire fresco, las hojas de un naranja ardiente, los días lluviosos y las temperaturas más frescas hacen que aflore un lado diferente de los neoyorquinos.

Juro que la gente solo me sonríe en el metro entre los meses de septiembre y diciembre. La ciudad nunca pierde su magia, pero eso es especialmente cierto en otoño.

Decido ir al SoHo después del trabajo para regalarme una tardecita de compras en honor del tiempo más fresco. Entro y salgo de las tiendas hasta que tengo unos jeans nuevos, unas cuantas sudaderas y una chamarra.

Después de gastarme lo que parece la mitad de mi nómina, llamo a Lauren para ver si quiere quedar para cenar.

Ella contesta al teléfono casi de inmediato.

—¿Dónde estás? Llevo como dos horas en casa y me muero de hambre.

—¿Quieres que quedemos en el SoHo? Annie ha estado fuera hoy, así que he terminado una hora antes y he ido a comprar unas cosas.

—¿Sin mí? ¡Eres lo peor! —bromea Lauren—. Sí, claro, nos vemos en un rato.

Es temprano y el restaurante está casi vacío, de modo que nos busco asientos frente a la barra y pido dos martinis extrasucios, la bebida favorita de Lauren.

—¿Martinis un miércoles? —me pregunta con tono juguetón al acercarse a mí por detrás—. ¿Qué estamos celebrando?

Le sonrío sintiendo la calidez de nuestra amistad.

—Solo quería pasar un rato agradable con mi *roomie*. Me da la impresión de que no hemos pasado mucho tiempo juntas últimamente —digo con un pequeño suspiro—. Lo odio.

—Lo sé, yo también. ¡Los chicos se están interponiendo en nuestro camino!

Su risa es contagiosa. Chocamos los vasos y damos un sorbo.

—Y bueno, ¿cómo van las cosas con Miles? —le pregunto.

—Es genial, Sloane. En serio, es como la mejor persona que he conocido en la vida... Además de ti, claro —se apresura a añadir, y sus mejillas se ruborizan ligeramente—. Puedo ver un futuro con él.

—¡Me alegro mucho por ti! —respondo, levantando la copa en un brindis silencioso.

—¿Tú qué tal con Ethan? ¿Cómo va todo? Parece que están pasando mucho tiempo juntos, ¡eso es bueno! ¿Verdad?

Arquea las cejas con un atisbo de preocupación.

—¡Va todo bien! —le miento—. Igual que siempre.

Mientras el tiempo pasa, nuestra charla relajada llena el espacio a nuestro alrededor. Los martinis nos vuelven más habladoras y nos hacen reír más.

Alguien llama a Lauren, y la vibración de su celular rompe nuestra burbuja. Asiento ligeramente con la cabeza para que conteste, porque veo en la pantalla que se trata de Miles.

—¡Hola! —responde—. Estoy con Sloane tomando algo. Sí, seguramente pediremos la cuenta pronto; ya nos hemos tomado tres. Ok, me parece bien. Nos vemos delante de nuestro edificio. Yo también te quiero.

¿Ya se dicen «Te quiero»? Cuento mentalmente los meses que llevan juntos. Bueno, supongo que habrán sido alrededor de seis. ¿Seis breves meses son suficientes para decir «Te quiero»?

Cuando llegamos a casa, Miles ya está fuera esperando a Lauren. Suben durante unos minutos para que ella guarde ropa en una bolsa para cambiarse. Me despido de ellos y me voy a mi habitación para llamar a Ethan, con la esperanza de que quiera hacer algo esta noche.

—Hola —me responde—. ¿Pasa algo?

—No. ¿Es que tiene que pasar algo para que te llame? —le pregunto, más a la defensiva de lo que pretendía.

—No lo decía por eso. ¿Qué tal?

—¿Quieres hacer algo esta noche?

Mi tono es de esperanza, pero la conversación que tiene lugar después me deja con una sensación de vacío que se está volviendo demasiado familiar.

—Esta noche no —dice, y yo suelto un suspiro contra el celular—. ¿Mañana? Hay un partido. Podemos verlo juntos y pedir comida a domicilio. Hasta puedo llevar vino.

—Está bien —gruño, nada emocionada por pasar otra noche separados.

—Duerme un poco, borrachilla. Buenas noches.

Se supone que su risa debería resultarme reconfortante, pero solo refleja la distancia que hay entre nosotros.

—Buenas noches —susurro antes de colgar.

A veces querer a Ethan me hace sentir como si estuviera parada frente a la puerta de su habitación, esperando a que me deje pasar. ¿Me dejará entrar alguna vez?

A la noche siguiente, Ethan se presenta en mi departamento con una *pizza* familiar y una botella de *cabernet.* Algo en su actitud me resulta extraño, distante incluso, pero no soy capaz de identificar de qué se trata.

—Te está vibrando el celular —le digo, y hago un gesto en dirección a la mesita del café. Observo a Ethan mientras contesta el celular y vuelve a dejarlo otra vez donde estaba.

—Propaganda —dice ignorándolo.

Durante estos últimos meses, me he dado cuenta de que ha estado recibiendo llamadas telefónicas desde el mismo número. No estoy segura de que sepa que me he dado cuenta, pero así es. Cada vez que lo señalo, él dice que es propaganda o que alguien está llamando al número equivocado, pero no sé si será verdad. La parte lógica de mi cerebro me dice que está mintiendo, y la parte emocional me dice que tal vez hay algo más en esa historia de lo que quiero saber.

¿Podría haber otra chica?

No puedo evitar pensar que es una posibilidad, pero seguiré ignorándola un poco más si eso significa no perder a Ethan. En el mismo momento, mientras estoy pensando, mi celular suena. Respondo y me voy hacia mi habitación.

—Hola, mamá. ¿Qué pasa?

—¿Ya tienes planes para el Día de Acción de Gracias? Estamos pensando en ir a Londres un par de semanas, y a ver, es que coincide con Acción de Gracias. No quiero dejarte sola, pero... —divaga.

—¡No te preocupes por mí! Todavía no he pensado qué haré en Acción de Gracias, pero, en el peor de los casos, siempre puedo ir a ver a papá. Yo siempre he querido ir a Londres.

—Yo también —me dice—. ¿Estás segura, querida?

—Estoy segura. Te quiero, mamá.

—Yo también te quiero.

Y cuelga el teléfono.

Vuelvo a sentarme en el sillón, esta vez más cerca de Ethan. Me rodea con el brazo y baja mi cabeza hasta su hombro. Ojalá pudiera quedarme en este momento para siempre.

—¿Qué vas a hacer el Día de Acción de Gracias? —le pregunto, un tanto temerosa de la respuesta.

—No estoy seguro —contesta—. ¿Por qué?

—Mi madre se va a ir a Londres. Supongo que podría llamar a mi padre, pero no sé...

Dejo la frase inconclusa.

—Estoy seguro de que me quedaré en la ciudad, así que igual podríamos hacer esto mismo —me ofrece con aire despreocupado—. Pedir comida y ver algo.

—Eso estaría bien.

Tal vez todos los sentimientos de incertidumbre están solo en mi cabeza. Tal vez sí que le importo. Tal vez lo está intentando. Es difícil de saber, porque no me lo está diciendo, e incluso aunque me lo asegurara, ¿me lo creería de verdad? Destrozó mi confianza cuando vino a verme a Nueva York, me mintió a la cara sobre la relación a distancia y después rompió conmigo por un mensaje. ¿Cómo puede alguien superar eso?

A la mañana siguiente, llego pronto a la oficina porque tengo que entregar un encargo que he estado postergando toda la semana: «¿De verdad la mitad de los matrimonios acaban en divorcio?».

He entrevistado a seis personas, algunas casadas y otras divorciadas; algunas tenían padres que habían seguido juntos hasta que fallecieron, mientras que otras tenían padres que se habían separado casi antes de que sus hijos nacieran. Las entrevistas me habían resultado más difíciles de lo que esperaba, de modo que me tomé un descanso de una semana sin escribir, y ahora solo me quedan nueve horas para terminarlo. Enciendo mi laptop, abro el documento y leo lo que he escrito hasta el momento:

Casarte con el amor de tu vida tiene que ser algo totalmente excepcional. Despertarte e irte a dormir junto a tu alma gemela parece el comienzo y el final perfecto para cada día. Me imagino que tus conflictos parecen menos terribles cuando tienes a alguien con quien superarlos. Espero que todo el mundo llegue a experimentar esa clase de amor algún día. Incluida yo.

«Mi esposa y yo llevamos diez años juntos, seis de ellos casados, y todavía me emociono al verla todos y cada uno de los días cuando llego a casa del trabajo. Ella hace que hasta los peores días me resulten soportables solo con existir».

Cierro la laptop y me pongo la cabeza entre las manos. ¿Por qué habré propuesto este tema? No solo me rompe el corazón otra vez tener que pensar en cómo un día el matrimonio aparentemente perfecto de mis padres se disolvió en el aire, sino que también me hace cuestionar un futuro entre Ethan y yo.

Si un día dentro de cinco años lo pararan por la calle y le pidieran que hablara sobre el amor de su vida, ¿qué diría? Suponiendo que estuviera pensando en mí, claro. ¿Diría que nunca había conocido a nadie como yo? ¿Que le hago sentir que es una versión diferente y mejor de sí mismo? ¿Que se siente seguro cuando está conmigo? Me pregunto si alguna vez me querrá como yo le quiero a él. Me pregunto si será capaz siquiera de un amor tan profundo.

El reloj de mi teléfono marca las 19:18 cuando, por fin, envío el artículo para la revisión final y recojo mis cosas. La oficina está desierta, los cubículos están vacíos, y puedo oír una aspiradora zumbando al otro lado del pasillo. Espero no volver a ser la última en irme nunca más. Esto no se parece en nada a las series de televisión: no me siento como una jefaza, sino más bien como una posible víctima de asesinato.

Mientras salgo a toda prisa del edificio, el teléfono me vibra en el bolso. Escarbo en su interior hasta encontrarlo, y cuando lo hago, veo el nombre de Lauren en la pantalla.

—Hola, perdona, justo estaba saliendo del trabajo —le respondo.

—Me lo suponía. Acabo de llegar a casa con *sushi* y vino. ¿Nos vemos en veinte minutos?

—Nos vemos en veinte minutos —le aseguro.

—¡Ya estás en casa! —resuena la voz de Lauren desde la cocina.

—Por fin —respondo entre risas mientras dejo el largo día y los zapatos junto a la puerta.

Entro en la cocina y me la encuentro transformada en un rinconcito acogedor. Lauren ha encendido una vela, ha servido dos copas de vino tinto y ha colocado cuatro rollos de *sushi* sobre la tabla que normalmente utilizamos para la charcutería.

—¿A qué se debe todo esto? —le pregunto, porque sé que no dedica esta clase de esfuerzos a una cena corriente de entre semana.

—Ah, tú siéntate y ya está —insiste.

Obedezco y le doy un sorbo a mi vino, temerosa de lo que esté a punto de pasar.

—¿Te vas a ir de Nueva York?

Las palabras se me escapan de la boca sin más, pero la respuesta de Lauren llega enseguida.

—No. Solo del departamento. Miles quiere que me mude con él. Sé que es pronto, pero tengo muchas ganas de hacerlo. De todos modos, ya me paso casi todas las noches en su casa, así que tiene sentido, aunque esa no es la única razón por la que quiero hacerlo. Lo quiero, Sloane. En plan, le quiero mucho, muchísimo. Creo que es el hombre de mi vida.

Hago una pausa y dejo que sus palabras se asienten en el espacio que hay entre nosotras mientras tomo otro sorbo.

—Me alegro mucho por ti —respondo con la voz firme, porque quiero que sepa que lo estoy diciendo totalmente en serio—. De verdad.

—Ah, vete al carajo —me pica, quitándole peso al momento. Me río con ella, pero mi corazón está al mismo tiempo dichoso y triste.

—No, en serio, ¡me alegro por ti! Es solo que voy a extrañarte. Este último año y pico se me ha pasado demasiado rápido, y creo que por culpa de *New Girl* y *Friends* tenía como una noción preconcebida de que íbamos a vivir juntas hasta después de cumplir los treinta.

Ella asiente con la cabeza.

—Lo entiendo, a mí también me pasaba. No pensaba que iba a conocer a alguien tan rápido. O conocer a alguien siquiera, la verdad.

Me alegro por ella, de verdad que sí. Pero es que no puedo evitar comparar su relación con Miles con la mía con Ethan. ¿Alguna vez seremos algo más que un «casi»?

31
Ethan

Octubre de 2018

Me quedo mirando fijamente el celular mientras suena en mi mano; se trata de un número desconocido. Sé perfectamente quién se encuentra al otro lado de la línea, pero no soy capaz de obligarme a responder. Tomo asiento en el borde de mi cama y sigo mirando la pantalla hasta que la llamada pasa al buzón de voz. Durante los últimos meses ya he acumulado más de once mensajes nuevos que jamás escucharé, y me pregunto constantemente cuándo se terminará.

En junio, la señora Clark me llamó para avisarme que iban a soltar a mi padre de la cárcel. Parecía que ella y el señor Clark pensaban que se presentaría en la puerta de su casa para pedirles hablar conmigo, pero, después de lo que había hecho mi madre, o más bien de lo que no había hecho, yo lo dudaba muchísimo. Un mes más tarde, me llamaron para decirme que había ido a su casa, y les permití darle mi número de teléfono sin esperar que llegara a llamarme jamás y sin saber si le respondería si lo hiciera.

Noah y Alex están de viaje de trabajo esta semana, y Sloane se ha ido a tomar algo con Lauren, así que tengo la noche para mí solo, lo cual es un cambio de aires agradable. Saco la huka y pongo el partido de futbol del jueves por la noche. Cada pocos minutos le echo un vistazo a mi celular, que se encuentra boca abajo junto a mí en el sillón de piel, y después de unas cuantas caladas a la huka, por fin lo entiendo. Titubeo antes de abrir el primer mensaje del buzón de voz que recibí y llevarme el teléfono a la oreja.

—Ethan, soy tu, eh, tu padre... Si es que puedo llamarme así siquiera. He estado tratando de contactar contigo, y sé que has estado ignorando mis llamadas, pero de verdad que me gustaría hablar contigo. Los Clark dicen que ahora estás en Nueva York. Nunca te imaginé siendo un chico de ciudad, pero, claro, tampoco conozco a tu versión adulta. En fin, espero que te estés cuidando. Llámame si puedes. Bueno, está bien, adiós.

Su voz suena diferente a lo que esperaba. Más vieja y áspera. Me hace preguntarme qué aspecto tendrá ahora.

En lugar de lanzar el celular al otro lado de la habitación como esperaba hacer, escucho el siguiente mensaje del buzón de voz. Y después el siguiente, y el siguiente, hasta que llego al que me ha dejado esta noche. Me paseo por la sala de estar y me planteo qué hacer a continuación. ¿Debería llamarle? ¿Qué podría decirme?

«¿Siento haberte arruinado la vida?».

«¿Siento haber dejado de llamar?».

«¿Siento que tu madre no volviera eliminar por ti?».

Me pongo la cabeza entre las manos y cierro los ojos antes de tomar la decisión. Reviso mi historial de llamadas hasta encontrar el nombre de Graham y lo presiono para llamarle.

—Hola, Brady, me sorprende que no hayas salido esta noche —responde.

—Necesitaba pasar una noche en casa. ¿Tienes unos minutos para hablar? —le pregunto con la voz más baja de lo habitual.

—Sí, claro, ¿qué pasa? Suena serio.

Titubeo, porque este tema es uno que odio tener que tocar.

—Mi padre me ha estado llamando.

—¿Para qué?

Su respuesta es brusca, lo contrario a su habitual tono relajado.

—Esa es la cosa, que no lo sé. Dice que de verdad necesita hablar conmigo, pero es que no puedo decidir si debería devolverle la llamada. ¿Tus padres te han mencionado algo sobre el tema?

Graham se queda en silencio durante un momento antes de contestar.

—Me contaron que iba a salir de la cárcel hace unos meses. ¿Qué vas a hacer?

—No lo sé.

Me doy cuenta de que estoy comenzando a tensarme.

—Si me lo preguntas, creo que deberías devolverle la llamada. Sé que los dos te jodieron de verdad, y está bien si no quieres perdonarlos nunca, pero a lo mejor te ayuda hablar con él. A lo mejor oír qué fue lo que pasó exactamente o por qué dejó de llamarte te permite entender la situación desde su perspectiva.

Su consejo es sorprendentemente perspicaz.

—Sí, puede ser.

Suelto un suspiro.

—¿Cómo va todo con Sloane? —me pregunta.

—Va bien, supongo —le respondo.

—Oh, oh. —Graham no se lo cree—. Solo quiero que sepas que, si sigues con esta mierda mucho más tiempo, vas a perderla para siempre, y, por lo que he visto, Sloane te gusta y te importa de verdad. Una chica como ella no se va a quedar esperando para siempre.

—Ok, ok. Hablamos pronto.

Cuelgo el teléfono y lo dejo sobre la mesita del café antes de dar otra fumada.

¿Estoy preparado para desenterrar algo que ocurrió hace más de diez años? Lo único que quiero es olvidar que ocurrió siquiera, y me da la sensación de que una llamada con mi padre lograría precisamente lo contrario. Decido consultarlo con la almohada; no tengo que escoger justo en este momento, así que ¿por qué estoy actuando como si fuera así?

Le mando un mensaje a Sloane para decirle que no he cerrado la puerta con llave porque no quiero dormir solo esta noche, y menos de quince minutos más tarde, ya está acostada junto a mí. A veces no me doy cuenta de lo mucho que la necesito.

32
Sloane

Noviembre de 2018

Lauren se mueve por la habitación con una eficacia ensayada, y el sonido del cierre de su maleta corta el silencio. Se detiene para mirarme, Tirada sobre su cama, y la preocupación cruza su rostro.

—Puedes venir en tren y regresarte mañana —me insiste—. ¡No quiero que estés sola el Día de Acción de Gracias! La madre de Miles te ha invitado y tienen comida más que de sobra.

La semana pasada, exactamente diez días antes de Acción de Gracias, Ethan me dijo que había hecho planes para volver a Wilmington. No me preguntó si quería ir con él, y supongo que yo tampoco esperaba que lo hiciera, pero eso no hacía que doliera menos. Ya era oficial: iba a pasar el Día de Acción de Gracias sola.

—No pasa nada, ¡en serio! Estará bien tener un día para mí sola. Había pensado en tratar de ir al desfile, pero algunos de mis compañeros de trabajo me han dicho que llegan allí antes de las cinco de la mañana, así que ni de chiste.

Mi risa es sincera, aunque un tanto forzada, trata de ocultar la decepción.

—El año que viene tendrías que pedirle a tu padre o a tu madre que vengan, y tal vez los míos lo hagan también, ¡y entonces podríamos ir todos juntos al desfile! —me propone—. ¡Siempre he querido ir!

Lauren se va a ir a Connecticut para conocer a los padres de Miles, y, por muy amable por parte de ellos que fuera invitarme a mí también, me pareció que ese era el último plan en el que quería meterme. La parte buena de estar en la ciudad para Acción de Gracias es que realmente no cierra ningún sitio, así que mis opciones para pedir comida a domicilio son infinitas.

—Bueno, ¿y entonces qué crees que vas a hacer mañana? —me pregunta Lauren.

—Ponerme a ver *Sex and the City* y beberme una botella entera de vino, probablemente —le respondo, y el plan me suena más atractivo cuando lo digo en voz alta.

Lauren se sienta junto a mí en la cama y el colchón se hunde ligeramente bajo nuestro peso. Me mira y su expresión se suaviza.

—Esto me recuerda a la universidad —me dice con un atisbo de nostalgia en la voz—. ¿Recuerdas cuando nos acostábamos en la cama de la otra sin decir nada durante horas? ¿Mirando Instagram y jugando al *Candy Crush*?

—Voy a extrañar vivir juntas —admito.

—Yo también —me asegura.

Lo más probable es que este sea el momento más íntimo que hemos compartido jamás. Nuestra amistad es profunda, pero nunca ha sido demasiado emocional. Esa es la belleza de Lauren: hace que la vida sea muy alegre y tranquila. Pero este momento ha sido diferente. Puedo sentir que nuestra amistad ha comenzado a cambiar. Eso me hace sentir miedo por el futuro, y también me hace preguntarme si necesito tomarme mi relación con Ethan más en serio. Aunque odio la idea de tener esa conversación con él, también odio la idea de quedarme soltera mientras todos mis amigos se enamoran, se casan y tienen hijos.

Con Ethan sé que será más de un Día de Acción de Gracias sola. Habrá bodas sin acompañante y fiestas en la oficina en las que me preguntarán dónde está mi novio o si estoy soltera. Recuerdo los días en los que me encantaba estar soltera. Creo que podría volver a llegar a ese punto. Lo que me da miedo no es la idea de estar sola, sino la idea de perderlo a él.

Querer a Ethan es difícil, pero irme podría resultarme aún más difícil.

¿Por qué no puede ser fácil y ya está?

El televisor me pregunta si todavía estoy viéndolo mientras tomo el mando para empezar el cuarto episodio de *Sex and the City* de la noche. Antes de que pueda pulsar «Sí», miro el celular para ver si Graham o Ethan han subido algo. Lo más probable es que estén en el centro o en los bares de la playa. Después de todo, es la víspera del Día de Acción de Gracias y están en casa. La ansiedad se apodera de mí, de modo que me voy a la cocina para servirme otra copa de vino. Vacío el resto de la botella en mi copa y la tiro a la basura.

Me reclino en mi lado favorito del sillón y decido quitar la serie para poner la película. Siempre me echo a llorar cada vez que veo la escena en la que Big deja a Carrie en el altar. Y, ahora mismo, tengo ganas de una buena lloradita.

Me aovillo bajo una manta mientras observo a un personaje ficticio pasando por algo que me da mucho miedo. Pero si me aterroriza, ¿por qué una pequeña parte de mí sigue imaginando que a Ethan y a mí nos ocurre eso? ¿Por qué quiero estar con alguien que creo que podría dejarme en el altar? Incluso el más mínimo atisbo de ese sentimiento debería decirle a una persona que no está destinada a terminar con alguien así. Pero, entonces, ¿por qué sigo todavía con él?

—Algunas historias de amor no son novelas épicas. Algunas son breves, pero eso no significa que estén menos llenas de amor —dice Carrie.

Por una vez, tiene sentido.

Las lágrimas corren por mi cara. ¿Será Ethan mi Big? Siempre he odiado a Big, pero esta escena acaba de resaltar lo que llevo planteándome estas últimas semanas. Me da mucho miedo dejar a Ethan, a pesar de que sé que es lo correcto. No puedo quedarme esperando a que alguien me quiera si no lo hace. O tal vez sí que me quiere. Pero no es suficiente.

Por lo general, odio regodearme en mi tristeza, pero esta noche no puedo evitar sentir un poco de lástima por mí misma. Voy a pasarme Acción de Gracias sola en mi pequeño departamento de Nueva York mientras dos de mis personas favoritas están en nuestra ciudad universitaria sin mí. Lo más probable es que Ethan ni siquiera se dé cuenta de la cagada que es haberme dejado aquí. Pero lo es. Es una auténtica cagada. Puede que no sepa lo que es tener a alguien que quiere quererlo, alguien que no quiere abandonarlo, pero eso no es ninguna excusa para que me trate como si no existiera.

Me despierto a la mañana siguiente con la cabeza palpitante gracias al vino y ninguna llamada perdida ni mensajes. Vaya forma de empezar el Día de Acción de Gracias.

Gruñendo por no tener televisor en mi habitación, me dirijo con lentitud hacia la sala de estar para poner el desfile en la tele y prepararme una taza de café. Mientras espero a que la Keurig termine de hacerlo, llamo a mi madre.

—Hola, querida, ¡feliz Día de Acción de Gracias!

La calidez de su voz me recuerda lo mucho que la echo de menos.

—Hola, mamá —respondo—. ¡Feliz Día de Acción de Gracias a ti también! ¿Qué tal por Londres?

—Oh, es genial, querida. ¿Tú cómo estás? ¿Has ido al desfile? —me pregunta, esperanzada.

—No, acabo de levantarme —respondo, y un bostezo alarga mis palabras.

—Bueno, pues tu portero debería tener algo de champán esperándote abajo. Siento otra vez que no estemos juntas hoy, pero nos vemos dentro de unas semanas para Navidad. Nos he encargado pijamas a juego. ¡Tu tradición favorita!

—Creo que más bien es tu tradición favorita —la provoco.

—Lo que tú digas. En fin, mira, querida, voy a tener que dejarte, pero espero que tengas un día estupendo. ¡Te quiero!

—Yo también te quiero, mamá —digo en voz baja, y termino la llamada.

Al menos, eso ha matado alrededor de cuatro minutos de mi día. Cuando tomo otra vez el celular para llamar a mi padre, me vibra en la mano. Esperaba que fuera algún chat grupal, pero me quedo agradablemente sorprendida al ver que aparece el nombre de Ethan.

10:11
Ethan Brady: Feliz Día de Acción de Gracias, pavito. Estoy deseando llegar a casa y comerte entera 😉

10:12
Yo: Dios mío, eres extremadamente vulgar

10:13

Yo: Feliz Día de Acción de Gracias, saluda a Graham de mi parte!

10:15

Ethan Brady: Todavía no has visto nada

Durante los segundos siguientes, miro el mensaje mientras sonrío de forma incontrolada y me olvido de que él es la razón por la que estoy pasando un día festivo totalmente sola.

33
Ethan

Noviembre de 2018

Odio los aeropuertos y odio volar. No entiendo cómo puede haber gente a la que le guste. Todo el mundo va con prisa, mi vuelo casi siempre se retrasa sin ninguna razón, y normalmente acabo sentado delante de algún niño que se pasa todo el viaje dándole patadas a mi asiento. Este vuelo no ha sido diferente. Espero a que los pasajeros que se encuentran a mi alrededor comiencen a caminar por el pasillo, me echo la bolsa de lona al hombro y los sigo. Por suerte, Graham va a ir a recogerme, lo que significa que nos pasaremos a tomar algo antes de ir a su casa. Dios sabe que necesito unas cuantas copas.

—¿Dónde está tu traje? —dice a modo de saludo.

Graham me está esperando en su Jeep Wrangler descapotable. Hace un día inusualmente cálido para estar a finales de noviembre, pero así es Carolina del Norte, siempre impredecible.

—Pensaba que los chicos de ciudad solo llevaban traje a todas partes —continúa—. Al menos, esa es la impresión que me daba por las películas.

—¿Quién en su sano juicio va a ponerse un traje para un vuelo que cuesta ochenta dólares ida y vuelta? —replico acabando con su triste intento de broma.

—Cierto. ¿Quieres ir al Dockside? Había pensado que podíamos sentarnos en la terraza y pedir una cubeta de cervezas antes de ir a ver a mis padres.

—Pensaba que no me lo ibas a proponer jamás.

Subo el volumen y escuchamos *Stir Fry*, de Migos, seguida de unas cuantas canciones más del mismo álbum hasta que nos detenemos en el estacionamiento del restaurante.

—¿Te sientes bien estando aquí otra vez?

Me encojo de hombros.

—Tampoco he estado tanto tiempo fuera.

—Si ha pasado casi un año —señala Graham.

Carajo, tiene razón. En enero se cumplirá un año desde que hice las maletas, me fui de Wilmington y me mudé a una ciudad que pensaba que odiaba.

—Se me ha pasado muy deprisa.

Lo sigo hasta la terraza del bar, donde tomamos asiento y pedimos una cubeta de Coronas.

El aire huele a sal y nostalgia. Por un lado, echo de menos la playa. Echo de menos irnos con las tablas de surf y montar las olas para olvidar nuestros problemas. Extraño encontrar arena en cada rincón de mi coche. Extraño tener coche. Pero no echo de menos los recuerdos que me trae este lugar.

—Bueno, ¿y cómo va todo? —me pregunta—. ¿Adónde va a ir Sloane por Acción de Gracias?

Tendría que habérmelo imaginado. Graham no ha tardado ni una hora en sacarla a la palestra. Ocurre siempre que voy a cualquier sitio sin ella; es como si fuéramos un lote indivisible. ¿Qué sentido tiene no estar en una relación si todo el mundo da por hecho que lo estamos de todos modos? Me estoy cansando de que la gente se interese por nosotros más de lo que se interesan por mí. ¿Es eso egoísta? Puede ser. ¿Me importa? No.

—¿No podemos hablar de otra cosa? A veces me siento como si todas las conversaciones que tengo últimamente tuvieran que girar alrededor de Sloane. —Le doy un trago a mi cerveza—. ¿Cómo estás tú?

—Lo siento, amigo, no lo decía con mala intención —me promete Graham—. Yo estoy bien, aunque me estoy hartando de vivir en casa de mis padres. Ojalá pudiéramos adelantar la boda para que Emily y yo podamos vivir juntos de una vez. Sus padres son tan tradicionales que duele.

—¿Ya vieron casas nuevas?

—Tenemos un departamento de dos habitaciones en Mayfaire, pero, de momento, solo está viviendo ella allí hasta la boda. Aunque me quedo a dormir muchas veces... una locura, lo sé. Lo más probable es que vivamos allí un año o dos y después empecemos a mirar casas.

Hay un matiz de emoción en su voz.

—Felicidades, tío.

Nos terminamos la cubeta de cervezas y después nos dirigimos hacia su casa. A estas alturas ya sé que va a ser un fin de semana muy largo, y no estoy seguro de sentirme ni remotamente preparado para él.

—¿Seguro que no quieres venir con nosotros? —me pregunta Graham una última vez antes de salir del coche.

—Tal vez más tarde —respondo—. Ya te avisaré. Gracias por prestarme el coche.

—Cuando quieras. Pero luego ven a unirte a nosotros o a recogernos. Buena suerte.

Cierra la puerta del copiloto y los observo mientras Emily y él entran en el bar de la mano.

Escribo la dirección de un motel a veinte minutos a las afueras de Wilmington en la aplicación del mapa. Subo el volumen de la radio para no tener que escuchar mis propios pensamientos, pero estos se abren camino a hurtadillas de todos modos.

¿Qué estoy haciendo? Han pasado diez años. Diez años y no ha tratado de llamarme ni escribirme. Pero entonces, ¿por qué ahora? ¿Es que solo le estoy ayudando a limpiar su conciencia culpable? ¿Debería darme la vuelta y ya está? ¿Pasar la noche con Graham, el chico que ha estado a mi lado con todo lo que he tenido que sufrir? ¿O debería limitarme a hacer de tripas corazón y escucharlo, para no tener que pasarme el resto de mi vida preguntándome qué querría decirme?

Mientras entro en el estacionamiento del Motel 6, comienzan a sudarme las palmas de las manos. Me quedo sentado en el coche unos cuantos minutos más antes de apagar al fin el motor y salir del vehículo. Examino los números de las puertas hasta que veo el 105. Titubeo antes de llamar.

Cuando la puerta se abre, me quedo impactado. No sé qué aspecto esperaba que tuviera mi padre después de diez años en la cárcel, pero, por alguna razón, pensaba que sería el mismo hombre que recordaba. En algunos sentidos lo es, pero ahora es más viejo y más pequeño que antes.

—Qué bien te veo —dice sonriendo ligeramente.

Me quedo en el umbral de la puerta, todavía observándolo. Consigo esbozar una media sonrisa antes de que él se acerque para darme un abrazo. Le doy una palmada en la espalda y espero con incomodidad a que se separe de mí. Esto es mucho peor de lo que esperaba.

Me doy cuenta de que ha estado bebiendo, pero acepto con reticencia ir a cenar con él de todos modos. Cuando era pequeño, nunca había pensado que mis padres fueran alcohólicos. Tenían un bar, así que creía que beber era parte de su trabajo, o al menos del de mi padre. Hasta que me hice mayor no comprendí que tenía un problema con el alcohol.

Entra en el coche de Graham y conduzco hasta un restaurante situado a unos pocos minutos del motel. El trayecto transcurre prácticamente en silencio, pero mi cerebro no se apaga. No puedo creer que el hombre que se encuentra en el asiento del copiloto sea el mismo que me crio. El hombre al que llamaba «papá», el que me enseñó a lanzar una pelota de futbol y a andar en bicicleta. Tan solo es una sombra del hombre que recuerdo, y ahora se ha convertido en un expresidiario con el pelo gris y la cara hundida y llena de arrugas.

Nos sentamos en una mesa el uno frente al otro, y él nos pide dos cervezas Miller Lite. Tamborilea con los dedos sobre el cuello de la botella antes de hacerme la pregunta que me había estado temiendo.

—¿Has hablado con ella? Con tu madre, me refiero.

—No desde antes de que saliera. ¿Y tú?

Le doy un gran trago a la cerveza.

—Su número lleva años desconectado. Esperaba que tú tuvieras el nuevo —continúa antes de procesar las palabras que acaban de salir de mi boca—. ¿Has dicho que no hablas con ella desde antes de que la soltaran?

—Eso es exactamente lo que he dicho —le confirmo.

Él retira la mirada; su decepción es evidente.

—Se suponía que iba a volver por ti. Ese era nuestro acuerdo.

—Pues no lo hizo. Según Facebook, se mudó a Texas, se volvió a casar y ahora tiene una hija —respondo con amargura.

—Mierda. —Se frota las sienes antes de darle otro trago a la cerveza—. Que le den. Pero, entonces, ¿has estado viviendo con los Clark todo este tiempo?

—Sí —respondo sin entrar en detalles.

Él se llena de alivio.

—Son buena gente. Muy buena gente.

—Bueno, ¿y qué era eso tan importante que tenías que hablar conmigo después de tantos años sin llamarme? —le pregunto al fin.

Él me mira con una seriedad en los ojos que no estaba ahí antes.

—Hijo, dejé de llamarte porque eso era lo que quería tu madre. Quería hacer borrón y cuenta nueva y tener una vida que no me incluyera a mí porque me odiaba por el lío en que nos había metido. Me odiaba porque te habíamos perdido.

—Está claro que no le importaba demasiado perderme si jamás volvió a buscarme —digo con un resoplido, y me termino la cerveza.

Él se inclina hacia delante.

—Sé que no significa gran cosa, pero ahora estoy aquí. Me gustaría volver a empezar. Poder llegar a conocerte.

—¿Tienes trabajo? —le pregunto con escepticismo.

—En el puerto deportivo. He estado haciendo todos los turnos posibles y tratando de trabajar horas extra para poder alquilar una casa y salir de este motel —me asegura.

El mesero nos trae otra ronda y me planteo su propuesta. ¿Está siendo sincero? Estaría bien volver a tener un padre propio otra vez.

34
Sloane

Diciembre de 2018

Ethan no me ha contestado a ninguno de los mensajes ni las llamadas que le he hecho desde el Día de Acción de Gracias. Y eso, a pesar de su carencia de habilidades comunicativas, es algo muy poco propio de él.

Todo lo que he estado sintiendo durante las últimas semanas no eran solo mis propias inseguridades; eran alarmas de advertencia sonando. Mis entrañas me han estado diciendo exactamente lo que he estado tratando de evitar: «Lo estás perdiendo. Lo estás perdiendo otra vez, y no hay nada que puedas hacer al respecto».

No puedes suplicarle a nadie que te quiera, y, por mucho que desees que sea posible, no lo es. No deberías tener que convencer a nadie de que eres suficiente o de que vales la pena. Eso es algo que todavía sigo aprendiendo.

Inserto la llave en la cerradura y la giro; el familiar «clic» anuncia mi regreso a casa. La puerta se abre y me recibe el aroma de la albahaca fresca, un toque de ajo y la nueva vela de vainilla que compré la semana pasada.

—¡¿Estás cocinando?! —grito, esperando que mi voz llegue hasta la cocina.

—¡*Pizzas* caseras! —responde Lauren con la misma energía.

—¿Cuatro? —pregunto al llegar mientras hago un gesto hacia todo lo que preparó—. ¿Quién se va a comer todo esto?

—Había pensado que Ethan y Miles. ¡Una para cada uno! Podemos ponerles lo que queramos.

—Ah, eh... —tartamudeo, tratando de estrujarme el cerebro en busca de alguna excusa para lo de Ethan. No quiero decirle la verdad, que me ha estado ignorando—. Ethan está liado en el trabajo, así que no vamos a necesitar ninguna para él.

—¡Pues más para nosotras! —replica Lauren a la vez que se encoge de hombros. Se me quita un peso de encima al darme cuenta de que no sospecha nada. Odio esconderle las cosas a Lauren, pero ya sé lo que me va a decir. Me dirá exactamente lo que yo misma estoy pensando.

Ethan se está alejando otra vez. Pero, en esta ocasión, soy totalmente consciente.

Después de cenar, me encargo de lavar los platos por Lauren y después me escapo a mi habitación. Me siento en el borde de la cama y miro fijamente la pantalla bloqueada de mi celular.

Seis días. Ya ha pasado casi una semana desde que mi mensaje se quedó en enviado, ni siquiera en leído. Y eso es todavía más frustrante teniendo en cuenta que sé que ha visto la notificación. Odio que tenga tanto control sobre mí. Conoce mi rutina diaria, sabe cuándo me voy para ir al trabajo y cuándo llego a casa, así que sé que se ha estado yendo pronto y quedándose hasta tarde para evitar encontrase conmigo.

Lanzo el celular al otro lado de la cama, y este se cuela en el pequeño espacio que hay entre el colchón y la pared. Unas lágrimas silenciosas caen por mi cara y humedecen la almohada sobre la que suele dormir Ethan.

¿Por qué tenía que enamorarme de alguien que no podía corresponderme? Al principio estaba convencida de que él era «la persona apropiada, pero en el momento equivocado». Ahora estoy empezando a pensar que tal vez eso no sea más que una frase que utiliza la gente cuando aman profundamente a alguien y saben que esa persona no les corresponde de la misma forma y jamás podrá hacerlo, así que se inventan excusas sobre los momentos y los lugares para tratar de evitar el final inevitable.

Toc, toc.

Antes de que tenga oportunidad de secarme las lágrimas, Lauren se encuentra en el umbral de la puerta; una escena con la que estoy demasiado familiarizada.

—¿Qué te pasa?

Hay preocupación en su voz.

—Nada, estoy bien. —Sorbo por la nariz—. No es nada.

—Está claro que sí es algo.

—Ethan lleva ya casi una semana ignorándome.

Me rodeo el cuerpo con los brazos.

—¿Una semana? ¿Por qué no me habías dicho nada antes? —me pregunta, sorprendida.

La confesión se me escapa como si fuera agua derramada.

—Porque me daba vergüenza. Está pasando otra vez; lo estoy perdiendo y no tengo absolutamente ningún control sobre ello. ¿Cómo he podido volver aquí? ¿Por qué no he aprendido? He estado totalmente convencida de que la razón por la que no pude llegar a pasar página del todo era porque se suponía que teníamos que intentarlo otra vez. Se suponía que esta vez lo nuestro tenía que funcionar. Pero, entonces, ¿por qué no ha sido así? Puede que parezca una locura, y ni siquiera sé si creo en Dios, pero a veces pienso que no dejaría de meter a Ethan en mi vida si lo nuestro no estuviera destinado a funcionar algún día.

—Oh, Sloane. —La mano de Lauren es amable sobre mi hombro—. O a lo mejor está tratando de enseñarte una lección. No vas a querer escuchar esto, pero tienes que olvidarte de él. Mira lo que te ha estado haciendo estos dos últimos años. No puedes seguir viviendo así, siempre a su entera disposición. Esta es tu vida, y él no es quien manda en ella. Eres tú.

Sus palabras, aunque duras, están llenas de cariño y del deseo de verme libre de este ciclo interminable. No soy capaz de responder.

Después de unos minutos de silencio y más sollozos, Lauren apaga la lámpara de mi mesita de noche y sale de la habitación. Me quedo dormida encima de la colcha, totalmente vestida y con lágrimas secas en ambas mejillas.

A la mañana siguiente, me meto a la regadera y pongo el agua lo más caliente posible con la esperanza de que queme cualquier rastro de Ethan.

Me seco y miro mi cuerpo desnudo en el espejo mientras pienso en todas las veces que me ha tocado. ¿Por qué no puedo recordar la última vez que me besó? ¿Qué pasa si la última vez fue la última vez de mi vida? El pensamiento me provoca náuseas, y me arrodillo enfrente del escusado.

Termino en el cuarto de baño y tomo el celular de debajo de mi cama, donde lo dejé anoche.

Lo enciendo, tomo la bolsa del trabajo y salgo por la puerta.

Mientras salgo del elevador, miro fijamente el único mensaje que he recibido.

7:42

Ethan Brady: Hola. Siento no haber respondido antes. Necesitaba un poco de espacio

¿Y ya está? ¿Eso es todo lo que tiene que decir? Vuelvo a meter el celular en el bolso y, por una vez, leo los anuncios pegados por todo el vagón del metro.

Mi voz es una mezcla de frustración y dolor cuando me enfrento a él.

—No puedes pasarte una semana ignorándome y esperar que me olvide del tema, Ethan.

—Lo sé, y ya te he dicho que lo siento —responde, pero su disculpa carece de convicción—. ¿Qué más quieres que haga?

—Quiero que dejes de evitarme. Que dejes de evitar lo nuestro.

—No lo estoy haciendo. Únicamente necesitaba estar solo.

Su defensa es débil, y está eludiendo el contacto visual.

—Pues entonces podrías haberme dicho eso antes de ignorarme —le recuerdo.

Él levanta la mirada.

—No te estoy ignorando, Sloane. Ahora estoy aquí, ¿no?

Sentada en el taburete, observo a Ethan mientras se pasea por la cocina.

—Sí, pero ¿durante cuánto tiempo? —le pregunto.

—No lo sé —responde—. Si pudiera contestar a eso, estaríamos saliendo.

Lo miro fijamente y siento que una lágrima cae por mi mejilla. Hace dos años, cada vez que estaba con Ethan, me preocupaba decir algo inapropiado y espantarle. Ahora, en mitad de mi pequeño departamento de Nueva York, estoy siendo más vulnerable de lo que jamás lo he sido con nadie.

—No lo decía en el mal sentido. —Toma asiento junto a mí y me coloca la mano sobre la pierna—. Es que no sé qué es lo que puedo decir para hacerte entender lo que siento.

—No puedo seguir con esta dinámica de estar a medias contigo. Ya no estamos en la universidad, Ethan. Quiero una relación. No puedo seguir con lo que quiera que sea esto —digo mientras trato de contener las lágrimas.

Él me ignora durante un momento y se pone la cabeza entre las manos. Ya ha llegado; este es el momento en el que todo termina. Me preparo para su contestación. Ya sé lo que está pensando: «¿Cómo le digo que no puedo darle lo que quiere?».

—Ya te lo he dicho antes, Sloane. Necesito hacer esto a mi manera y a mi propio ritmo.

Su tono suena seguro. Asiento con la cabeza; el gesto es pequeño, pero de aceptación, y el corazón me da un vuelco a causa de la familiaridad de lo que acaba de decir.

—¿Puedes prometerme una cosa? —le pregunto clavando mis ojos en los suyos.

Él traga saliva, visiblemente intranquilo.

—Depende.

—Por favor, no vuelvas a ignorarme de esa manera. Quiero estar ahí para ti. Estoy de tu lado, pero no puedo hacerlo si siempre me estás ignorando durante semanas.

—Ha sido menos de una semana —responde él tratando de quitar importancia a la situación.

Me mantengo firme.

—Lo digo en serio. Duele.

Ethan me mira y creo que al fin ve el dolor que me ha causado.

—Lo intentaré —me dice.

Él nunca hace promesas que no pueda cumplir, y esa es la razón por la que no hace promesas.

Vacío el lavavajillas y me sirvo una copa de vino; soy consciente de que lo más probable es que esté poniendo los ojos en blanco a mis espaldas. Se desploma en el sillón y juega con su celular. ¿Es así como sería nuestra vida, es este el futuro con el que he estado soñando? ¿Mala comunicación, promesas a medias y silencios incómodos? Me gustaría pensar que nuestra relación será diferente cuando esté preparado para hacer un esfuerzo y comprometerse de verdad.

—¿Quieres que veamos *Breaking Bad*? Puedo ponerte una copa —le ofrezco con la botella de tinto en la mano.

—Esta noche no estoy de humor para beber —responde mientras pone el episodio.

El cuerpo de Ethan se amolda al mío cuando nos acostamos en el sillón. Me bebo el vino demasiado deprisa y me relleno la copa tres veces más durante los dos episodios que vemos. Da igual lo mucho que lo intente, no soy capaz de sacarme de la cabeza nuestra última conversación. Uno de sus brazos me rodea la cintura mientras mi cabeza descansa sobre el otro. Acerca su boca a mi oído.

—Vamos a la cama.

Me doy la vuelta para mirarlo, a pesar de que su cabeza sigue estando unos cuantos centímetros por encima de la mía. Le pongo la mano sobre la nuca, lo atraigo hacia mí y comenzamos a besarnos.

Nuestras bocas se convierten en una durante lo que parecen horas. No puedo recordar la última vez que nos besamos durante tanto tiempo. Tal vez la primera vez que nos besamos en la vida, en mi habitación de Ascent. Recuerdo la primera vez que nos besamos como si hubiera ocurrido hace unas horas. Me da miedo que sea algo que no pueda olvidar jamás.

—¿Vamos a mi habitación? —le pregunto.

—Quiero cogerte aquí —susurra él—. En el sillón.

De modo que se lo permito. Le dejo que me coja en el sillón modular que compramos en Facebook Marketplace, y durante todo el tiempo trato de no llorar.

De algún modo, esto parece diferente a todas las demás veces que nos hemos acostado. Parece menos íntimo, como si yo no fuera más que un objeto para él. Trato de no demostrarlo, pero algo me dice que lo sabe. Cuando terminamos, los dos nos quedamos ahí acostados. Desnudos y completamente quietos.

A pesar de que ha estado dentro de mí hace un momento, Ethan parece muy distante. ¿Cómo puedo echarle de menos cuando está aquí mismo?

—¿Te parece bien si duermo en mi casa esta noche? —me pregunta, como si mi opinión tuviera algún peso.

—Está bien.

Es lo único que soy capaz de decir.

Se viste, lava mi copa de vino y se pone los zapatos mientras yo sigo acostada y desnuda en el sillón. Me da un beso en la frente y se va del departamento. Esperaba ponerme a llorar, pero no lo hago.

Me levanto del sillón y me dirijo a mi habitación, donde me pongo mi pijama favorita y me meto en la cama. A pesar de que me siento como si algo entre nosotros estuviera a punto de romperse, hay algo dentro de mí que en cierto modo está en paz.

No quiero pasarme el resto de mi vida pensando: «¿Será esta mi gran historia de amor?», porque quiero más. Me merezco más.

No quiero llamadas que queden sin respuesta ni mensajes que se queden sin leer. No quiero pasarme los días festivos, ni ningún otro día, suplicándole a alguien que me elija a mí. Me merezco a alguien que me elija sin dudarlo. Me merezco a alguien que esté presente. Y me doy cuenta de que mi relación con Ethan no es ninguna de esas cosas. Y es probable que nunca lo sea.

Tal vez esto sea realmente el final.

35
Sloane

Diciembre de 2018

Phillip me entrega un sobre de color rosado. Mi nombre está escrito en él con letra ornamentada, y no me hace falta abrirlo siquiera , saber que se trata de la invitación a la boda de Graham y Emily. La ceremonia no tendrá lugar hasta el verano, pero hacer las cosas con antelación es algo muy propio de ellos.

Entro en el departamento, que está lleno de cajas de mudanza a medio llenar, y evito abrir el sobre. Lo coloco sobre la encimera y me quedo mirándolo durante lo que parece una eternidad.

¿Estoy preparada para abrirlo?

Rompo el sello con cuidado y los ojos se me llenan de lágrimas de inmediato. Esto es lo único que ansío: alguien que me quiera lo suficiente como para comprometerse conmigo para siempre. A pesar de que sé que el matrimonio muchas veces no dura toda la vida, la gente no se mete en él pensando que se van a divorciar. Lo hacen con la intención de pasar el resto de su vida juntos. ¿Por qué Ethan no puede darme esto a mí?

Tomo un imán del cajón que hay junto a la tarja y cuelgo la invitación en el refrigerador. Entonces mi celular vibra sobre la encimera.

18:38

Ethan Brady: Ya estoy esperando nuestra comida. Llegaré en media hora

Por un momento me había olvidado de nuestros planes para esta noche.

Le envío una respuesta simple y me recompongo.

A pesar de que la mayoría de las cosas de la cocina ya están guardadas, hemos dejado fuera unas cuantas copas de vino, sabiendo que las necesitaríamos.

Abro la alacena de encima de la tarja para tomar una, la lleno hasta arriba de *cabernet* y me la termino antes de que él llegue. Algo me dice que lo voy a necesitar.

Cuando Ethan llega, comemos en silencio mientras suenan las noticias deportivas desde la tele de la sala de estar. Él toma dos de los sobres de cátsup y los vacía sobre sus papas fritas.

Me sirvo otra copa de vino.

—¿Qué quieres ver? Necesitamos alguna serie nueva, pero no he oído que hayan puesto nada bueno en Netflix últimamente. ¿Y tú?

Él cambia de tema.

—Ya no puedo seguir así, Sloane. Creo que tenemos que terminar con esto.

La copa de vino que tengo en la mano se me cae al suelo y me apresuro a recoger los pedazos.

Se me llenan los ojos de lágrimas mientras recojo cada trozo y me los voy colocando en la otra mano.

Aquí estoy otra vez, llorando en el suelo de la cocina.

—¡Maldición! —grita Ethan mientras corre junto a mí. Comienzo a asimilar la seriedad de la situación, a pesar de que mis emociones nublan la realidad.

Me miro la mano y me doy cuenta de que tengo un trozo grande de cristal clavado en la palma. ¿Por qué no puedo sentirlo? Puedo ver el cristal y la sangre, pero no soy capaz de sentir nada. La sangre gotea por mi mano y cae sobre la alfombra de la cocina. Espero que Lauren no tuviera pensado llevársela. Ethan saca su celular y me ayuda a ponerme de pie.

Lo observo mientras pide un Uber y me toma la mano para inspeccionarla.

—Deberíamos dejar el cristal ahí. Me preocupa sacarlo; no quiero que sangre más.

Me está envolviendo la mano con un trapo de cocina mientras yo sigo paralizada por el aturdimiento. No a causa de la sangre, sino del dolor que siento en el corazón.

—Sloane, lo siento mucho —dice a la vez que abre la puerta del coche. Me siento en el asiento trasero y él entra detrás de mí.

Llegamos a la sala de urgencias en lo que parecen segundos. Todavía no soy capaz de formar palabras, así que no puedo decirle que quiero que se vaya. Él informa de lo que ha pasado, se sienta junto a mí en la sala de espera y sujeta el trapo por encima de mi mano, aplicando una ligera presión alrededor de donde está el cristal para detener la hemorragia.

—¿Sloane Hart? —me llama una doctora que acaba de entrar en la sala de espera.

La seguimos a través de unas puertas dobles hasta una camilla, donde me siento mientras ella corre la cortina. No establezco contacto visual con Ethan, porque, si lo hago, creo que podría vomitar.

La doctora me examina la mano antes de asegurarme:

—No tiene muy mala pinta. Voy a sacarte el cristal y después te limpiaré la herida antes de vendártela. Lo peor va a ser la limpieza.

Asiento con la cabeza en lugar de responder.

No siento ningún dolor mientras extrae el cristal y me limpia la mano. Estoy tratando de hacerme a la idea de lo que ha dicho Ethan después de cenar. Ha tenido muchísimas oportunidades para terminar con esto. Le he dado muchísimas salidas. Y, en vez de eso, así es como acaba.

El trayecto de vuelta a casa en coche es silencioso. Ni siquiera está sonando la radio. Lo único que puedo oír es «Ya no puedo seguir así, Sloane».

Odio cómo pronuncia mi nombre. Espero no oírle decirlo nunca más.

Llegamos a nuestro edificio y los dos nos quedamos plantados en la puerta un momento antes de entrar.

—¿Quieres que suba a tu casa para que podamos terminar de hablar? —me pregunta vacilante.

—No, creo que no hace falta que hablemos más. —Por fin levanto la cabeza y lo miro fijamente. Hago una pausa antes de continuar—. Tan solo necesito que sepas que no puedes seguir haciéndome esto. Después de lo de esta noche, ya no hay vuelta atrás. No puedo seguir haciéndome esto a mí misma. Te quiero tanto que duele. Me ha hecho ponerme físicamente enferma en más de una ocasión. El amor no debería doler. El amor no debería hacerte enfermar. Sé que no estás preparado, y nada de lo que diga o haga podrá cambiar eso jamás. La única persona que puede cambiar eso eres tú. Habría hecho cualquier cosa por ti...

Una lágrima cae por mi cara.

Espero a que diga algo, pero no lo hace. Nos miramos el uno al otro durante unos segundos, y entonces rompo el contacto visual, me doy la vuelta y entro en el edificio. No miro atrás en ningún momento.

El trayecto el elevador parece durar siglos. En cuanto estoy cara a cara con el departamento vacío, me derrumbo. Todo está tal y como lo dejamos: nuestras cajas de la comida vacías esperando a que las lleve a la basura, los restos de la copa de vino rota, las servilletas de papel manchadas de sangre. Hago lo que puedo para limpiarlo todo sin volver a hacerme daño.

Siempre he creído que encontraríamos la forma de volver cada vez que las cosas terminaran. Pero esta vez parece definitivo; como si no fuera a volver a verle jamás. Puedo sentirlo en los huesos. Esta vez es para siempre de verdad.

Todavía me duele. Perderlo y extrañarlo todavía duele, pero de una forma diferente a las veces anteriores. Ya no parece un dolor desgarrador en el corazón, sino un dolor persistente más sutil.

Me quedo despierta casi toda la noche, rememorando nuestra relación desde el momento que nos conocimos hasta llegar a esta noche. Nuestro primer beso, nuestra primera cita, nuestro último beso y nuestra última cita. Ojalá las cosas se hubieran desarrollado de forma diferente entre nosotros. Sé que en el fondo me quiere y le importo, pero sigue sin ser suficiente.

Algunas personas no crecen en una casa llena de amor, y, a pesar de que mis padres ya no están juntos, les fue bien durante dieciocho años de mi vida. Odio lo que sé sobre el pasado de Ethan, y desearía que hubiera creído que podía contármelo. Odio a sus padres de varias formas diferentes. Los odio por haberle abandonado, pero los odio todavía más por hacerle sentir que no se merece que le amen.

36
Ethan

Diciembre de 2018

Cuando regresé a la ciudad, evité responder los mensajes de Sloane. Necesitaba despejar mi cabeza y procesar el caos del fin de semana. Ahora, después de dos días sumido en un silencio absoluto, sigo buscando la respuesta apropiada. A pesar de que no quiere admitirlo, sé que está enojada por haberla dejado sola el Día de Acción de Gracias, así que solo puedo imaginar cómo se sentirá ahora.

¿Por qué no puedo hacerlo bien? ¿Con ella, con cualquier cosa? Estoy atrapado dentro de mi propia cabeza, lo cual no es nada bueno, supongo.

Hoy toca día de lavado; la mayor representación de Nueva York. Me cuelgo la bolsa al hombro, entro en el elevador y, al fin, cedo y le envío un mensaje a Sloane. No es más que un «Siento no haber respondido antes. Necesitaba un poco de espacio». Directo y al grano, sin entrar en detalles, a sabiendas de que de todos modos ya me arrinconará después para pedirme una explicación detallada.

Entro en su departamento y me doy cuenta de que hay una botella de vino medio vacía sobre la encimera. Una parte de mí ya se lo esperaba: Sloane siempre bebe cuando está nerviosa. Por lo general no me importa, pero, por alguna razón, hoy me molesta de verdad. Me hace preguntarme si el alcohol será un mecanismo de afrontamiento para ella. No puedo construir una vida con alguien que recurre al alcohol cuando las cosas se complican. El alcohol es la única razón por la que mi vida ha acabado siendo así, y la verdad es que no tengo la menor gana de comprometerme para que todo se vuelva a repetir.

—Quiero que dejes de evitarme —me dice—. Que dejes de evitar lo nuestro.

Elijo defenderme.

—No lo estoy haciendo. Únicamente necesitaba estar solo.

—Pues entonces podrías haberme dicho eso antes de ignorarme.

—No te estoy ignorando, Sloane. Ahora estoy aquí, ¿no?

—Sí, pero ¿durante cuánto tiempo?

Estoy arrinconado, sin ningún plan de juego sólido, y está claro que ella se ha dado cuenta.

—No lo sé —admito—. Si pudiera contestar a eso, estaríamos saliendo.

Puedo ver el sufrimiento en sus ojos. Tengo que ir con más cuidado; Sloane está a un paso de desmoronarse, y yo soy el que tiene el mazo que podría provocarlo.

Trato de retroceder y digo torpemente:

—No lo decía en el mal sentido. —Me siento junto a ella, todavía no muy seguro de cómo arreglar esto—. Es que no sé qué es lo que puedo decir para hacerte entender lo que siento.

—No puedo seguir con esta dinámica de estar a medias contigo. Ya no estamos en la universidad, Ethan. Quiero una relación. No puedo seguir con lo que quiera que sea esto.

Por una vez, hay firmeza en sus palabras.

Le recuerdo que necesito seguir a mi ritmo, pero ella insiste en que tengo que cambiar.

—Lo intentaré —se me escapa, y me arrepiento de esas dos palabras en cuanto salen de mi boca.

Sé que yo nunca seré la persona que Sloane quiere o se merece. Tengo que renunciar a ella y ya está, y dejar de tratar de ser alguien que no soy, por el bien de los dos.

Me paso los siguientes días pensando en todo. En todos los momentos de mi infancia, en todos los momentos antes de Sloane y en todos los momentos con ella. Trato de recordar la última vez que fui feliz de verdad y me duele darme cuenta de que no soy capaz de hacerlo. La mayoría de la gente sí que puede, ¿verdad? Mi vida entera ha sido una serie de catastróficas desdichas. Una detrás de otra. ¿No es una mierda? Y lo que es una mierda todavía más grande es tener que explicarle esas cosas a la gente, a gente como Sloane.

No es que no quiera contárselo, es simplemente que no soy capaz. No sé cómo hacerlo. No quiero ver esa expresión de lástima en sus ojos. No quiero que nadie sienta lástima por mí, y ella menos todavía. Se supone que yo soy la persona en la que ella debería apoyarse, no al revés. Nunca voy a depender de alguien de la forma que Sloane quiere que lo haga. Nunca voy a depender de nadie más que de mí mismo, porque, tarde o temprano, la gente me decepciona. Siempre lo han hecho y siempre lo harán.

Me coloco en la fila esperando para pagar nuestra cena y no soy capaz de deshacerme de la sensación de intranquilidad que hay dentro de mí. Sé que tengo que hacer esto.

—¿Un pedido para Ethan?

El empleado me entrega una bolsa de plástico con dos cajas de comida para llevar dentro a cambio de mi tarjeta de crédito.

El restaurante se encuentra a seis manzanas de distancia de nuestro edificio, lo que me da tiempo para pensar cómo quiero hacer esto. Odio saber que voy a hacerle daño, y esa es la razón por la que he postergado esto durante tanto tiempo. Preparo la conversación dentro de mi cabeza y la repaso lo que parece un centenar de veces.

Las puertas del elevador se abren, y comienza a formarse un nudo en mi garganta. No quiero hacer esto, de verdad que no, pero, al mismo tiempo, sé que no tengo otra opción. No va a cambiar nada entre nosotros si no soy capaz de solucionar mis movidas primero. Tan solo espero que lo entienda.

Entro en el departamento de Sloane y la saludo con un abrazo. Ella abre la bolsa de plástico y me entrega el recipiente de comida. Echo cátsup sobre las papas fritas antes de darle una mordida a mi *wrap*. Mastico especialmente despacio para poder retrasar la inevitable conversación el máximo tiempo posible.

—¿Qué quieres ver? —me pregunta—. Necesitamos alguna serie nueva, pero no he oído que hayan puesto nada bueno en Netflix últimamente. ¿Y tú?

Cambio de tema casi antes de que pueda terminar la frase.

—Ya no puedo seguir así, Sloane. Creo que tenemos que terminar con esto.

Veo que el color desaparece de su rostro mientras se le cae la copa de vino de la que estaba a punto de dar un sorbo. Se agacha de inmediato para recoger los trozos, como si fuera por instinto, y entonces es cuando me fijo en la sangre.

Esto está saliendo mucho peor de lo que esperaba.

La visita al hospital es corta, pero se me hace muy larga. Lo más probable es que sea porque estoy eludiendo la conversación que inevitablemente todavía tenemos que mantener.

El trayecto en coche de vuelta a casa es dolorosamente silencioso, y trato de ponerme en su lugar. Me pregunto qué estará pensando y cómo se sentirá. ¿Acaso me odia? ¿Es egoísta que me pregunte eso? El conductor para frente a nuestro edificio, y observo a Sloane mientras se detiene durante un instante antes de abrir la puerta del coche. En cuestión de segundos, estamos cara a cara en mitad de la acera.

—¿Quieres que suba a tu casa para que terminemos de hablar? —le pregunto, vacilante.

—No, creo que no hace falta que hablemos más.

Continúa hablando, pero no me molesto en discutir con ella porque sé que tiene razón. Se merece a alguien mejor que yo. Alguien que pueda ofrecerle todo lo que yo jamás seré capaz de darle.

Sintiéndome desinflado, la observo mientras se da la vuelta y camina hacia el vestíbulo. Esperaba que mirara atrás, pero no lo hace. No sé si alguna vez me he imaginado que las cosas con Sloane terminarían de verdad, pero esto parece definitivo. Odio estar haciéndole daño, pero odio todavía más no poder ser sincero con ella. Espero que sepa que no había nada que ella pudiera haber hecho de forma diferente.

El aire frío me resulta reconfortante mientras espero unos cuantos minutos hasta que creo que ya ha entrado en su casa, y entonces subo también a la mía. Mis *roomies* están sentados en el sillón, fumando mariguana y viendo un partido de basquetbol universitario, así que me uno a ellos.

—¿Quieres una fumada? —me pregunta Noah mientras me tiende la huka.

La tomo sin responder y doy una, dos, tres fumada.

—¿Has tenido un mal día? —me pregunta Alex.

—Podríamos decir que sí —respondo.

Ninguno de los tres habla durante el resto de la noche. En lugar de eso, nos colocamos, ignoramos nuestros problemas y vemos los deportes. Tres de las cosas que mejor se me dan.

A la mañana siguiente, me doy la vuelta en la cama y tomo el celular para revisar mis redes sociales. Hasta que veo una publicación que quiero enviarle a Sloane, no recuerdo todo lo que ocurrió anoche. La echo de menos más de lo que pensaba. Lo sé porque me siento un poco más vacío de lo habitual.

¿Qué carajo me pasa? ¿Por qué estoy tan mal? A ver, ya sé por qué estoy tan jodido: la culpa es de lo que me hicieron mis padres. ¿Por qué no puedo dejar que alguien me quiera cuando es lo único que he deseado en toda mi vida? Lo único que siempre he deseado es sentirme querido, y, en cuanto alguien trata de hacerlo, yo la alejo de mí.

Realmente pensaba que si dejaba que Sloane me quisiera, con el tiempo acabaría llegando a ese punto yo también. Sin embargo, aquí es donde estamos. Tres rupturas, dos años y un corazón totalmente roto.

37
Sloane

Diciembre de 2018

Hoy decido volver a casa caminando desde el trabajo porque no me puedo imaginar la idea de tener que lidiar con un vagón de metro abarrotado ahora mismo. El aire es agradable e inusualmente cálido para estar a mediados de diciembre, aunque me subo la cremallera del abrigo hasta la barbilla de todos modos para evitar enfermarme. Lo último que necesito es perder más tiempo de trabajo. Reflexiono sobre los últimos dos años y pico mientras camino por Park Avenue. Me saco los auriculares del bolsillo, los conecto a mi celular y reviso Spotify hasta encontrar una buena lista de reproducción para rupturas, llena de exactamente la cantidad apropiada de Taylor Swift.

Me acuerdo de la noche en que traté de convencer a Ethan de que deberíamos caminar más de diez kilómetros para volver a casa porque habría hecho cualquier cosa por pasar más tiempo con él. Me hace gracia darme cuenta de que algunas cosas parecen no cambiar nunca. Ahora estoy aquí, mucho tiempo después, en una ciudad diferente, deseando exactamente lo mismo.

Entro en el departamento y me encuentro con Lauren, que, como es típico en ella, ya tiene una bebida esperándome.

—Prepárate —me ordena firmemente—. Vamos a salir.

Sonrío mientras entro en mi habitación y observo las pocas prendas de ropa que no he guardado todavía. Tomo mi *body* favorito de su percha y los vaqueros que antes me sentaban a la perfección, pero que ahora me quedan un poco holgados por detrás, y me visto.

Lauren aparece en el umbral de mi puerta.

—¿Quieres hablar del tema?

Toma asiento en mi cama como para decirme que no tengo elección; yo niego con la cabeza.

—La verdad es que no. No hay nada de lo que hablar.

Ella insiste de todos modos.

—¿Cómo te sientes?

—Extrañamente, no tan mal como esperaba —confieso—. Me lo veía venir. Creo que tan solo esperaba estar equivocada.

Nos ponemos los abrigos y Lauren nos pide un Uber para ir a casa de Miles, quiere dejar unas cuantas de sus cosas de camino al nuevo bar de Chelsea al que quiere llevarme. El loft de Miles es un sueño neoyorquino. Es justo el lugar donde solía imaginar que viviríamos hasta que me di cuenta de que la mayoría de la gente no puede permitirse algo así. Ladrillo visto, techos altos y una escalera en espiral que te lleva a la habitación de arriba, con un baño completo.

—Es maravillosa —digo, sintiendo una punzada de envidia.

—¿A que sí? —coincide Lauren con orgullo mientras deja las cajas.

—¿Dónde está Miles? —le pregunto.

—Está fuera con unos clientes —responde, y señala el mueble bar con la cabeza—. ¿Quieres tomar algo antes de salir? Podemos subir a sentarnos en la azotea.

—Claro —le digo, y me encojo de hombros.

Recorro el loft mientras admiro cada detalle con la esperanza de vivir en un lugar como este algún día. Sigo a Lauren por el pasillo hasta el elevador y subimos dos plantas. Las puertas se abren a un pasillo vacío con una puerta al final. La sigo a través de ella y observo las espectaculares vistas de la ciudad a las que emergemos.

—Dios mío —susurro.

Lauren me conduce hacia dos sillas reclinables y las dos tomamos asiento y nos cubrimos con unas mantas, a pesar de que llevamos los abrigos de invierno. La ciudad se extiende ante nosotras, un lienzo de historias infinitas. Puedo ver a gente de fiesta en otras azoteas, parejas preparando la cena a través de sus ventanas, coches moviéndose a toda velocidad por el tráfico de abajo.

—¿Vas a estar bien? —me pregunta Lauren rompiendo el silencio.

Me giro hacia ella porque no estoy segura de si lo está diciendo en broma o no, pero veo angustia en sus ojos y entiendo que habla en serio. Está preocupada por mí.

—Lauren. —Le tiendo la mano para tranquilizarla—. Estaré bien.

Ella exhala, y el sonido está lleno de culpa.

—Es que me siento como la fregada —confiesa, y baja la mirada—. En plan, por supuesto que tenía que pasar esto justo cuando me mudo de casa. En el peor puto momento.

—Así son las cosas.

No puedo evitar reírme.

Al final, no acabamos saliendo. En lugar de eso, Lauren sube una botella de tequila, una estufa y un alargador y nos ponemos a compartir recuerdos, básicamente repasando la totalidad de nuestra amistad.

—Creo que mi recuerdo favorito contigo, una historia que sin duda le contaremos a nuestros hijos cuando se vayan a la universidad, es lo de las vacaciones de primavera del penúltimo año —me dice.

—¿Qué parte? —le pregunto a la vez que le paso la botella.

—Cuando casi te arrestaron en ese bar de Key West. Jamás olvidaré la expresión de tu cara cuando el portero cogió tu identificación oficial y te dijo que te hicieras a un lado. Literalmente nunca te he visto correr, jamás, salvo ese día.

Casi se atraganta con la risa y el tequila.

—Me cuesta creer que no nos reconociera cuando volvimos una hora más tarde. Lo único que hicimos fue cambiarnos los lentes de sol y las camisetas.

—Espera, ¿te acuerdas de lo que pasó en segundo, cuando estábamos muy emocionadas por usar las identificaciones falsas y el portero del Jerry's les quitó el plástico y nos dijo que nos largáramos?

Su risa es contagiosa.

—Ese es fácilmente uno de los cinco momentos más vergonzosos de mi vida. Toda la gente que había en la fila detrás de nosotras nos miraba como si fuéramos idiotas.

—Éramos idiotas —coincide. Le da un gran trago al tequila y arruga la cara como respuesta al ardor.

Niego con la cabeza, incrédula ante nuestra situación actual.

—No me puedo creer que nos estemos bebiendo una botella de licor entera.

Lauren suelta otra carcajada como respuesta a mi comentario.

—¿En serio? Antes siempre lo hacíamos todos los fines de semana, con Burnett's y Bacardi.

—Ni me lo recuerdes.

Finjo arcadas; el pasado sabe agridulce ahora.

Perdemos la noción del tiempo hasta que ya no quedan más historias que contar. El día que nos conocimos en la jornada de orientación de nuestra residencia, la primera vez que nos emborrachamos juntas, cuando en el último año de universidad nos pasábamos horas enviando solicitudes a cualquier trabajo que pudiéramos encontrar, pensando que jamás acabaríamos en una ciudad como esta. Y, sin embargo, aquí estamos, sentadas en la azotea del departamento que ahora comparte con lo que me gustaría considerar su alma gemela.

¿Cómo puede ser tan afortunada de haber encontrado el amor a los veintitrés años?

Le echo un vistazo al teléfono; se está haciendo tarde incluso para nosotras.

Fuera del edificio, la mano de Lauren sobre mi hombro me hace detenerme.

—Oye, ¿Sloane?

Su voz suena suave pero firme.

—¿Sí? —pregunto girándome hacia ella.

—Algún día se despertará y se dará cuenta de que ha perdido lo mejor que ha tenido en la vida. Ha perdido a la única persona que le habría querido a pesar de todo. Espero que sufra. Espero que se arrepienta. Pero lo más importante es que espero que aprenda. Espero que aprenda que el amor no siempre es fácil. El amor es compromiso. Es comprender y aceptar. Alguien te dará todo eso y más a ti algún día, y estoy deseando saber quién es.

Su discurso es como una curita para mi corazón roto, y, mientras la abrazo, el mundo parece un poco menos frío.

—Te quiero —respondo. Y, con eso, me meto en el Uber.

Cuando solo llevamos unos pocos minutos de trayecto, siento una oleada de náuseas. Estoy más borracha de lo que pensaba. Me pregunto si será por la falta de sueño o por la falta de comida. En cualquier caso, trato de cerrar los ojos y mantener la mirada alejada del celular para evitar vomitar y que me cobren un suplemento de limpieza.

El trayecto está siendo inusualmente largo, así que abro los ojos y me doy cuenta de que estamos siguiendo un camino más largo a través del West Village. Por lo general, me preocuparía por algo así, pero mi mareo no me permite hacerlo. Antes de cerrar los ojos otra vez, veo el edificio de Reese. En el asiento trasero del Uber, comienzo a llorar porque rompí con un chico que me quería por otro que jamás sería capaz de hacerlo. ¿Por qué tengo que ser así?

Reviso mis contactos hasta que encuentro el de Reese Thompson. Mi dedo titubea sobre el botón de llamada, pero al final me llevo el celular al oído. Suena y suena, pero nadie responde. Bloqueo la pantalla y cierro los ojos hasta que llegamos a mi departamento.

Cuando me meto al fin en la cama, tomo el cargador para enchufar el celular. Antes de poner la alarma e irme a dormir, abro Instagram y escribo el nombre de Reese en la barra de búsqueda. Me sorprende ver que me ha desbloqueado. Ahí está: una foto suya con la que supongo que será su nueva novia en una boda hace unas cuantas semanas. El cliché del pie de foto lo confirma: «Mi acompañante eterna para las bodas». Me quedo mirando la pantalla fijamente y me planteo mi próximo movimiento. Antes de poder impedírmelo a mí misma, le envío un mensaje a Ethan.

0:20

Yo: Puedes dormir aquí? Aunque solo sea esta noche? No quiero estar sola

Pongo el celular en modo «No molestar» a pesar de que sigo mirándolo cada pocos minutos para ver si responde.

Doy vueltas y más vueltas durante toda la noche, incapaz de desconectar el cerebro. Lo único en lo que puedo pensar es en Ethan. ¿Qué pasa si no lo supero jamás? ¿Qué pasa si me voy a la cama y me despierto todos los días del resto de mi vida anhelándolo? ¿Qué pasa si sigo esperando una llamada, un mensaje o una señal que no llegarán nunca?

Cuando se hace de día, miro el celular una vez más solo para no encontrarme con ningún mensaje nuevo.

38
Sloane

Enero de 2019

Es un domingo de enero por la mañana y el West Village está frío y silencioso.

Entrego una propina a los de la mudanza y les doy las gracias antes de volver dentro. Cuando entro en mi nuevo departamento, me recibe el aroma de las paredes recién pintadas que todavía flota en el aire. Se trata de un espacio pequeño y acogedor, de apenas cuarenta metros cuadrados, pero es mío. Por primera vez, estoy sola, y la idea de vivir sin compañía me resulta al mismo tiempo liberadora y abrumadora.

Me quedo en mitad de la habitación, ya que solo hay una, temblando por algo más que por el frío. Los ecos de Ethan siguen resonando dentro de mi corazón. Tan solo ha pasado un mes; el fin de lo nuestro es una herida reciente que todavía no ha sanado del todo. Me pregunto si lo hará alguna vez.

Los primeros amores son así de curiosos. Son los que te lo muestran todo y te enseñan a amar, de la misma forma que te enseñan a sufrir y a sanar. Pero da igual lo mucho que hayas sufrido, porque nunca serás capaz de odiar a la otra persona, y, dependiendo de a quién le preguntes, en ciertos sentidos seguirás queriéndola. Me gustaría pensar que yo le enseñé a Ethan el significado del amor incondicional, mientras que él me enseñó a quererme a mí misma.

El departamento es pequeño, pero se trata de un lienzo en blanco para mi nueva vida. Veo potencial en cada rincón, una oportunidad para reconstruirme y redefinirme. Es mi refugio, mi santuario, un lugar donde sanar, donde crecer, donde volver a descubrir quién soy sin Ethan. No me había dado cuenta de lo mucho que me había perdido a mí misma en él hasta la otra noche cuando me senté a leer. No recordaba la última vez que había tomado un libro, por no hablar de la última vez que hice algo por mí misma que no estuviera relacionado con Ethan, Lauren o el trabajo. Este es un nuevo capítulo en mi vida, uno en el que, por fin, soy el personaje principal.

Mientras comienzo a abrir las cajas, no puedo evitar que se me llenen los ojos de lágrimas. La ciudad empieza a despertarse al otro lado de mi ventana, y respiro hondo y me digo que puedo hacerlo. Puedo prosperar yo sola, y estas cajas y este departamento son un recordatorio de que ya lo estoy haciendo.

Epílogo
Sloane

Septiembre de 2019

Han pasado nueve meses desde que Ethan terminó con lo que había entre nosotros. Nueve meses pueden cambiar mucho a una persona. Hace nueve meses, Ethan me conocía como la palma de su mano. Podía predecir todos y cada uno de mis movimientos. Seguro que todavía es capaz de reconocer mi cara en una habitación abarrotada, pero no sabe cuáles son las cosas que definen a la persona que soy ahora.

No lo he visto ni he tenido noticias suyas; ni siquiera he recibido un mensaje de «Feliz cumpleaños», pero he aprendido que eso es bueno. Mi psicóloga dice que es mejor no tener un ex que trate de volver a entrar en tu vida a base de felicitaciones por tu cumpleaños.

Rememoro la persona que era en diciembre: parece una versión de mí misma perdida hace mucho tiempo, alguien a quien ya no conozco. Perder a Ethan me hizo darme cuenta de que no lloraba por los recuerdos de él. Lloraba por la idea de él que me había creado yo misma. Lloraba por el futuro que había construido dentro de mi cabeza utilizando nuestros mejores momentos. Lloraba por el potencial que veía en él y por la vida que veía para nosotros.

En primavera adopté un gato y le llamé Ollie. Está subido en el borde de la ventana, observando mientras los vecinos comienzan sus trayectos para ir al trabajo por la mañana temprano. Nunca había pensado que era una persona de gatos, pero sé que un perro es demasiado para la ciudad.

Pongo la cafetera en marcha y tomo una magdalena de la caja de dulces que me trajo mi madre como regalo de inauguración del departamento. Cuando el café está preparado, me sirvo una taza y me siento en la pequeña mesita en la que normalmente comienzo cada mañana.

Justo después de la ruptura, si es que puede llamarse así siquiera, comencé a escribir en mi diario otra vez. Vierto mis sentimientos entre sus páginas todos los días, a veces más de una vez, y ya he llenado casi dos cuadernos. Annie me dio la idea de crear un blog para que todo mi trabajo profesional no girara alrededor de los problemas del corazón. Me gustó tanto su ocurrencia que me pasé toda la noche trabajando en ello.

En solo tres meses, he conseguido casi veinticinco mil suscriptores. Al principio me daba miedo mostrarme tan vulnerable por internet, pero había visto la cantidad de gente que se había sentido identificada con mi carta abierta de hacía un par de años y sabía que tenía la oportunidad de convertir el dolor de mi corazón en algo que valiera la pena. Ahora, todas las mañanas me despierto y escribo durante media hora antes de ir a la oficina. Doy sorbos a mi café y miro fijamente la pantalla en blanco que se encuentra frente a mí mientras trato de averiguar cuál será la publicación de hoy:

Lo más importante que he aprendido durante los seis últimos meses es que tienes que valerte por ti misma. Sé que eso puede sonar desalentador, pero, al fin y al cabo, la única persona que tenemos de verdad somos nosotros mismos. Eres tú quien sale de la cama todas las mañanas y quien se mete en ella todas las noches. Eres tú quien se levanta del suelo del cuarto de baño cuando te has tomado alguna copa de más. Siempre deberías amar a esa persona más que a alguien que te rompió el corazón.

Si sientes que te has perdido en una relación pasada (o incluso presente), dedica un tiempo a conocer a la persona que eres. Busca nuevas aficiones o vuelve a enamorarte de las antiguas. Las mías son la lectura y la terapia. Las dos han sido recordatorios de lo hermosa que es la vida, a veces triste, pero, sobre todo, hermosa.

Leo las palabras de la pantalla y trato de convencerme a mí misma de que me las creo. Sí, estoy orgullosa de mí misma por lo lejos que he llegado en seis meses, pero no ha sido fácil, y todavía hay días en los que lloro porque le echo de menos. Recuerdo cuando pensaba que no podía vivir sin él. Recuerdo cuando pensaba que jamás conocería a nadie como él, cuando en realidad no era más que otra persona que estaba pasando por mi vida. Es alguien que me enseñó cosas que nunca podría haberme enseñado a mí misma. Me enseñó a enamorarme. Me enseñó a ser vulnerable, conmigo misma y con los demás. Me enseñó que soy demasiado segura de mí misma como para llorar por alguien que no está preparado para mí. Me enseñó a amarme a mí misma de una forma que él jamás fue capaz.

Llega el viernes y salgo de la cama más tarde de lo habitual porque me he tomado el día libre en el trabajo. Lauren va a venir a mi departamento dentro de una hora porque he reservado un Uber para que nos lleve al aeropuerto.

Estuve varios meses dándole vueltas y más vueltas a lo que debería hacer con la boda de Graham. De hecho, se me pasó la fecha para confirmar mi asistencia, y esa es la razón por la que Graham me llamó el mes pasado en mitad de mi jornada laboral. Había estado ignorando sus mensajes; para ser sincera, no quería pensar en la boda. Quería evitarla (y también a Ethan) el mayor tiempo posible. A regañadientes, salí al vestíbulo y respondí su llamada.

—Hola, Graham —le saludé con cansancio.

—Vamos, si me has contestado —me provocó él—. ¿Por qué me has estado ignorando? Bueno, creo que me lo puedo imaginar, pero preferiría oírlo de tu boca.

—Lo siento —me disculpé—. Sé que se me ha pasado la fecha para confirmar la asistencia. Pero es que no podía pensar en el tema.

Su tono se suavizó.

—Me da igual la fecha para confirmar asistencia, Sloane. Bueno, a Emily no le da igual, pero tú nos importas más. Sé que esto es una situación incómoda para ti y por eso te estoy llamando. Emily y yo hemos hablado y creemos que deberías venir con Lauren.

—¿En serio?

Todavía recuerdo lo aturdida que me quedé al oír eso. Además de esa noche que salimos por la ciudad el verano pasado, Graham y Lauren no habían vuelto a pasar tiempo juntos. Tampoco habían hablado. Supongo que, en realidad, no tenían ninguna razón para hacerlo, pero me sorprendió oír que no le importaba que asistiera a la boda.

—Sí, todo lo que pasó con nosotros es agua pasada. Salimos durante unos cuantos meses en la universidad y después rompimos; tampoco es como si nos hubiéramos divorciado. Ahora los dos estamos con otras personas; todo ha salido como tenía que salir.

Su explicación fue prosaica. Sonreí a pesar de que él no podía verlo.

—Me encanta la idea. Gracias, Graham.

Cuando estaba a punto de poner fin a la llamada, la voz de mi amigo me hizo detenerme.

—Sloane, una cosa más.

—¿Sí?

Se me aceleró el pulso. ¿Estaba a punto de soltarme una bomba? ¿Estaría Ethan saliendo con alguien? O, peor todavía, ¿la iba a llevar a la boda? Graham soltó un fuerte suspiro, casi podía imaginármelo pasándose una mano por su largo pelo ondulado.

—Perdona, acabo de darme cuenta de que ha sonado mal —me dijo—. Ethan no va a venir con pareja a la boda, pero eso no es lo que te quería decir. He estado leyendo tu blog y tan solo quería disculparme.

—¿A qué te refieres? ¿Disculparte por qué?

—Me siento como si yo hubiera tenido algo que ver en todo esto. Yo te animé a que esperaras a Ethan, a que hicieras una excepción con él. Tendría que haber hecho justo lo contrario. Tan solo quería lo mismo que tú. Quería que fueras tú la indicada. Todos lo queríamos —me confesó.

Sé que lo decía con buena intención, pero oír sus palabras hizo que me quedara sin habla. Sentí que se formaba un nudo en mi garganta mientras las lágrimas se acumulaban en mis ojos.

—No hay culpables en esto, salvo él y yo —le aseguré.

—Entonces, ¿nos vemos el mes que viene?

—No me lo perdería por nada del mundo.

—Lo has intentado —me recordó.

Doy gracias a Dios por Graham y Lauren. Los dos me han ayudado a superar épocas muy oscuras, y, si no fueran tan maduros, las cosas habrían sido muy diferentes.

—Me está empezando a doler el estómago —le susurro a Lauren cuando llegamos al recinto.

Ella me coloca una mano sobre el hombro antes de recordarme con firmeza:

—¡Todo va a salir bien! Pero acuérdate de no hacer contacto visual directo. Y nada de llorar.

Aparecen dos acomodadores que nos conducen junto a un exhibidor de copas de champán y nos animan a tomar una antes de buscar asiento. De algún modo, conseguimos hacernos con dos sillas libres en la tercera fila. Hago girar la copa con nerviosismo entre mis dedos mientras espero con ansiedad a que comience la ceremonia.

Los padrinos bajan por el pasillo, y los observo uno por uno hasta que me fijo en la parte posterior de una cabeza, la de Ethan. Cuando llega al altar, se sitúa a la derecha del otro padrino, el hermano de Graham, y veo cómo escudriña la multitud. ¿Me estará buscando a mí? Y entonces, de repente, me encuentra.

Una ligera sonrisa aparece en su rostro, y mi cuerpo entero se tensa. El corazón me da un vuelco cuando me doy cuenta de que estoy entre la multitud, observándolo mientras está de pie junto a un altar, y no es nuestra boda. Y nunca lo será. Antes soñaba con el día en que por fin solucionaríamos nuestras dudas; él me pediría que fuera su novia, nos iríamos a vivir juntos al año o así y poco después me pediría que me casara con él en un parque o en una azotea, cuando menos me lo esperara. Pensaba en cómo sería que el chico que huía del amor o del compromiso se arrodillara, al fin, porque sabía que yo era la persona con la que quería pasar el resto de su vida. Pero ese momento no es este.

En vez de eso, los dos existimos en la misma sala y actuamos como si ahora fuéramos desconocidos. Una sonrisa educada es el único momento que compartimos. Nada de charla insustancial ni de preguntarnos cómo hemos estado cada uno, porque me duele demasiado saberlo. Me duele demasiado volver a ese punto. Y sé que a él también le ocurre.

Me he pasado incontables noches dando vueltas sin poder dormir, preguntándome si el fin de lo nuestro le habría afectado a él tanto como a mí. O si le habría afectado aunque fuera un poco siquiera. Veo que desvía la mirada enseguida a sus pies, y sé qué es lo que está sintiendo exactamente. El mismo dolor que yo he sentido casi todas las noches desde que nuestros caminos se separaron en esa acera de Murray Hill. El dolor de desear algo que no podrás tener jamás. El dolor de preguntarte si se trataba de la persona correcta en el momento equivocado, o tan solo de la persona equivocada. El dolor de su primer sufrimiento real por amor.

A menudo me preguntaba si alguna vez me habría querido, porque nunca había sido capaz de decírmelo. Sin embargo, a veces yo lo sentía: en trayectos silenciosos en coche, en cómo latía su corazón más deprisa cada vez que descansaba mi cabeza sobre su pecho, en los momentos más insignificantes que ahora apenas soy capaz de recordar. Sé que me quería y me gustaría pensar que una parte de él todavía sigue haciéndolo. Tal vez, al igual que me pasa a mí, una parte de él siempre lo hará.

El pianista comienza a tocar las primeras notas de *Can't Help Falling in Love,* de Elvis Presley, y los invitados nos ponemos de pie para contemplar la gran entrada de la novia. Con la mano temblorosa, tomo la suya a Lauren y ella me tranquiliza con un suave apretón. Toda la sala se queda boquiabierta mientras Emily se desliza grácilmente por el pasillo. Está preciosa.

—Estamos hoy aquí reunidos para presenciar la unión de Emily Miller y Graham Clark. El matrimonio es un viaje que tiene sus altibajos. No siempre es fácil, pero vale la pena.

Para que un matrimonio funcione, hace falta amor, paciencia, comprensión y perdón. Es un vínculo que se vuelve más fuerte con cada día que pasa.

—Graham, no me has dado más que amor incondicional desde el día que te conocí —dice Emily—. A lo largo de nuestra relación, tu amor hacia mí no ha flaqueado jamás. Nunca me has hecho cuestionarme ni dudar de lo importante que soy para ti porque me lo demuestras todos los días.

Mientras observo sentada en la tercera fila, absorbiendo todas y cada una de las palabras de sus votos, las lágrimas caen por mi cara. No es que no esté contenta por Graham y Emily; de hecho, estoy eufórica por verlos tan enamorados. Pero, mientras los escucho hablar sobre el amor incondicional, no puedo evitar pensar en cómo quería a Ethan. Yo había sido la única persona de su vida que había querido quererlo contra viento y marea. Incluso a pesar de haber estado años esperándole, sintiéndome confundida y herida, lo seguía queriendo contra viento y marea.

Pero hay un detalle importante sobre el amor incondicional: no es unilateral. No consiste en plantarte frente a la puerta de alguien para suplicarle que te deje entrar. No consiste en arrancarte el corazón del pecho, sangriento y palpitante, y entregárselo a una persona para que haga lo que quiera con él. El amor incondicional consiste en que alguien te rompa las costillas para llegar hasta tu corazón y que tú confíes en que lo protegerá como si fuera el suyo.

Esta no es una de esas bonitas historias de amor en las que los protagonistas vuelven a estar juntos al final. Esta es una de esas historias en las que el dolor y la confusión los consumen. Es una de esas historias en las que la persona que está sufriendo se levanta, se sacude el polvo y se da cuenta de lo que vale.

Por mucho que siempre haya deseado acabar junto a Ethan, creo que sabía que nunca estuvo destinado para mí. ¿Me da miedo pensar en volver a enamorarme? ¿En abrirle mi corazón a alguien que podría acabar destrozándolo todavía más que Ethan? Por supuesto que sí. Pero en eso consiste el amor, ¿verdad? El amor consiste en correr el riesgo sin importar cuál pueda ser el resultado.

Puede que nuestra relación no haya sido convencional. No fue un romance de cuento de hadas del que le hablaremos a nuestros hijos y a nuestros nietos algún día. Consistía en silencios cómodos, risas familiares y abrazos que me hacían sentir en casa. Lo que teníamos era algo que ni siquiera había sido capaz de expresar con palabras jamás. Éramos simplemente nosotros.

Llámalo como quieras, pero, para mí, era amor.

Conversación con la autora

¿Qué te inspiró para escribir *Llámalo como quieras*?

Mi vida amorosa siempre ha sido una serie de «casi relaciones». Durante mucho tiempo, me sentía avergonzada e insegura al respecto, porque siempre pensaba que yo no era suficiente para que alguien se comprometiera conmigo. Cuando esas relaciones terminaban, me sentía todavía peor. No podía entender por qué nunca me elegían a mí, y, además, me daba la sensación de que la gente a mi alrededor no podía entender por qué estaba tan dolida con alguien que no era mi novio. En el fondo, sabía que yo no era la única persona que se sentía así, pero ¿por qué nadie hablaba del tema o escribía sobre ello? Decidí que, si no podía encontrar un libro que me hiciera sentir menos sola con mi vergüenza y mi baja autoestima, lo escribiría yo misma. Quería escribir algo real, sincero y con lo que la gente pudiera empatizar.

Escribí *Llámalo como quieras* para cualquiera que haya estado en una «casi relación», pero también para una versión más joven de mí misma por la que todavía lloro de vez en cuando. Ojalá pudiera darle un abrazo y decirle que se merece muchísimo más que un «casi».

¿Qué te gustó más de escribir esta novela?

Aunque esta novela es de ficción, hay partes sacadas de mi vida real. Me encantó convertir a algunos de mis mejores amigos en personajes y compartirlos con el mundo, especialmente Lauren y Graham. Ellos me daban consejos estupendos y permanecían a mi lado una y otra vez cuando, al final, el ciclo volvía a comenzar. No siempre comprendían por qué me quedaba en una relación que no era suficiente para mí, pero me apoyaban hasta el final. Mis amigos tuvieron un papel crucial a la hora de curar mi corazón roto, y espero que también ayuden a los lectores que lo necesiten.

¿Cuál fue la escena que te resultó más difícil de escribir?

Hubo unas cuantas escenas que me resultaron difíciles de escribir, pero la más complicada de todas fue el epílogo. Sabía que quería que los lectores entendieran que solo porque una relación no haya tenido una etiqueta o un título, no significa que lo que han experimentado esas dos personas no haya sido amor. No sabía cómo iba a lanzar ese mensaje hasta que escuché los votos de mis amigos en su boda. Mientras estaba sentada entre los invitados, no podía dejar de llorar por dos razones: estaba muy feliz por ellos y su amor me había hecho darme cuenta de lo que me merecía. Al igual que yo, Sloane le había dado a Ethan un amor incondicional, pero, por desgracia, él no había sido capaz de llegar a ese punto con ella. Podemos atribuírselo a los traumas familiares o a los problemas con el compromiso, pero, a fin de cuentas, el amor no debería ser complicado.

Quería terminar la novela con el mensaje de que el amor no siempre es lo más importante de todo, sobre todo, a principios de la veintena. Una vida feliz y completa también puede significar encontrar aficiones nuevas, ascender en la empresa y cultivar tus amistades; no hay ninguna forma correcta o equivocada de experimentar la felicidad. Es fácil pensar que hemos fracasado si una relación no funciona o si estamos siempre solteros. Tu valía no debería tener que depender de otra persona, y creo que todo el mundo debería recordarlo, sobre todo las mujeres en la veintena.

¿Qué esperas que aprendan los lectores de esta novela?

Creo que esta novela tiene dos temas principales: uno es para la gente que ha pasado por una «casi relación» y el otro es para las personas que no lo han hecho. En el caso de los que han pasado por una experiencia similar, quiero que sepan que, a veces, las mejores historias de amor son las que te enseñan a renunciar a algo. Para los que no han pasado por ello, espero que esta novela les abra la mente y el corazón a las complejidades de las relaciones. Quiero que la gente entienda que el sufrimiento por amor es igual de válido cuando ocurre por alguien con quien no estabas saliendo.

¿Qué consejo le darías a otros autores noveles?

Sean ustedes mismos. No hay nadie como tú, ¡y ese es tu talento! Jugar al juego de las comparaciones en cualquier aspecto de la vida es fácil, sobre todo cuando se trata de algo nuevo. Hay muchos autores y escritores a los que admiro, y si tengo un mal día o una mala semana, es fácil pensar que nunca seré tan buena como ellos, pero trato de recordar que yo no soy ellos y que ellos no son yo. Esa es la belleza de nuestra singularidad.

Agradecimientos

En julio de 2022, se me ocurrió la disparatada idea de escribir un libro. Apareció de la nada. Acababan de romperme el corazón y me subí a un avión con la esperanza de huir de todos mis problemas. Tomé unos cuantos libros, hundí los dedos de los pies en la arena y me puse a leer. Terminé tres novelas en un viaje de cinco días, y lo único que recuerdo de ellas es que no me sanaron. Quería un libro que me comprendiera. Quería un libro que me hiciera sentir como si estuviera recibiendo un abrazo de mi padre o de mi madre cuando estaban demasiado lejos para dármelo. Dos años más tarde, este libro está entre tus manos, y tengo que darle las gracias a muchas personas por ello.

A todos mis lectores, porque su apoyo, comentarios, reseñas, publicaciones y mensajes han hecho que todo esto sea posible. Me han curado el corazón y me han cambiado la vida. Estoy eternamente agradecida por eso.

Mi hermana Natalie tiene cuatro años menos que yo, pero muchas veces juraría que ella es la mayor. Sin ella me derrumbaría. Así que gracias a Natalie por contestar a todas mis llamadas a las dos de la mañana, por hacerme bajar de nuevo a la Tierra y por haberme dado un hombro sobre el que llorar cuando más lo necesitaba. Y, lo más importante de todo, gracias por pensar que soy lo bastante genial como para admirarme. Ser tu hermana es mi mayor logro, y espero que siempre lo recuerdes.

Este libro no existiría sin mi mejor amiga, Michaela, porque, en cierto sentido, se escribía solo cada vez que la llamaba por teléfono. Hablábamos de cada idea, de cada capítulo, de cada escena. Su sinceridad y su honestidad, su corazón amable y sus carcajadas me ayudaron a superar mi primer desengaño amoroso. Su apoyo firme y su infinita paciencia hicieron que este libro pasara de ser una pequeña idea a una gran realidad. Michaela, jamás he conocido una amistad como la nuestra o una persona como tú. Gracias por ser mi alma gemela platónica.

Mi madre es la razón por la que me encantan los libros. Siempre me decía que son una huida de la realidad cuando más lo necesitas. Cuando era pequeña, me quedaba despierta mucho después de mi hora de irme a la cama para leer a oscuras (lo que ahora explica los lentes de armazón y de contacto), pero, cada vez que me descubría, no se enojaba conmigo. Mamá, eres la persona más fuerte que conozco. Gracias por ser una inspiración, una fuente de orientación y mi crítica más implacable. Me enseñaste que ser capaz de aceptar las críticas constructivas puede hacerte llegar muy lejos, y ese es uno de mis consejos favoritos hasta la fecha.

Mi padre es mi fan número uno. Desde la gimnasia y el *hockey* sobre pasto hasta los espectáculos de talentos y la escritura de libros, él siempre ha estado sentado en primera fila con la sonrisa más orgullosa (y mi madre, con los vítores más fuertes). Mi padre es la persona más motivada, apasionada y trabajadora que voy a conocer jamás, y me gustaría pensar que he heredado esas cualidades de él. Papá, gracias por sentar las bases de la clase de amor que me merezco y de la clase de hombre que debería esperar. Jamás me hubiera imaginado que podría hacer la mitad de las cosas que he hecho, pero tú sí lo hiciste. Gracias por estar siempre orgulloso de mí.

A Kristyn y Tia, que me cambiaron la vida con un solo correo electrónico. Las dos me tomaron de la mano a lo largo de todo este proceso. Me dieron su apoyo y me ayudaron cada vez que lo necesitaba. Gracias por haberme enseñado paciencia y persistencia. Me alegra mucho que nos hayamos encontrado.

A Kate, mi editora, que decidió darme una oportunidad. Gracias por animarme a ahondar más, a pensar más y a sentir más. Has trabajado en esta historia con mucho cariño y adoras a estos personajes prácticamente tanto como yo. No podría haber pedido una cómplice mejor.

A mis abuelos, que dejaban que mi imaginación se desbocara y guardaban todas las cartas que les enviaba. Gracias por las noches durmiendo con ustedes, las visitas a Barnes and Noble (donde todavía utilizo su descuento) y las noches de cine. Gracias por haber comprado ese departamento de Marco Island hace tantos años, porque en ese balcón fue donde escribí la primera página de este libro.

A Jenna, Brie y Kayla, que han estado ahí desde los complicados años de la escuela. Quisieron ser amigas mías incluso cuando tenía permanente y un retenedor. Cuando me mudé a ochocientos kilómetros de distancia, desde Nueva Jersey hasta Carolina del Norte, me mandaban mensajes todos los días, hacíamos videollamadas todas las semanas y me visitaban todos los trimestres. Tras quince años animándome a apuntar a lo más alto, manteniendo mis secretos a salvo y queriéndome sin juzgarme (la mayoría de las veces), ustedes tres son la razón por la que creo en los amigos del alma. Ustedes son mis amigas del alma.

A mis amigos, ya saben quiénes son, gracias por estar ahí para mí. Gracias por decirme que les dolía verme volver atrás una y otra vez, pero que entiendan por qué lo hacía. Gracias por los consejos, las risas, las lágrimas y los recuerdos (muchos de los cuales han acabado en estas páginas). Los quiero más de lo que jamás sabrán.

A Hailey, que creó la portada más bonita que he visto en mi vida. Gracias por escuchar mis docenas de notas de voz y descifrar cientos de mensajes de texto hasta que tuvimos esta obra maestra. Este libro no existiría tal como lo hace ahora de no ser por ti. Sé que se dice que no hay que juzgar un libro por su portada, pero, en este caso, espero que todo el mundo lo tome únicamente porque su belleza llama mucho la atención.

Una versión más joven de mí misma se habría pasado varios días llorando por este libro. Habría tenido que comprar un segundo ejemplar, y puede que hasta un tercero, porque las páginas habrían quedado repletas de infinitas anotaciones y manchas de lágrimas. Nunca creí que yo valiera lo suficiente como para que alguien se comprometiera conmigo. Durante la mayor parte de mi vida, he creído que el amor es pasajero. He tardado años en darme cuenta de que las personas apropiadas jamás se irán. Así que, para una Alissa más joven, siento que te hayas pasado años dudando de ti misma. Todos esos sentimientos y experiencias te han llevado hasta este libro. Estoy muy orgullosa de nosotras.